Melody Anne
Feuriges Verlangen

AF177966

Montlake

Das Buch

Owen und Eden waren das Traumpaar der Highschool – bis Owen ohne ein Wort aus der Stadt und aus Edens Leben verschwand. Zehn Jahre später begegnet sie ihm wieder: Er ist Firefighter und attraktiv wie nie zuvor. Und er will eine zweite Chance bei Eden. Um jeden Preis.

Auch wenn Eden es nicht wahrhaben möchte – seine Küsse sind noch genauso unwiderstehlich wie damals. Aber als ein Brandstifter die Stadt in Atem hält und auch Eden ins Visier nimmt, steht Owen plötzlich unter Verdacht. Noch immer kennt Eden den Grund für sein damaliges Verschwinden nicht. Kann sie ihm trotzdem vertrauen?

Die Autorin

Melody Anne ist *New York Times*- und *USA Today*-Bestsellerautorin. Sie hat einen Bachelor-Abschluss in Betriebswirtschaftslehre, fand aber ihre wahre Berufung mit ihrer ersten Romanveröffentlichung im Jahr 2011. Wenn die Autorin nicht schreibt, verbringt sie gerne Zeit mit ihrer Familie, ihren Freunden und ihren Haustieren. Sie liebt ihre kleine Stadt und engagiert sich in vielen Gemeindeprojekten.

»Feuriges Verlangen« ist der dritte Band der »Passion Brothers«-Trilogie von Melody Anne.

MELODY ANNE

FEURIGES VERLANGEN

PASSION BROTHERS

Roman

Aus dem Amerikanischen von Katja Rudnik

 Montlake

Die amerikanische Ausgabe erschien 2018 unter dem Titel
»Owen« bei Montlake Romance, Seattle.

Deutsche Erstveröffentlichung bei
Montlake, Amazon Media EU S.à r.l.
38, avenue John F. Kennedy, L-1855 Luxembourg
Oktober 2020
Copyright © der Originalausgabe 2018
By Melody Anne
All rights reserved.
Copyright © der deutschsprachigen Ausgabe 2020
By Katja Rudnik

Die Übersetzung dieses Buches wurde durch Amazon Crossing ermöglicht.

Umschlaggestaltung: semper smile, München, www.sempersmile.de
Originaldesign: Letitia Hasser
Umschlagmotiv: © Wander Aguiar
Lektorat und Korrektorat: VLG Verlag & Agentur, Haar bei München,
www.vlg.de
Gedruckt durch:
Amazon Distribution GmbH, Amazonstraße 1, 04347 Leipzig /
Canon Deutschland Business Services GmbH, Ferdinand-Jühlke-Str. 7,
99095 Erfurt /
CPI books GmbH, Birkstraße 10, 25917 Leck

ISBN: 978-2-49670-013-8

www.montlake.de

Dieses Buch widme ich meinem Vater.
Ich vermisse dich so sehr.

*Daniel Franklin Beecher, 19. Januar 1949
bis 25. Januar 2018*

PROLOG

»Versprichst du mir, dass es immer so bleiben wird?«, bat Eden und fuhr mit den Fingern über Owens glatte Brust.

Die Sonne schien, die Luft war warm, und es war ein perfekter Augustnachmittag. In diesem Moment dachte Eden Skultz, ihr Leben könne nicht schöner sein. Sie hatte keine einfache Kindheit gehabt, aber das hatte sich alles geändert, als Owen Forbes in ihr Leben getreten war.

Sie waren jung – sie siebzehn, er neunzehn – und schrecklich ineinander verliebt. Eden konnte sich ein Leben ohne Owen nicht vorstellen. Er streichelte ihren Rücken und seufzte, und das Geräusch hallte in ihr wider.

Sie waren mitten in den Bergen und lagen nackt hinten auf Owens Pick-up auf einem Stapel Decken. Gerade hatten sie miteinander geschlafen, und alles war einfach wunderbar.

»Perfekter als jetzt kann es eigentlich nicht mehr werden«, sagte Owen. Sie kicherte, als er sich plötzlich aufrichtete, sie auf den Rücken drehte und sich auf sie legte. Es fühlte sich richtig an, wie sich sein junger und doch muskulöser Körper gegen ihren drückte.

Sie lächelte, als er sich herunterbeugte und zuerst ihre Wangen, dann ihre Lippen küsste. Und sie lachte erneut, als sie seine Erektion spürte.

»Du bist unersättlich«, stöhnte sie.

»Alles deine Schuld«, versicherte er ihr.

Und sie schliefen ein weiteres Mal miteinander.

So sahen ihre Tage aus. Sie waren unzertrennlich. Nichts konnte sie auseinanderbringen. Sie lebten wie in ihrem eigenen kleinen Kokon, und obwohl es nicht einfach für Eden war, jemandem zu vertrauen, wusste sie, dass Owen ihr niemals wehtun würde. Dessen war sie sich vollkommen sicher.

Sie brachen erst auf, als die Sonne allmählich hinter dem Berg verschwand. Jetzt waren sie bereit, auf den Rest der Zivilisation zu treffen. Sie saß neben ihm auf der durchgehenden Sitzbank, und er hatte eine Hand am Lenkrad, die andere auf ihrem Oberschenkel, während sie die Forststraße hinunterfuhren.

Als sie vor ihrem Haus hielten, küsste Owen sie leidenschaftlich. Sich für die Nacht voneinander verabschieden zu müssen, war für sie beide schmerzhaft. Ganz gleich, wie oft sie zusammen waren, es war nie genug.

Das Verandalicht wurde eingeschaltet, und Owen ließ sie los. Als er zur Haustür schaute, musste er kichern.

»Ich glaube, dein Vater will uns damit sagen, es reicht«, sagte er.

»Noch ein einziger Kuss«, bettelte sie.

Owen zögerte nicht. Er drückte sie an sich und küsste sie lange und innig. Als sie voneinander abließen, waren sie beide außer Atem. Es machte sie froh, dass er sie so ungern gehen ließ. Durch die Windschutzscheibe warfen sie sich noch einen letzten, langen Blick zu, dann setzte er den Pick-up zurück.

Eden sah zu, wie er den Wagen wendete, und blickte ihm nach, bis die Rücklichter verschwunden waren. Erst dann ging sie ins Haus. Ihr Vater saß in seinem Lieblingssessel, ein Buch in den Händen, die abgenutzte Lesebrille auf der Nasenspitze. Er schaute auf und lächelte.

»Ihr könntet zumindest versuchen, ein bisschen diskreter zu sein«, sagte er.

Eden kicherte. »Ich liebe ihn«, erwiderte sie mit einem Achselzucken.

»Das weiß ich doch, meine Kleine, aber vergiss nicht, dass ihr beide noch sehr jung seid.«

Sie warf ihm einen finsteren Blick zu. »Ich hasse es, wenn du das sagst. Ich weiß, dass wir jung sind, aber das Herz weiß, was es will.«

»Das ist sehr richtig, aber du hast noch nichts von der Welt gesehen. Ich möchte nicht, dass du den Traum eines anderen lebst, sondern deinen eigenen«, sagte ihr Vater.

»Ich lebe meinen Traum«, behauptete sie. Auch wenn sie keine genaue Vorstellung davon hatte, was ihr Traum war.

»Das Leben bietet mehr als einen festen Freund.« Ihr Vater ließ nicht locker.

»Ich habe auch noch andere Freunde und Freundinnen«, erinnerte sie ihn.

»Ich will nur nicht, dass man dir wehtut.«

»Warum sollte er mir wehtun? Owen liebt mich.« Das war eine einfache Feststellung.

»Ja, das glaube ich.«

»Und dich liebe ich auch.« Sie ging zu ihm und gab ihm einen Kuss auf die Wange, bevor sie in ihrem Zimmer verschwand. Gerade jetzt war das Leben perfekt. Sie konnte sich nicht vorstellen, dass sich das alles von einem Augenblick auf den anderen ändern würde.

* * *

Owen sang aus vollem Hals und hatte seine Freude an einem Garth-Brooks-Song über Flüsse und Träume. Sein Handy klingelte, und zunächst hatte er vor, den Anruf zu ignorieren, aber dann dachte er, es könnte Eden sein. Also nahm er das Gespräch an.

Hätte er gewusst, dass dieser Anruf sein ganzes Leben verändern würde …

KAPITEL 1

Zehn Jahre später.

»Lässt du mich rein?«

Man konnte einer Versuchung nicht ewig widerstehen, irgendwann hatte man es einfach nicht mehr in der Hand. Je öfter Eden Skultz sich das sagte, desto besser fühlte sie sich – und desto mehr glaubte sie daran.

Owen Forbes!

Ja, sie dachte an seinen Namen wie an ein Schimpfwort und hoffte, es werde ihr dabei helfen, den Mann zu hassen, der ihr Herz gebrochen hatte. Aber *gebrochen* war eigentlich gar kein Ausdruck.

Zerfetzt.

Zerschmettert.

Ausgelöscht.

Das traf es besser.

Sie hatte nicht gedacht, dass es möglich war, einen Mann so sehr zu lieben, wie sie ihn geliebt hatte. Owen Forbes war ihr Leben gewesen. Und dann hatte er sie ohne ein Wort verlassen. Es war egal, dass das zehn Jahre her war. Nie hatte sie jemand so sehr verletzt wie er, denn er war gegangen, ohne auch nur ein einziges Mal zurückzuschauen. Am einen Tag war noch alles in Ordnung – er hatte ihr versichert, wie viel sie ihm bedeutete, und sie hatte sich sicher gefühlt – und am nächsten war er weg gewesen.

Zuerst hatte sie sich Sorgen gemacht. Sie war am Boden zerstört, dachte, ihm sei womöglich etwas zugestoßen. Dann hatte sie seine Familie aufgesucht und Bescheid gewusst. Sie hatten sich mit Entschuldigungen überschlagen, hatten behauptet, sie wüssten nicht, was passiert sei. Er war gegangen – und zwar aus freien Stücken. Niemand hatte ihn gezwungen. Er hatte sie verlassen.

Und sie war in Edmonds, Washington, geblieben.

Bei ihrem Vater.

Bei ihren Freunden.

Hatte sich nicht vom Fleck gerührt.

Vielleicht hasste sie ihn, weil sie nichts aus ihrem Leben gemacht hatte. Oder weil er ihr das Herz gebrochen hatte. Was auch immer der Grund war, sie hasste ihn – oder wollte es unbedingt.

Jetzt ertappte sie sich dabei, dass sie ihn anstarrte, während sie vor seinem Haus darauf wartete, dass er sie hineinbat. Sie war sich nicht sicher, wie sie letztlich auf seiner Türschwelle gelandet war, aber er war in die Stadt zurückgekommen, und es schien, als wäre es für immer.

Zehn Jahre war es her. Ab und zu war er zu Besuch gekommen, und jedes Mal hatte es ihr das Herz ein bisschen mehr gebrochen. Doch jetzt war er offiziell zurück. Und es brachte sie um. Sie wollte, dass es ihr nichts ausmachte und die alten Gefühle für ihn aufhörten, doch es war fast unmöglich, denn er verfolgte sie und wollte sie nicht in Ruhe lassen.

In den vergangenen Jahren hatte er ihr bei jeder Begegnung auf seine sexy selbstbewusste Art zu verstehen gegeben, dass er sie wollte. Sie hatte noch deutlicher gemacht, dass sie nicht leicht zu haben war, und ihm widerstanden ... bis heute. Irgendetwas hatte sie an diesem Abend zu ihm getrieben, zu seinem Haus.

Einige Leute nannten es Schicksal, nannten ihr Leben im Entstehen begriffene Bestimmung. Eden war sich da nicht so sicher. Sie wusste nur, dass sie eigentlich hatte nach Hause fahren wollen, aber plötzlich in seine Einfahrt eingebogen war.

Als sie nun vor seiner Haustür stand und ihn anschaute, wie er da groß, muskulös und perfekt gebräunt die ganze Tür ausfüllte, während er sie anstarrte, da kannte sie die Wahrheit. Sie wusste, dass sie diesen Mann niemals hassen konnte.

Ja, sie wusste, dass sie im Spiegel ihren eigenen sonnenverwöhnten Teint, die leicht schrägstehenden Augen, die hohen Wangenknochen und die vollen Lippen, die sich öfter nach oben als nach unten bogen, anschauen und feststellen konnte, dass sie nicht hässlich war. Aber Owen – o Owen – war ein ganz anderes Kaliber. Als er weggegangen war, hatte sie sich gefühlt, als wäre sie nicht gut genug für ihn gewesen.

Und sie hasste ihn dafür, dass er dieses Gefühl in ihr hervorgerufen hatte. Tief drinnen wusste sie, dass kein anderer für ihre Gefühle verantwortlich gemacht werden konnte. Die Leute, die das behaupteten, kannten Owen Forbes nicht.

Eden stand noch immer vor Owens Haustür und schaute ihn an wie ein Reh im Bann des Scheinwerferlichts. Sie wünschte, sie hätte die Stärke gehabt, sich umzudrehen und wegzugehen. Doch die hatte sie nicht.

Seine Mundwinkel bogen sich nach oben und ließen die markanten Gesichtszüge zu Edens Verärgerung noch um einiges attraktiver aussehen, obwohl das eigentlich unmöglich schien. Sie blickte finster drein und musste sich selbst gegenüber zugeben, dass sie wahrscheinlich auch niemanden hereingebeten hätte, der sie so anschaute wie sie ihn in diesem Moment.

Doch er trat zur Seite und gab den Weg frei. »Komm rein«, säuselte er, und es klang wie eine Einladung.

Tief im Innern wusste sie, dass sie fliehen sollte – sich umdrehen und um ihr Leben rennen. Das hier war ein Weg, den sie nicht einschlagen sollte. Doch trotz aller Bedenken betrat sie die Höhle des Löwen.

»Durst?«, fragte er, nachdem er die Tür geschlossen hatte und die Wände seines großen Hauses plötzlich auf sie zuzukommen schienen.

»Wodka-Orange«, antwortete sie schnell. »Einen starken.«

Sie hätte schwören können, dass seiner Kehle ein leises Kichern entwich, als er sie in die Küche führte. Das Licht war gedämpft und machte den Schauplatz intimer, als er hätte sein sollen. Owen zog an der Kücheninsel einen Stuhl vor, und sie setzte sich. Keiner von ihnen sagte etwas. Worte waren zwischen ihnen nie nötig gewesen, und das schien sich mit der Zeit nicht geändert zu haben.

Schnell holte er eine Flasche Wodka und den Orangensaft. Das Klirren der Eiswürfel im Glas hörte sich in der stillen Küche wie ein Flintenschuss an. Sie zitterte am ganzen Körper, als er ihr das kalte Glas reichte und sie es fest umklammern musste, damit es ihr nicht herunterfiel.

Eden schmeckte überhaupt nichts, als sie in einem Zug das halbe Glas leerte. Owen hob die Augenbrauen, sagte jedoch nichts, als sie auch den Rest in sich hineinkippte. Das Beißen des hochwertigen Alkohols besänftigte sofort ihre angegriffenen Nerven.

Was machte sie hier?

Als ihr Handy klingelte, fiel sie vor Schreck fast vom Stuhl. Owen schmunzelte, dann nahm er ihr Glas und mixte ihr einen zweiten Drink. Eden wusste, dass das nicht die beste Idee war, doch sie hielt ihn nicht davon ab.

Sie holte das Handy hervor und verzog das Gesicht, als sie sah, dass es ihr Vater war. Ein schlechtes Gewissen überkam sie, als wüsste ihr Dad, was sie im Sinn hatte. Sie stellte das Handy auf lautlos und steckte es wieder in ihre Handtasche.

Owen starrte sie an, und Eden rutschte auf ihrem Stuhl herum. Sie nahm sich einen Moment Zeit, schloss die Augen, holte tief Luft und versuchte sich auszureden, was sie gleich tun würde. Das hier war ein Fehler. Es war auf jeden Fall ein Fehler.

Aber das war egal.

Nicht egal war, wie gut dieser Mann aussah, den sie da vor sich hatte, und wie charmant er war. Er hatte immer einen Platz in ihrem Herzen gehabt. Auch als er versucht hatte, diesen Platz zu räumen, war ihm das nicht gelungen. Er war ein Geschenk gewesen, das sie nicht zurückhaben wollte. Ja, es tat weh, diesen Mann so sehr zu lieben, aber bei der Liebe hatte man keine Wahl.

Die Bartstoppeln entlang seines energischen Kinns und das Funkeln in seinen tiefblauen Augen erweckten tief in ihr diesen vertrauten Funken Erkenntnis. Sie kämpfte dagegen an, obwohl sie wusste, dass es ein verlorener Kampf war. Vielleicht gab es ihr ein besseres Gefühl, zu glauben, bei dieser ganzen Sache eine Wahl zu haben.

Owen kam um die Kücheninsel herum und stellte sich neben sie. Sein Duft war dezent und doch betörend. Er rührte sich nicht, aber der Ausdruck in seinen Augen sagte ihr klar und deutlich, dass er zu ihrer Verfügung stand. Ein frustrierter Seufzer entfloh ihren Lippen, bevor sie nach seinem engen T-Shirt griff und ihn mühelos zu sich zog.

Dieses erste Gefühl seiner Lippen auf ihren war genau, wie sie es erwartet hatte. Sofort eroberte er ihren Mund. Er hatte nur darauf gewartet, dass sie den ersten Schritt tat, doch jetzt war es offensichtlich mit seiner Geduld vorbei, denn er übernahm die Führung.

Keiner hatte sie je so geküsst wie Owen – mit einer überwältigenden Leidenschaft, die Eden das Gefühl gab, sie beide seien die einzigen Menschen auf diesem Erdball. In Owens Armen vergaß sie alles um sich herum, wie sie hieß und woher sie kam.

Die Arme fest um sie geschlungen, rieb er seine Bartstoppeln an ihrem Kiefer und hinterließ deutliche Spuren ihres leidenschaftlichen Zusammentreffens. Sie wusste, dass sie später in den Spiegel schauen, mit den Fingern über die gerötete Haut streichen und diesen Moment immer wieder erleben würde.

Eden wurde von einer Dringlichkeit erfasst, die sie nicht begreifen konnte. Doch jegliche Gedanken wurden aus ihrem wirren Verstand verdrängt, als sich sein muskulöser Oberkörper gegen ihre schmerzenden Brüste drückte. Mit seinen starken Händen strich er ihr über den Rücken, und seine Lippen hatten von ihrem Besitz ergriffen. Seine Haut fühlte sich heiß an und ließ die Temperatur zwischen ihren Schenkeln in gefährliche Höhen steigen.

Ein Stöhnen entwich ihr, als er seine Lippen von ihren losriss, ihren Hals mit süßen Küssen bedeckte und dort an der Haut sog, wo ihr Puls außer Kontrolle schlug. Er schob die Hüften vor, und seine beeindruckende Erektion, die jetzt gegen ihre heiße Mitte drückte, weckte eine Sehnsucht, die nur dieser eine Mann in ihr wecken konnte.

Owen drehte sich gemeinsam mit ihr herum, sodass sie nun mit dem Rücken zur Granitplatte der Kücheninsel stand. Er griff nach ihrer Taille, hob sie hoch und setzte sie auf die Arbeitsfläche. Dann drängte er ihre Beine auseinander und schob sich zwischen ihre Schenkel, richtete ihre Körper aufeinander aus. Sie spürte kaum, wie er ihr das T-Shirt auszog, während er mit den Lippen über ihr Schlüsselbein und hinunter zu ihren Brüsten wanderte.

Sein heißer Atem strich über ihre Brustspitzen, dann schnellte seine Zunge hervor und leckte sie durch die Spitze ihres BHs. Eden entfuhr ein Schrei, und ihre Mitte pulsierte. Er befreite sie von dem Kleidungsstück, und das Gewicht ihrer Brüste ergoss sich in seine wartenden Hände. Mit der rauen Zunge fuhr er über ihre harten Brustwarzen, und sie stöhnte, als sie in sein Haar griff und um mehr flehte.

Owens Mund blieb, wo er war, doch seine Hände strichen über ihren bebenden Bauch, knöpften ihre Hose auf und hoben sie kurz an, damit er sie vom Rest ihrer Kleidung befreien konnte. Den Kopf in den Nacken geworfen, lehnte sie sich zurück und stützte sich mit den Händen auf der Arbeitsfläche ab. Ihr Körper zitterte, als er einen Finger in ihre feuchte Mitte schob.

Owen ließ ihn hinein- und wieder herausgleiten, steigerte ihre Lust ins Unermessliche und sog zuerst an der einen, dann an der anderen Brustwarze.

»Mehr, Owen! Ich will mehr!«, rief sie.

Sein Finger hielt kurz inne, bevor er ihn herauszog und Eden sofort ein Gefühl der Leere überkam. Doch dieses Gefühl hielt nicht lange an, denn keinen Augenblick später drückte sich sein Körper fest gegen ihren. Jetzt waren sie beide nackt.

»Ich will nur dich.« Owens Stimme bebte vor Verlangen.

»Dann nimm mich.«

Mehr brauchte Eden nicht zu sagen. Mit absoluter Zuversicht griff Owen nach ihren Hüften und stieß zu, vergrub seine stattliche Erektion tief in ihr. Übermannt von dem Gefühl rang sie nach Atem und passte sich seiner Männlichkeit an.

Er gab ihr ein paar Augenblicke Zeit, sich auf ihn einzustellen, bevor er sie zum Rand der Arbeitsfläche zog. Dann stieß er in sie. Seine Zunge tanzte über ihre Lippen, drang in ihren Mund ein und erkundete jeden noch so verborgenen Winkel, während seine Hüften gegen sie drängten und er das Tempo seiner Stöße steigerte. Ihre Körper standen kurz vor der Erfüllung.

Der Orgasmus kam unvermittelt und heftig. Eden bebte und spürte, wie Owen seine Erlösung in sie pumpte. So verharrten sie eng umschlungen mit wild klopfenden Herzen, während sie ihren Kopf an die süße Stelle an seinem Hals schmiegte. Sie küsste ihn zärtlich und kämpfte mit den Tränen.

In einem solchen Moment, während sie sich einfach nur festhielten und das starke Gefühl verarbeiteten, das sie gerade miteinander erlebt hatten, hatte sie sich im zarten Alter von siebzehn Jahren in ihn verliebt.

Die Worte lagen ihr auf der Zunge, doch es gelang ihr, sie zurückzuhalten. Er gehörte ihr nicht mehr – wie auch sie ihm nicht mehr gehörte. Diese Nacht würde sie nicht bereuen. Es war genau das gewesen, was sie gebraucht hatte. Doch jetzt war es Zeit, zu gehen.

Widerwillig hob sie den Kopf und schaute Owen nicht an, als sie ihn von sich drückte. Er zögerte, ehe er nachgab und sich ihre Körper voneinander lösten. Maßlose Traurigkeit überkam Eden bei diesem Verlust.

Schweigend suchte sie ihre Kleidung zusammen und ging dann nackt ins Badezimmer. Als sie sich anzog, vermied sie es, ihr Gesicht im Spiegel zu betrachten. Sie lehnte den Kopf an die Tür und holte ein paarmal tief Luft, bevor sie hinausging. Owen stand noch immer dort, wo sie ihn verlassen hatte, lediglich seine Hose hatte er wieder angezogen. Sein Oberkörper war noch nackt, und Eden wunderte sich nicht, dass sie erneutes Verlangen überkam.

»Ich muss gehen«, sagte sie mit beherrschter Stimme. Er sagte nichts, deshalb schaute sie auf und begegnete seinem feurigen Blick.

»Du wirst wiederkommen«, erwiderte er zuversichtlich.

Sie befürchtete, er könnte recht haben. Anstatt zu widersprechen, drehte sie sich um und verließ das Haus.

KAPITEL 2

Erst als sie vor ihrem Haus hielt, erinnerte sich Eden daran, dass sie ihr Handy lautlos gestellt hatte. Sie beschloss nachzusehen, ob ihr Vater eine Nachricht hinterlassen hatte. Überrascht stellte sie fest, dass sie acht Anrufe verpasst hatte – alle von ihrem Vater.

Panik überkam sie, während sie zurücksetzte und so schnell wie möglich zum Haus ihres Vaters fuhr. Sie nahm sich nicht die Zeit, seine Nachrichten abzuhören. Irgendetwas musste passiert sein, wenn er so oft angerufen hatte. Und sie hatte ihn ignoriert, damit sie mit Owen zusammen sein konnte.

Sie sah das Blaulicht bereits, bevor sie in die Einfahrt bog. Die Angst schnürte ihr die Kehle zu, und sie hatte das Gefühl, kaum Luft zu bekommen. Mit durchgedrücktem Gaspedal raste sie die letzten hundert Meter zum Haus ihres Vaters und kam mit quietschenden Reifen zum Stehen. Beim Anblick des Krankenwagens spürte sie die Tränen aufsteigen.

Sie sprang aus dem Auto, rannte den Weg zum Haus und wurde an der Tür von zwei Polizeibeamten aufgehalten.

»Was ist passiert?«, rief sie. »Lasst mich zu ihm!«

»Sie kümmern sich gerade um ihn, Eden«, sagte Officer Jenkins mit ruhiger Stimme.

»Warum? Was ist passiert?«

»Die Nachbarin hat es gemeldet. Sie war gerade spazieren und hörte im Haus ein Krachen. Sie hat geklopft, aber niemand hat aufgemacht. Die Sanitäter sind da. Lass sie ihre Arbeit machen.«

»Ich will meinen Dad sehen. Lasst mich rein!«, schrie sie. Die Polizeibeamten bewegten sich nicht von der Stelle. »Dad! Dad, ich bin hier!«, rief sie. Doch niemand antwortete. »Ich bin hier«, sagte sie noch einmal mit erstickter Stimme. »Ich bin hier.«

»Eden …« Sie drehte sich um. Owen war da.

»Was ist?«, fauchte sie. »Warum bist du hier?«

»Eden, komm her. Ich werde mit dir warten.« Owen stand ein wenig von ihr entfernt und streckte die Hand aus.

»Nein!« Sie wich einen Schritt zurück. »Ich war bei dir. Er hat mich angerufen, aber ich war bei *dir*«, schluchzte sie. »Als er mich brauchte, habe ich seine Anrufe ignoriert.«

»Eden, lass uns einfach zusammen warten. Er ist in guten Händen«, beruhigte Owen sie.

»Nein. Ich hätte die Anrufe annehmen sollen. Ich hätte hier sein sollen«, weinte sie. Wieder wandte sie sich an Jenkins. »Bitte lass mich zu meinem Dad.«

Jenkins sah aus, als würde auch er gleich in Tränen ausbrechen. »Es sind mehrere Leute bei ihm, Eden. Bitte lass sie ihre Arbeit machen.«

Owen legte den Arm um sie, und Eden hatte keine Kraft mehr, sich dagegen zu wehren. Sie ließ sich von ihm wegziehen und sank gegen ihn. Minuten vergingen. Leute kamen aus dem Haus und gingen hinein. Medizinische Begriffe fielen. Aber niemand erklärte ihr, was eigentlich geschehen war. Nach zwanzig Minuten wandte sie sich wieder hoffnungsvoll an Jenkins.

»Wenn sie so lange mit ihm beschäftigt sind, bedeutet das doch, dass es ihm gut geht, oder? Sie hätten doch längst aufgehört, wenn er nicht okay wäre.« Sie bettelte darum, dass er ihr recht gab.

»Sie tun alles, was sie können«, antwortete Jenkins unverbindlich. Das war nicht, was sie hören wollte.

Mehr Zeit verging, und sie hörte nicht, was Owen sagte, hörte überhaupt nichts. Sie starrte nur auf das Haus, auf den rückwärtigen Teil, in dem sich, wie sie wusste, die Sanitäter um ihren Vater kümmerten. Dann kam einer der Sanitäter heraus. Sein Gesichtsausdruck war beherrscht, doch sie wusste ...

»Eden ...« Er machte eine Pause, und sie schluchzte. »Eden, es tut mir leid. Wir haben getan, was wir konnten. Er hat es leider nicht geschafft.«

Eden fühlte sich einer Ohnmacht nahe, als sie versuchte, die Worte zu verarbeiten. Sie konnte nicht sprechen, starrte ihn nur an. Nein. Das durfte nicht wahr sein. Das durfte auf keinen Fall wahr sein.

»Aber er ist doch gesund. Mit ihm war immer alles in Ordnung!« Sie flehte, er möge nicht recht haben.

»Es tut mir leid, Eden. Wirklich.«

Owen versuchte, sie festzuhalten, doch sie stieß ihn weg. Sie ertrug jetzt keine Berührung. Während sie auf das Haus starrte, kamen mehrere Männer mit Taschen und medizinischer Ausrüstung heraus. Jeder, der an ihr vorbeiging, sprach ihr sein Beileid aus, senkte dann den Blick und zog sich respektvoll zurück.

Eden stand unter Schock, in ihren Ohren klingelte es. Das durfte nicht wahr sein. Das durfte alles nicht wahr sein.

»Der Gerichtsmediziner wird in Kürze hier sein, dann wird man deinen Vater ins Bestattungsinstitut bringen«, informierte Jenkins sie.

Sie nickte, als verstünde sie, was er sagte. Dann trat er zur Seite und erlaubte ihr, hineinzugehen. Officer Jenkins und sein Kollege blieben neben der Tür stehen und warteten.

»Möchtest du, dass ich mitkomme?«, fragte Owen. Seine Stimme drang wie aus einem langen Tunnel zu ihr. Sie schüttelte den Kopf, konnte nichts sagen.

Langsam schritt sie durchs Haus. Hier hatte sie einen Großteil ihrer Kindheit verbracht, jeder Quadratzentimeter war ihr vertraut. Aus dem Schlafzimmer des Vaters drang Licht. Ein paar Schritte davor blieb sie stehen und starrte auf die offene Tür.

Dort drinnen lag ihr Vater. Sie würde niemals glauben, dass er von ihr gegangen war, wenn sie nicht hineinging. Ihre Füße fühlten sich an, als steckten sie in Betonblöcken, doch sie schob sich vorwärts. Schließlich erreichte sie die Tür.

Und da lag er.

Ein Laken war bis zu seinem Kinn hochgezogen, die Augen hatte er geschlossen, die Haut war weiß.

Er sah aus, als würde er einfach nur schlafen. Vielleicht täuschten sie sich. Vielleicht schlief er wirklich. Eden ging zum Bett und ließ sich zu Boden sinken. Sie streckte die Hand aus und strich mit einem Finger über seine Wange.

Seine Haut war kalt. Doch darüber hinaus spürte sie ihn nicht. Er schlief nicht. Er war nicht mehr da. Ihr Dad war von ihr gegangen. »Dad?« Keine Antwort. »Daddy, bitte.« Stille.

Sie wusste nicht, woher sie die Stärke nahm, doch es gelang ihr aufzustehen. Ein letztes Mal sah sie ihn an, dann verließ sie das Zimmer. Das war nicht mehr ihr Vater. Keine Sekunde länger hielt sie es hier aus.

Sie verließ auf direktem Weg das Haus und rannte los. Mit gebrochenem Herzen und dem verzweifelten Wunsch, den Verstand auszuschalten. Sie rannte noch schneller, bis sie stolperte und unsanft zu Boden fiel. Aber das machte ihr nichts aus, ihr Körper war ohnehin wie betäubt.

Im Leben gab es Tage, die waren mit Freude angefüllt ... und Tage voller Kummer. Nie zuvor hatte der Schmerz Eden dermaßen verzehrt. Es fühlte sich an, als hätte die Erde aufgehört, sich zu drehen.

Schmerz.

Kummer.

Unerträgliche Qual.

All das fühlte Eden. Sie bekam kaum Luft, konnte keinen vernünftigen Gedanken fassen, sah in nichts mehr einen Sinn. Sie fragte sich, ob das Leben einen Zweck hatte, es einen Grund gab, zu leben.

Der Kummer wich und Wut machte sich breit, als sie den Kopf hob und in den Himmel, in die endlose Weite über sich schaute. Dort war nichts. Gar nichts! Nur leerer Raum. Sicher, Wolken konnten ihn füllen, und Vögel mochten in ihn aufsteigen. Nachts waren kleine funkelnde Lichter für das Auge sichtbar.

Man nannte diese Lichter Sterne. Doch glaubte sie mit ihrem verwirrten Verstand, was die Leute sagten? Dass diese funkelnden Lichter wirklich Sterne waren? Hatte sie jemand je berührt? Hatte jemand überprüft, ob sie brennende Masse waren, die in einer unendlichen Weite der Dunkelheit ruhte? Nein. Die Leute sollten einfach glauben, dass es Sterne waren ... und dass sie wunderschön aussahen.

Sie mussten einfach glauben, dass das Universum es nicht auf sie abgesehen hatte. Vielleicht war das Leben nicht mehr als ein kosmischer Witz. Vielleicht befanden sich die Menschen alle unter einer Glaskuppel, unter der kleine grüne Männchen sie beobachteten und auslachten, als wären sie nicht mehr als ein Terrarium voller Ameisen. Und sie waren alle so dumm. Sie gingen weiter ihren Weg und hielten sich für klug, wenn sie zehnmal so viel Gewicht auf ihre Schultern luden, wie sie tragen konnten.

Stattdessen waren sie nicht mehr als ein Zeitvertreib für etwas, was viel klüger war als sie. Ja, etwas im Universum lachte über sie alle, aber besonders über sie. Der Schmerz war so real, und sie fand keine andere Erklärung für ihre Gefühle.

»Warum er?«, entfuhr es ihr. Es war ein qualvoller Laut, der aus ihrem tiefsten Inneren zu kommen schien. Sie fühlte sich, als würde man ihr die Seele aus dem Leib reißen. »Warum? Was hat er getan? Er war ein guter Mensch. Warum?«

Sie wiederholte diese Worte wieder und wieder. Doch sie bekam keine Antwort. Eden stützte den Kopf in die Hände und schluchzte. Hätte jemand die Laute gehört, die sie ausstieß, hätte er geglaubt, jemand läge im Sterben.

Aber jemand war *tatsächlich* gestorben. Ihr Vater. Er hatte versucht, sie anzurufen, und sie hatte ihn ignoriert, weil sie bei Owen gewesen war. Vielleicht hätte sie ihn retten können. Wenn sie nur das Gespräch angenommen hätte, wäre er vielleicht noch am Leben. Doch sie war dumm und egoistisch gewesen. Und deswegen war ihr Vater jetzt tot.

Er würde nie wieder zu ihr zurückkommen. Er konnte nicht zurückkommen. Das Schicksal war ein Miststück, mit dem man sich nicht anlegen sollte. Dem Schicksal gefiel es, mit seinen kleinen Spielsachen zu spielen, sie vor sich tanzen zu lassen. Und wenn ihm langweilig wurde, schnitt es den silbernen Faden durch, der das Leben eines Menschen darstellte.

»Du hast mir genug genommen!«, schrie Eden, und die Worte erstickten in einem weiteren Schluchzer.

Sie blieb so lange hocken, bis ihre Beine taub wurden. Als die Schluchzer schließlich verebbten, sank sie in sich zusammen und rollte sich auf der Erde ein, während die trügerischen Sterne funkelten.

Immer wieder verlor sie das Bewusstsein, wusste nicht, ob sie wach war oder schlief. Aber immerhin hatte sie gesegnete Momente des Friedens, geweihte Augenblicke, in denen sie vergaß, wie allein sie wirklich war.

Schließlich stand sie auf. Ihr Kopf war leer, als sie sich umschaute und sich fragte, wohin sie gehen sollte. Sie fühlte überhaupt nichts mehr und betete, dass das so bleiben möge.

Ohne ein Ziel setzte sie sich in Bewegung.

»Komm doch und hol mich«, sagte sie, und ihr entfuhr ein humorloses Lachen. Sie war sich nicht einmal sicher, ob der Laut aus ihr gekommen war. »Du denkst, du hältst mein Leben in den Händen. Das tust du nicht«, fuhr sie fort. »Schicksal. Jeder sagt immer: Das liegt in den Händen des Schicksals. Ach, geh zum Teufel!«, schrie sie. »Ich mache mir mein eigenes Schicksal. Du wirst mein Leben nicht beeinflussen.«

Eden ging einfach weiter, ohne zu wissen, wohin. Sie scherte sich um gar nichts mehr. Die einzige Person, die geschworen hatte, sie niemals zu verlassen, hatte genau das getan. Ihr Vater mochte es sich nicht ausgesucht haben, aber er hatte sie tatsächlich verlassen. Und sie war sich nicht sicher, ob sie ihm das verzeihen konnte. Ob sie sich selbst verzeihen konnte. Und sie würde sich garantiert nicht auf das Schicksal verlassen oder auf das, was es meinte, für sie bereitzuhalten.

Doch das Lustige am Schicksal war, dass es egal war, wie laut man schrie, egal, welche Pläne man zu machen versuchte, es war ein echtes Miststück, das seine eigenen Methoden hatte, um Dinge geschehen zu lassen …

* * *

Er kicherte in sich hinein, als er langsam den Kinderreim aufsagte, während er die erste Flamme entzündete.

Doch weh! Die Flamme fasst das Kleid.

Die Schürze brennt, es leuchtet weit.

Es brennt die Hand, es brennt das Haar.

Es brennt das ganze Kind sogar.

»Mal schauen, ob ihr mich jetzt schnappt.« Sein Lachen schallte durch den Wald, als das trockene Gestrüpp schnell in Flammen aufging und sofort in wunderschönen Orange- und Rottönen an den Wänden der alten Scheune leckte. Von ihrer Produktionsstätte würde nichts mehr übrig bleiben. Eigentlich würde von der ganzen Stadt nichts mehr übrig bleiben.

Das war ihm egal. Sie hatten ihm sein Geschäft versaut, und dafür würden sie jetzt alle bezahlen …

KAPITEL 3

Sechs Monate später.

Wie konnte eine einzige Handlung zu etwas so Tödlichem werden? Wie konnte sich ein winziger Funken in eine gewaltige Flamme verwandeln? Wie konnte ein dummer Fehler mit dem Tod enden?

Das waren Fragen, die sich Feuerwehrleute immer stellten, wenn sie zu tödlichen Feuersbrünsten eilten und beteten, dass sie nicht zu spät kamen. Aber befriedigende Antworten gab es darauf nie.

Spiel nicht mit dem Feuer, du könntest dich verbrennen.

Owen Forbes schnitt eine Grimasse, als ihm dieser Gedanke durch den Kopf ging. Mit seiner behandschuhten Hand wischte er sich über die Wange, schmierte Ruß und Schweiß tiefer in seine Haut, linderte aber zumindest den Juckreiz.

»Die Pause ist vorbei!«, rief jemand.

Als Owen aufschaute, traf sein Blick auf John, einen langjährigen Freund und Kollegen, der gerade die Axt schwang und trockenes Gestrüpp niedermähte, versuchte, einen Weg freizumachen, um den riesigen Waldbrand, den sie zu

28

löschen versuchten, wenigstens ein bisschen unter Kontrolle zu bringen.

Owen zeigte seinem Freund den Mittelfinger, bevor er wieder an die Arbeit ging und eine Brandschneise anlegte. Obwohl die Teufelskerle im Einsatz waren, um diesen Brand zu bekämpfen, würde Owen sich nicht zurücklehnen und zuschauen, wie die Wälder in unmittelbarer Nähe seines Zuhauses praktisch unkontrolliert brannten.

Der ungewöhnlich warme Sommer im Bundesstaat Washington mutete der Stadt Edmonds mehr Hitze zu, als sie vertragen konnte. Owen wollte das nicht zulassen. Bei den zahlreichen Bränden, die seit sechs Monaten in den Wäldern um Edmonds wüteten, handelte es sich ganz offensichtlich um Brandstiftung. Dieser letzte war außer Kontrolle geraten, aber irgendwie mussten sie ihn in den Griff bekommen … oder den, der so viel Zerstörung verursachte.

»Nein, danke!«, erwiderte John lachend. Owens müder Verstand brauchte einen Augenblick, um sich darauf einen Reim zu machen. Vermutlich gefiel John das Angebot nicht, das seine Geste suggerierte.

Owen seufzte und war froh über die kurze Verschnaufpause in einem Moment, der sich nach Weltuntergang anfühlte. Immer wenn er ein Feuer bekämpfte, kam er sich vor wie im Höllenschlund. Doch das spielte keine Rolle. Er liebte seinen Beruf, den Nervenkitzel und die Tatsache, dass er Leben rettete. Sowohl menschliches als auch das der Kreaturen, die mit ihm in dieser Welt lebten.

Der Wald hier war wild, schön und in ernsthafter Gefahr. Es war eine Situation, in der jeder gebraucht wurde und vor der niemand zurückschreckte. Zehn Jahre verbrachte Owen jetzt schon damit, Feuer zu bekämpfen. Er hatte sein Zuhause verlassen, um für eine bestimmte Person ein Held zu sein. Aber irgendwann hatte ihm das nicht mehr gereicht. Im Alter von neunzehn Jahren war er Feuerwehrmann geworden und hatte seitdem nicht zurückgeschaut.

Aber jetzt war er wieder zu Hause, und er hatte eine Menge wiedergutzumachen. Er war zuversichtlich, dass ihm genau das gelingen würde, aber Zuversicht allein reichte nicht aus. Er brauchte ein verdammtes Wunder, um für seine Sünden zu büßen. Und dabei meinte er nicht die Flammen.

Das Feuer war wie eine Frau: geheimnisvoll, nicht durch Logik zu ergründen, und es verzehrte einen mit Haut und Haaren. Manchmal war nur ein Spritzer kaltes Wasser nötig, um die Flammen zu löschen, zu anderen Zeiten war ein verdammter Ozean nicht genug. Doch das Feuer war irgendwann besänftigt, irgendwann war es gelöscht, und damit hörten die Gemeinsamkeiten auf.

Mit einer Frau konnte man nicht herumspielen, und man konnte sie nicht löschen. Eine Frau wollte in Ehren gehalten werden. Und wenn der Mann so dumm war, das für einen Augenblick zu vergessen, verlosch das Feuer in ihr vielleicht für immer – und dann gab es nichts, was ihre Augen je wieder zum Leuchten brachte.

Owen hoffte inständig, dass die Liebe seines Lebens noch ein wenig von der Glut bewahrt hatte, damit er sie wieder entfachen konnte. Von seiner Rückkehr in die Stadt hatte sie sich nicht allzu begeistert gezeigt. Wie gut, dass es ihm nicht an Selbstvertrauen mangelte und er niemals aufgab, wenn er etwas wirklich wollte, ganz gleich, wie aussichtslos die Lage schien.

Beim nächsten tiefen Atemzug wurde ihm schwindlig, er fühlte sich einer Ohnmacht nahe. Was er gerade eingeatmet hatte, war definitiv keine frische Luft. Er warf die Axt zu Boden, griff nach der Wasserflasche und nahm einen großen Schluck.

Und als er sich umschaute, erfasste er den ganzen Ernst der Lage.

Innerhalb von Sekunden konnte sich ein Feuer gegen einen richten, und es schien, als wäre das Glück an diesem Tag nicht auf seiner Seite. Diese Feuersbrunst war stinksauer und gekommen, um ihn und die anderen Männer zu holen. Sie wollte die Arme um sie schlingen, und es wäre keine warmherzige Umarmung, sondern eine schlimme Verbrennung, von der sie sich nicht erholen würden.

»John, wir werden eingekesselt!«, rief Owen.

John schaute auf und erstarrte. Sie waren beide in Gedanken gewesen, ein dummer Anfängerfehler, den sie nicht hätten machen dürfen.

»Verdammte Schei…« Johns Worte wurden von Trevors Aufschrei unterbrochen. Beide Männer drehten sich in Richtung des Neulings.

»Los!«, rief Owen, und John und er rannten den Berg hinab, um dem Zweiundzwanzigjährigen zu Hilfe zu kommen, dessen Jacke Feuer gefangen hatte. In seiner Panik wedelte Trevor mit den Armen herum, wodurch die Flammen über seinen Rücken wanderten. Er drehte sich im Kreis.

»Hör auf!«, schrie John, während sie auf ihn zu rannten. Sie stießen den jungen Mann zu Boden und rollten ihn im heißen Dreck herum. Das Feuer war noch immer hinter ihnen her. Ein Funke musste auf Trevor gelandet sein, und sofort hatte er Feuer gefangen.

Ein Teil seines Gesichts zeigte schwere Verbrennungen. Er stöhnte benommen. Seine Uniform schwelte, er war zu stark verbrannt, um bei Bewusstsein zu bleiben. Nur Finsternis konnte den Schmerz auslöschen, den er fühlen musste.

»Wir müssen Hilfe holen!«, rief Owen. Das Tosen des Feuers war ohrenbetäubend. Sie hatten sich auf diesem Berg von den Flammen einschließen lassen, und wenn sie jetzt nichts unternahmen, würden sie ihre Familien nicht wiedersehen.

Owen war schweißüberströmt, aber er ignorierte die Hitze. Eine heiße Dampfsauna war nichts gegen die sengenden Flammen dieses Feuers. John und er legten jeweils einen Arm um Trevors reglosen Körper und rannten um ihr Leben.

Entweder würden sie es zusammen hier hinausschaffen oder gemeinsam in Flammen aufgehen. Eine andere Möglichkeit gab es nicht.

KAPITEL 4

Eden seufzte, während sie im Stau stand und den malerischen Anblick der Olympic Mountains genoss. Sie war in Edmonds geboren und aufgewachsen und liebte jeden Quadratkilometer. Der Ort schmiegte sich an die Ausläufer des Kaskadengebirges und bot einen spektakulären Blick auf den Puget Sound. Trotz der Nähe zu Seattle strahlte Edmonds das typische Kleinstadt-Flair aus.

Hier hatte sie sich einmal sicher gefühlt, aber diese Sicherheit war ihr entrissen worden. Das war nicht in einem einzigen Augenblick geschehen. Nein, die Wunde war langsam entstanden, und je mehr Zeit vergangen war, desto größer war sie geworden.

Vor sechs Monaten war das größte Stück aus ihr herausgerissen worden.

Einige würden sagen, dass sechs Monate ausreichen müssten, um die Kurve zu kriegen. Oder dass man sich Hilfe holen sollte, wenn man nach einem halben Jahr immer noch nicht klarkam. Aber das waren meist Leute, die selbst noch nie eine traumatische Erfahrung gemacht hatten.

Sechs Monate waren nichts. Sie waren wie ein Wimpernschlag. Sogar noch weniger als das. Sechs Monate kratzten kaum an der Oberfläche der Zeit.

Eden hatte so viel in ihrem Leben verloren – ihre Mutter, ihren Freund … und ihren Vater.

Sie hatte nichts tun können, als sie ihre Mutter verlor, an die sie sich nicht erinnerte, oder ihren Vater, den sie so sehr vermisste, dass ihr Herz vor Kummer blutete. Doch in Bezug auf Owen konnte sie etwas tun.

Es war ihr lange gelungen, ihm aus dem Weg zu gehen – seit jenem Abend, an dem ihr der Vater entrissen worden war. Sie war bei Owen gewesen, als ihr Vater sie am meisten gebraucht hatte, und das konnte sie sich nicht verzeihen. Owen hatte ihr so viel genommen. Und dass er nach Edmonds zurückgekehrt war, hatte es nur schlimmer gemacht.

Sie war nicht mehr das Mädchen, das einen Jungen liebte, der nie für sie bestimmt gewesen war. Vor zehn Jahren hatte er sie verlassen und ihr für immer das Herz gebrochen. Er war lange weg gewesen, bevor er das erste Mal seine Familie besuchte. Doch mit den Jahren war es einfacher für sie geworden, dass er nicht mehr in Edmonds lebte.

Das heißt, bis er beschlossen hatte, nicht mehr so viel Zeit zwischen den einzelnen Besuchen verstreichen zu lassen, und sicherstellte, dass sie von seinem Kommen erfuhr. Eden wusste, dass es ein Spiel war. Ihr war nur nicht klar, welcher Preis auf den Gewinner wartete. Sie wusste nicht, was Owen wollte.

Hätte sie in ihrem Leben einen Sinn erkennen können, wäre sie wieder zufrieden gewesen. Doch es war, als fände sie nicht mehr in die Spur zurück, nachdem man sie so gnadenlos aus der Bahn geworfen hatte. Eines wusste sie allerdings mit Sicherheit: Im Weltall gab es kleine Männchen, die sich schadenfroh die Hände rieben und über den Kummer dieser unbedeutenden menschlichen Wesen da unten lachten. Derzeit hatte sie nur zwei Dinge im Kopf: den Tod ihres Vaters und ihre Unfähigkeit, über Owen Forbes hinwegzukommen. Vielleicht sollte sie einfach wegziehen und woanders neu anfangen. Sie wusste ganz sicher, dass ihr Vater sie von ganzem Herzen geliebt hatte und nicht gewollt hätte, dass sie so verzweifelt war.

Ihr Vater hatte Owen auch gemocht.

Eden verdrängte diesen Gedanken sofort. Ihr Vater hatte sie an dem Abend angerufen, an dem sie mit Owen zusammen gewesen war. Er hatte sie angerufen, hatte sie gebraucht, und sie hatte nicht reagiert. Die Schuldgefühle, die sie deswegen verspürte, würden sie für den Rest ihres Lebens begleiten.

Ein Hupen riss Eden aus ihren Gedanken. Die Ampel vor ihr hatte auf Grün geschaltet, sie konnte weiterfahren. Sie betrachtete den verrauchten Himmel. Der Waldbrand wirkte mit jedem Tag bedrohlicher. Und sie war mal wieder so dämlich, geradewegs ins Feuer zu laufen, anstatt Reißaus zu nehmen wie jeder vernünftige Mensch.

Doch da Eden in einer der wenigen Anwaltskanzleien der Kleinstadt arbeitete und es eine Ermittlung wegen Brandstiftung gab, musste sie ihren Job machen. Sie konnte nicht die einzige Rettungsleine loslassen, an der sie sich derzeit festhielt. Sie musste arbeiten und an etwas anderes denken als an die fortwährende Misere, in der sie sich befand.

Die Leute, die mit den Ermittlungen beauftragt waren, vermuteten, dass der Brandstifter aus den Reihen der Feuerwehr kam. Alles in Eden sperrte sich gegen diesen Verdacht. Sie war in dieser Stadt aufgewachsen und konnte nicht glauben, dass jemand, der hier lebte, zu solch einer zerstörerischen Handlung fähig war.

Bei einem Namen auf der Liste hatte ihr der Atem gestockt – Owen Forbes.

Sie mochte eine Wut auf ihn haben, ihn für all ihren Kummer verantwortlich machen, aber sie würde ihm niemals eine solche Tat zutrauen. Doch gleichzeitig wurde ihr klar, dass sie ihn gar nicht kannte – nicht die erwachsene Version von ihm. Die Leute, die dieses Feuer untersuchten, waren Fremde. Sie waren unvoreingenommen gegenüber dieser Stadt und ihren Bewohnern. Und Owen hatte sich gerade erst in sein neues Zuhause eingelebt, als das Feuer ausgebrochen war.

Was wusste sie eigentlich über ihre erste Liebe?

Sie kannte den Jungen, kannte seine Familie, aber kannte sie den Mann?

Aus dem Bauch heraus hätte sie gesagt, dass sie ihn natürlich kannte, aber im vergangenen Jahr hatte sie das Vertrauen in sich selbst verloren, das Vertrauen in ihr eigenes Urteil. Jemand hatte vorsätzlich dieses Feuer gelegt, wie auch die Brände der letzten Monate.

Konnte es Owen gewesen sein?

Das würde sie sicher herausfinden.

Sie fuhr an den Straßenrand und atmete ein paarmal tief ein. Je weiter sie in die Berge fuhr, desto schlechter wurde die Luft. Dennoch brauchte sie ein bisschen Sauerstoff.

Sie nahm den Stapel Mappen vom Beifahrersitz und richtete ihr Augenmerk nur auf eine – Owens. Immer wieder hatte er sich als Held hervorgetan, hatte zahllose Leben und Anwesen gerettet. Er war definitiv ein Mann, der Risiken einging, besonders wenn es um sein eigenes Leben ging, aber nach allem, was sie mindestens zehnmal gelesen hatte, sah sie nicht, was die Brandermittler sahen. Für Eden gab es kein Motiv, so ein tödliches Feuer zu legen.

Aber waren nicht alle Feuerwehrleute risikofreudig? Stürzten sie sich nicht begeistert in ein Feuer, wenn andere davor flohen? Man musste schon ein besonderer Mensch sein, um diese Uniform zu tragen. Würde einer von ihnen absichtlich ein Feuer legen, damit er sich beim Löschen als Held hervortun konnte? Hatte das jemand in den letzten sechs Monaten getan und beim letzten die Kontrolle verloren?

Eden schüttelte den Kopf. Es schien so unmöglich, auch wenn in zahlreichen Fällen bewiesen worden war, dass Feuerwehrleute genau das getan hatten. Aber wie viele waren schon mit ihren todbringenden Taten davongekommen? Sie schauderte allein beim Gedanken daran.

Dass unter allen Männern auf der Liste Owen derjenige war, der den Nervenkitzel unbedingt brauchte, bezweifelte sie nicht. Das Adrenalin war eine Droge, der er nicht entsagen wollte. Er war nicht einmal für Waldbrände ausgebildet, kämpfte aber schon seit zwei Wochen ununterbrochen gegen den momentanen Großbrand und dachte dabei keine Sekunde an seine eigene Sicherheit.

Eden wollte eigentlich nichts mit dem Fall zu tun haben. Ja, sie musste arbeiten, und ja, sie musste sich auf etwas anderes konzentrieren als auf den Tod ihres Vaters und die Schuldgefühle, die sie deshalb empfand. Aber wie sollte das funktionieren, wenn sie durch ihre Arbeit mit Owen konfrontiert wurde?

Ihr Leben war ein heilloses Durcheinander, und es sah nicht so aus, als würde sich daran in nächster Zeit etwas ändern. Sie hatte zwei Möglichkeiten. Entweder nahm sie ihre Aufgabe bereitwillig an, oder sie ließ zu, dass die Verzweiflung sie in den Abgrund zog.

Eden war kein Mensch, der schnell aufgab. Es mochte zwar manchmal so aussehen, aber letztlich hätte das nicht zu ihr gepasst. Sie würde sich Augenblicke des Schmerzes und des Selbstmitleids erlauben, aber suhlen würde sie sich nicht darin. Es war an der Zeit, ihre Aufgabe mit erhobenem Kopf in Angriff zu nehmen.

Eden legte die Mappe wieder auf den Beifahrersitz und schaute hinauf in den verrauchten Himmel. Sie kehrte auf die Straße zurück und fand die Einfahrt in den Forstweg. Während sie den Berg hinauffuhr, wurde die Sicht zunehmend schlechter, je näher sie dem Feuer kam.

Ihr Job war jetzt ihr Leben, aber in Zeiten wie diesen nervte das wirklich.

Die Hitze wurde immer unerträglicher, während sie sich dem provisorischen Lager näherte, in dem die Mannschaft ihre Löschrucksäcke und das Zubehör neu bestückte, schnell etwas aß und vielleicht sogar ein paar Minuten Schlaf bekam. Man würde es höchstwahrscheinlich verlegen müssen, denn der Waldbrand eroberte das Land mit rasender Geschwindigkeit. Die Feuerwehr bekam ihn nicht wie erhofft unter Kontrolle.

Am Lager angekommen, stieg sie aus dem Auto und wischte sich mit der Hand die Schweißperlen von der Stirn. Auf dem Handrücken sammelte sich Ruß. Sie war zu nah am Feuer, das die Luft verschmutzte.

Wenn ein Feuer außer Kontrolle geriet, verschlang es alles, was sich ihm in den Weg stellte, und machte auch vor Menschen nicht halt. Doch ein Brand gab dem Durchschnittsmenschen eine Chance. Er sandte kleine Warnzeichen aus wie Asche, die durch die Luft zu ihm flog, extrem ansteigende Temperaturen und ein lautes Tosen, das den Herzschlag beschleunigte.

Wer dumm genug war, das todbringende Feuer als Mutprobe zu betrachten, sollte sich über sein mögliches Schicksal im Klaren sein. Eden schaute sich um und sah nur Zerstörung und Tod. Der Anblick, wie diese wunderschönen Bäume zu Asche zerfielen und der einst üppig bewachsene Waldboden sich in eine schwarze Wüste verwandelte, war mehr als niederschmetternd.

Eden ging auf ein großes Zelt zu, in dem eine Gruppe Männer aufgeregt durcheinanderredete, und war sofort nervös. Da draußen waren Männer, die gegen den Waldbrand ankämpften, und der weißhaarige Hauptmann, der in ein

Funkgerät sprach, war sichtlich aufgebracht. Irgendetwas war schiefgegangen.

»Verflucht, Owen, melde dich«, sagte der Mann. Eden spürte, wie ihr übel wurde.

Aus dem Funkgerät kam nur Rauschen, und Eden stand wie angewurzelt da. Sie hätte nicht davonlaufen können, auch wenn ihr Leben davon abgehangen hätte. Als sie über die brennenden Hügel schaute, wurde ihr bewusst, dass ihr Leben sehr wohl davon abhängen konnte. Normalerweise waren es nicht die Flammen, die einem Menschen das Leben kosteten, versuchte sie, sich zu versichern. Nein, die meisten starben schon vorher an dem giftigen Rauch. Immerhin war das weniger schmerzhaft, aber im Moment auch nicht gerade tröstlich.

Sie starrte auf die Hügel und sah nichts und niemanden auf sich zukommen. Das verstärkte ihr Übelkeitsgefühl nur noch. Wo war Owen, und wo die anderen Männer, die der Hauptmann zu erreichen versuchte?

Niemand sagte ein Wort, als sich mehrere Männer um den Mann mit dem Funkgerät scharten. Sie warteten auf eine Antwort. Minuten vergingen, in denen nichts geschah, und sie sah den Kummer in ihren Augen, als glaubten sie ihre Kameraden dort oben bereits verloren. So wie die Flammen loderten, war das womöglich der Fall.

Eden fühlte sich wie betäubt. Sie hatte sich nichts mehr gewünscht, als über Owen hinwegzukommen und endlich ein neues Kapitel aufzuschlagen, aber das hier hatte sie nicht gewollt. Der Gedanke, dass das Leben weiterging, als wäre nichts geschehen, in einer Welt, in der es Owen nicht mehr gab, war für Eden so unfassbar, dass sie es sich überhaupt nicht vorstellen konnte.

Auch wenn er nicht mehr Teil ihres Lebens war, so erhaschte sie doch den einen oder anderen flüchtigen Blick, schaute zu, wie er sein Leben lebte. Dabei wollte sie gar nicht zuschauen, wollte nicht ständig wissen müssen, was er tat, aber es zu wissen, hatte etwas Tröstliches. Einen weiteren Verlust dieser Größenordnung konnte sie nicht verkraften, nicht so bald nach dem Tod ihres Vaters. Ohne dass sie es merkte, liefen ihr Tränen über die schmutzigen Wangen.

Eden brauchte einen Moment, um die freudigen Rufe der Feuerwehrleute einzuordnen, die plötzlich losrannten. Kopfschüttelnd blickte sie auf, ihr Kopf war schwer wie Blei. Doch dann entdeckte sie in einiger Entfernung zwei Männer, die einen dritten schleppten, und der Weg hinter ihnen schien von den Flammen aufgefressen zu werden.

Es sah aus, als hätten die Männer einen Kokon um sich errichtet, der sie vor dem drohenden Untergang schützte. Als die Feuerwehrleute die drei erreichten, übernahmen sie den bewusstlosen Mann und brachten ihn schnell zu den Feldbetten, die für die Versorgung von Verletzten bereitstanden. Ein Krankenwagen würde bis hierher mindestens zwanzig Minuten brauchen. Wahrscheinlich ging es schneller, den Mann in die Stadt zu fahren, obwohl es nicht die bequemste Fahrt werden würde.

Als sie näher kamen, sah Eden die versengte Haut des Mannes und war sich sicher, dass er von keiner Fahrt etwas mitbekommen würde. Er konnte von Glück sagen, wenn er seinen Verletzungen nicht erlag. Eden unterdrückte den Drang, sich zu übergeben. Hier war zu viel los, und sie musste helfen, wo sie konnte, durfte in dieser gefährlichen Situation keine Last sein.

Als die Gruppe der Feuerwehrleute näher kam, sah Eden, dass die anderen beiden Männer, die aus den Flammen gekommen waren, humpelten. Offenbar waren sie alle drei von den Flammen überrascht worden und hätten es beinahe nicht herausgeschafft.

Obwohl die Temperatur in diesem Camp fast vierzig Grad betragen musste, lief Eden ein kalter Schauer über den Rücken, als ihr Blick auf einen der Männer fiel, dessen rußgeschwärztes Gesicht mögliche Verletzungen verbarg.

Männer blafften Befehle, und ein Feuerwehrmann lief zu seinem Kombiwagen. Die Beine eines Feldbettes wurden eilig gekappt, bevor man den Verletzten darauflegte. Seine Kollegen brachten ihn zum Auto und schoben die Trage vorsichtig hinein. Einer seiner beiden Retter setzte sich daneben, um dafür zu sorgen, dass der Verletzte auf der Fahrt nicht zu sehr hin und her geschleudert wurde. Eden betete, dass es für ihn nicht zu spät war, dass die Männer ihn noch rechtzeitig aus der Flammenhölle gerettet hatten. Ein wenig verachtete sie sich dafür, dankbar zu sein, dass es nicht Owen war, der jetzt auf dieser provisorischen Trage lag.

Bei diesem Gedanken schaute sie wieder auf und betrachtete den anderen der beiden Retter. Ein Kamerad musste ihn festhalten, so wacklig war er auf den Beinen. Wieder blieb ihr fast das Herz stehen. Es war Owen Forbes, und es ging ihm nicht gut.

»Lass uns fahren, Owen. Ihr braucht beide medizinische Hilfe«, sagte der Hauptmann.

»Mir geht's gut, Eric. Ich brauche nur Wasser«, krächzte Owen. Sie erkannte seine Stimme kaum wieder.

»Keine Widerrede!«, entgegnete Eric.

Owen ließ es zu, dass man ihn zu einem Feuerwehrauto führte und unverzüglich mit ihm davonfuhr.

Das war der Moment, als Edens Beine endgültig nachgaben und sie zu Boden sank. Keiner bekam etwas mit, und sie war dankbar dafür.

Eigentlich war sie gekommen, um diese Männer zu befragen und herauszufinden, wer das Feuer gelegt hatte. Es schien zwar unmöglich, dass einer dieser Männer etwas damit zu tun hatte, am wenigsten Owen, aber wenn, dann wollte sie ihn lieber hinter Gittern sehen als einen Meter achtzig tief unter der Erde.

Ihre Wunden, die noch lange nicht verheilt waren, fühlten sich an, als wären sie wieder weit aufgerissen. Sie sollte ihren Job kündigen …, doch sie wusste, dass sie das nicht tun würde.

Ihre Stadt stand kurz davor, von den Flammen verschluckt zu werden, und sie war entschlossen, das zu verhindern.

KAPITEL 5

Owen lag in der Notaufnahme, und nachdem er eine Stunde lang eine Sauerstoffmaske getragen hatte und nun endlich wieder tiefe, heilsame Atemzüge nehmen konnte, wurde er unruhig. Er hatte die Nase voll vom Herumliegen. Aber das verdammte Krankenhauspersonal wollte ihn nicht entlassen, ehe ein Arzt die Entlassungspapiere unterschrieben hatte.

Es gab ein Feuer, das die ganze Stadt in Atem hielt, und er musste wieder an die Arbeit. Seine Zehen zuckten, während er unterdrückt fluchte und wartete … und wartete … und wartete. Er stand kurz davor, zu explodieren.

Die Tür zu seinem Zimmer ging auf, und Owen entwich ein Stöhnen, als der Arzt mit einem breiten Lächeln im Gesicht hereinkam. *Verdammt!* Jetzt würde er niemals hier rauskommen. Rache war süß, und gerade kam sein großer Bruder Kian auf ihn zu und sah aus, als hätte er alle Zeit der Welt.

Eine Begrüßung gab es nicht, als Owen Kian anschaute. »Kannst du die verdammten Entlassungspapiere unterschreiben, damit ich zurück zur Arbeit kann?«, fragte Owen. »Ich brauche diesen Tropf und die blöden Tests nicht.«

Kian grinste, als er Owens Krankenblatt nahm und es aufmerksam studierte. Obwohl sein Lächeln nicht erlosch, nahm Owen die Sorge in den Augen seines Bruders wahr.

»Diesmal war es ganz schön knapp, was?«, fragte Kian, und der Vorwurf in seiner Stimme war nicht zu verkennen.

»Man kann nicht gleichzeitig ein Feuer bekämpfen und auf Nummer sicher gehen«, klärte Owen seinen Bruder auf.

»Das meine ich nicht«, sagte Kian. »Du hast ein paar minderschwere Verbrennungen, aber wir haben fast eine Stunde gebraucht, um deine Sauerstoffwerte zu stabilisieren, und du bist immer noch dehydriert.«

»Mir geht's gut«, beharrte Owen. »Ich habe schon Schlimmeres erlebt.«

Ein kalter Schauer lief Kian über den Rücken, und er schenkte Owen seinen Großer-Bruder-Blick, der den Jüngeren schon immer wahnsinnig gemacht hatte.

»Du kannst den harten Burschen spielen, wenn du in deinem Metier unterwegs bist«, belehrte Kian ihn. »Aber jetzt bist du in *meiner* Welt, und du wirst nirgendwo hingehen, bis ich der Meinung bin, dass es okay ist.«

Die Stimme seines Bruders ließ keinen Widerspruch zu. Owen wusste, wann es an der Zeit war, einzulenken. Das hier war auch keine Sache zwischen Brüdern. Wahrscheinlich zum ersten Mal sah Owen in seinem Bruder den erstklassigen Arzt, der er war. *Verflixt!* Das war ein merkwürdiges Gefühl. Owen war tatsächlich stolz auf ihn, auch wenn er zurzeit wahnsinnig nervte.

»Es wurde ziemlich grenzwertig«, gab Owen zu. Er wollte lieber nicht darüber reden, dann wurde es wieder real. Je realer es wurde, desto einfacher machte er es der Angst, ihn zu manipulieren. Der schlimmste Feind eines Feuerwehrmanns war die Angst. Selbstzweifel konnten einen schnell das Leben kosten.

»Deinem Kameraden geht es nicht so gut wie dir«, gestand Kian widerwillig. »Deshalb komme ich erst jetzt.«

»Verdammt!«, polterte Owen. Er hatte gewusst, dass Trevor sich auf einen schmerzhaften Weg der Genesung gefasst machen musste, aber der Ausdruck in den Augen seines Bruders sagte ihm, dass Trevor es nicht schaffen würde. »Sag mir nicht, dass du ihn nicht wieder hinbekommst.«

Kian schüttelte den Kopf. »Er hat den Kampf noch nicht aufgegeben, aber selbst wenn er ihn gewinnt, wird es Momente geben, in denen er sich wünscht, er wäre gestorben.«

»Wie viel von seinem Körper ist verbrannt?«, fragte Owen.

»Siebzig Prozent«, sagte Kian.

»Ich dachte, wir würden das in den Griff bekommen. Aber heute hat der Wind gedreht, und das Feuer ist explodiert. Es ist so verdammt schnell passiert«, sagte Owen leise.

»Ich hatte diese Woche schon viel zu viele Feuerwehrleute hier«, berichtete Kian. »Eigentlich sollte ich den Arztkittel ausziehen und mich auf den Weg in die Berge machen. Wir brauchen mehr Leute da draußen.«

Owen lächelte zum ersten Mal seit langer Zeit. »Sosehr ich dir mein Leben anvertraue und so gern ich dich an meiner Seite habe, ich glaube, du wirst hier noch viel dringender gebraucht.«

Kian setzte sich neben ihn, und zum ersten Mal konnte Owen sein Gesicht richtig sehen. Sein Bruder hatte dunkle Ringe unter den Augen, und Owen bezweifelte nicht, dass der Mann Doppel- und Dreifachschichten übernahm, um sich um alle Verletzten zu kümmern. Kian hätte das nicht tun müssen, aber seine Brüder waren immer zur Stelle, wenn sie gebraucht wurden, niemand drückte sich. Nicht zuletzt deshalb hatte Owen so großen Respekt vor seiner Familie.

»Ja, ich würde auch gar nicht wissen, was ich da draußen tun soll«, gab Kian zu. »Sind noch mehr Feuerwehrleute in die Notaufnahme nach Seattle geschickt worden?«

»Ich glaube nicht«, sagte Owen. »Heute haben nur John, Trevor und ich Ärger gemacht. Ich hätte es besser wissen und verhindern müssen, dass uns dieses Luder so einkreist.« Schuldgefühle überkamen ihn.

»Erstens bist du nicht auf Waldbrände spezialisiert«, widersprach Kian, »zweitens trägst du garantiert nicht die Verantwortung für das, was heute passiert ist. Verantwortlich ist immer noch der, der das Feuer gelegt hat, dazu das Wetter und die verdammten höllischen Flammen, aber definitiv nicht du.«

Owen wusste, dass sein Bruder recht hatte, und normalerweise musste ihm das auch keiner sagen, aber heute schon. Er war jetzt dankbar, dass sein Bruder ihm einen Besuch abgestattet hatte. Zwar wollte er immer noch schnellstens zurück zur Arbeit, aber vielleicht war es wirklich besser, eine Pause einzulegen.

»Du weißt schon, dass du dich ein bisschen wie Dad anhörst, oder?«, bemerkte Owen und spürte ein Brennen in den Augen. Auf keinen Fall wollte er jetzt rührselig werden. Er schob es auf den massiven Schlafmangel und die Medikamente, die man ihm verabreicht hatte. Bereits seit zwei Wochen kämpfte er täglich gegen dieses Feuer und bekam höchstens fünf Stunden Schlaf pro Nacht. Das schwächte seinen Körper.

»Angesichts der Tatsache, dass ich jetzt Vater bin, nehme ich das als Kompliment«, erwiderte Kian. »Du bist erst seit einem Jahr zurück, und ich würde gern noch ein bisschen Zeit mit dir verbringen, bevor du bei einem Waldbrand Mutproben ablegst.«

»Wenn du mich aus dem Krankenhaus entlässt, werde ich mich wieder in die Arbeit stürzen, die Flammen löschen, die Lage retten, und dann können wir eine Runde Golf spielen«, versprach Owen.

Sein Bruder lächelte wieder. »Im Moment habe ich dein Leben in der Hand.« Kian sah zufrieden aus, als er sich auf dem Stuhl zurücklehnte.

»Ist das die Rache für damals, als ich dich im Badezimmer eingeschlossen habe?«, fragte Owen. »Es wird nämlich Zeit, dass du darüber hinwegkommst.«

Kian starrte seinen Bruder an und sein Lächeln verblasste. »Du hast ein verdammtes Kantholz an die Tür genagelt. Ich saß drei Stunden im Badezimmer fest«, beschwerte er sich. Dann lächelte er wieder. »Das hatte ich tatsächlich vergessen.«

»Mist«, murmelte Owen. »Können wir vergessen, dass ich das angesprochen habe?« Doch ihm war klar, dass das nicht der Fall sein würde.

»Ha! Vergiss es.« Kian schaute auf die Uhr und dann wieder zu seinem Bruder. »Du bist gerade mal eine gute Stunde hier.« Er stand auf und ging zur Tür.

»Wohin gehst du?«, rief Owen.

Kian drehte sich um und grinste, während Owen innerlich fluchte … und wartete. »Sieht so aus, als hättest du noch zwei Stunden vor dir, bis ich irgendetwas unterschreibe.«

Dann verließ Kian das Zimmer. Owen rief seinem Bruder ein paar Verwünschungen hinterher, ließ sich dann in die Kissen zurückfallen und starrte auf die leere Türöffnung. Ungefähr fünf Minuten verharrte er in dieser Position und hoffte, dass sein Bruder mit diesen Spielchen aufhörte, schließlich war er Arzt.

Nichts geschah.

Er würde warten müssen.

Seufzend griff Owen nach der Fernbedienung des Fernsehers. Da er wohl die nächsten Stunden hier festsitzen würde, konnte er sich auch über die neusten Nachrichten informieren. Brüder waren wirklich nervig. Aber er liebte seine trotzdem.

Ein großer Mann stand im Zimmer und schaute auf Trevor hinunter, der auf dem Bauch lag. Seufzend blickte er sich um und sah ein paar Krankenschwestern den Flur heraufkommen. Der Mann verließ das Zimmer und ging in Richtung Treppenhaus. Er wollte nicht, dass ihn jemand bei den Aufzügen sah.

Trevor war nicht seine Zielperson gewesen, sondern … Owen.

Ursprünglich hatte er beim Legen des Feuers nicht eingeplant, dass jemand sterben würde – das war nur ein zusätzlicher Bonus. Doch als das Feuer derart außer Kontrolle geraten war, hatte ihn der Gedanke, Owen könnte ihm zum Opfer fallen, durchaus begeistert.

Die Forbes-Familie mischte sich schon lange genug in seine Geschäfte ein. Es war an der Zeit, dass sie die brennende Qual spürte, die sie so vielen bescherte – besonders ihm.

Er kicherte, als er die Treppe hinunterging und das Krankenhaus verließ.

Heute war kein verlorener Tag. Das Feuer loderte heftig, und Owen hatte Angst. Ein verängstigter Feuerwehrmann war ein Todgeweihter.

KAPITEL 6

Eden war gut darin, Leute und Situationen aus der Distanz zu betrachten. Sie wusste, wie man unentdeckt blieb. Es hatte ihr immer gefallen, zu beobachten, wie Dinge passierten, wie Leute reagierten und zu welchen Entscheidungen sie kamen. Es war viel amüsanter, im Hintergrund zu bleiben und den anderen zuzusehen, als selbst Teil des täglichen Puppentheaters zu sein.

Als sie sah, wie Owen in ein Feuerwehrauto verfrachtet wurde, das mit quietschenden Reifen anfuhr, eine scharfe Kehrtwendung machte und aus ihrem Blickfeld verschwand, da wusste sie, dass sie auf dem Boden kauernd niemandem auffiel.

Hatte sich die Aufregung erst einmal gelegt, würde man sie allerdings bemerken. Bevor das passierte, wollte sie längst fort sein. Mit einer Kraft, die sie selbst überraschte, rappelte sie sich auf und machte sich langsam auf den Weg zu ihrem Wagen.

Ein Feuerwehrmann hielt sie auf und erkundigte sich erstaunt, ob er ihr helfen könne. Eden schüttelte nur den Kopf und stieg ins Auto. Einen Moment hielt sie inne, bevor sie den Motor startete.

Während sie wendete, merkte sie, dass ihre Hände zitterten. Sie umklammerte das Lenkrad noch fester und zwang sich, ruhiger zu werden. Es gab einfach Dinge im Leben, die lagen außerhalb der Kontrolle des Menschen. Das gab jedoch keinem das Recht, sich wie ein Narr zu benehmen. Es bedeutete einfach, dass man sich mehr anstrengen musste, nicht die Fassung zu verlieren.

Doch auf der langen Fahrt den Berg hinunter hatte sie immer wieder Owens rußgeschwärztes Gesicht vor Augen und wie es ihm kaum gelungen war, sich auf den Beinen zu halten. Er hatte dem Tod ins Gesicht gesehen. Und das ließ sie an ihren Vater denken, an den furchtbaren Moment, als sie neben seinem leblosen Körper gestanden und gewusst hatte, dass er für immer von ihr gegangen war.

Owen war dem Tod so nahe gewesen, dass die Sense bereits durch die Luft gesaust und geradewegs auf Owens Kehle gezielt hatte. Er war dem tödlichen Hieb um Haaresbreite entgangen. Ihr Vater hatte nicht so viel Glück gehabt.

Edens Finger waren weiß und begannen zu kribbeln. Am Fuß des Berges musste sie anhalten und ihre Hände ausschütteln. Sie würde nicht andere Autofahrer in Gefahr bringen, nur weil sie sich nicht im Griff hatte. Tief atmete sie durch und drängte die Tränen zurück, die sich in ihren Augen sammelten.

»Konzentrier dich, Eden«, murmelte sie. »Du hast eine Aufgabe zu erledigen. Du musst Fragen stellen, gegen Leute ermitteln. Mach daraus keine persönliche Angelegenheit. Tu einfach deine Arbeit.« Sie fand es überhaupt nicht seltsam, in ihrem Auto zu sitzen und mit sich selbst zu sprechen.

Dass einer der Leute, die sie befragen musste, kein Geringerer war als Owen Forbes, fand sie schrecklich. Der Mann, den sie immer geliebt hatte, der Mann, der fast gestorben war, während sie aus einiger Entfernung hilflos zuschaute.

Da sie gerade auf keinen Fall stabil genug war, um ihre Aufgabe zu erledigen, fuhr sie nicht ins Krankenhaus, sondern nach Hause. Eine heiße Dusche und etwas zu essen waren genau das, was ihr jeder Arzt verschrieben hätte. Sie konnte sich viel besser auf das konzentrieren, was erledigt werden musste, wenn sie nicht mehr so sehr zitterte.

Doch ihr Körper bebte auch dann noch, als sie ihr Zuhause betrat. Die Stille war fast gespenstisch, nachdem sie in der letzten Stunde von so viel Lärm umgeben gewesen war. Warum hatte sie keinen Hund? War es nicht viel klüger, ein Haustier zu haben, einen Gefährten? Vielleicht sollte sie das mal in Angriff nehmen. Nein. Sie würde es *definitiv* in Angriff nehmen. Sie würde in einem Tierheim nachfragen. Sie wusste, dass man in einem Haustier einen Seelenverwandten finden konnte. Beim Blick in die Augen eines Tieres würde sie wissen, welches für sie bestimmt war.

Erleichtert stellte sie fest, dass das Zittern aufgehört hatte, als sie aus der Dusche stieg. Gut. Das war besser als irgendwelche Medikamente.

Bei dem Gedanken, dass sie Owen zum ersten Mal seit über sechs Monaten treffen würde, lagen ihre Nerven blank. Sie war sich nicht sicher, wie sie es hinbekommen hatte, ihm aus dem Weg zu gehen, aber auf jeden Fall hatte er es zugelassen. Zum einen war er kaum in der Stadt gewesen, zum anderen ging sie in letzter Zeit nicht viel aus, nicht einmal mit Roxie, ihrer besten Freundin.

Es war nicht so, dass sie Roxie nicht gerne getroffen hätte, aber sie war mit Owens Bruder Kian verheiratet. Das Risiko, Owen bei Roxie anzutreffen, schätzte sie als zu hoch ein. Doch als sie in den Spiegel schaute und überlegte, was als Nächstes zu tun war, zwang sie sich, nicht mehr an die Vergangenheit zu denken.

Sie musste professionell auftreten, wenn sie Owen traf – professionell und distanziert. Doch es sollte auch nicht so aussehen, als hätte sie viel Zeit und Mühe darauf verwendet. Mit diesem Gedanken im Kopf brauchte sie dreimal so lange wie sonst für ihr Make-up und die Auswahl ihrer Kleidung. Sie musste sich mindestens ein Dutzend Mal umziehen. Als sie wieder in die Küche kam, gab ihr Magen Töne von sich, die sie noch nie zuvor gehört hatte. Immerhin hatte sie bei der Auswahl ihres Essens keine Probleme.

Sie wollte sich eine Tasse Kaffee machen und einen Bagel toasten. Den Kaffee hatte sie bereits ausgetrunken, als der Bagel aus dem Toaster sprang. Sie schmeckte ihn kaum, als sie ihren Hunger stillte. Nun hatte sie es lange genug aufgeschoben. Es war Zeit, Owen aufzusuchen.

Sie rief im Krankenhaus an und war überrascht zu hören, dass er immer noch dort war. Eigentlich hatte sie damit gerechnet, dass er inzwischen entlassen worden sei. Ihr wurde flau im Magen, und sie befürchtete das Schlimmste. Was, wenn es doch schlimmer um ihn stand? Sie versuchte, sich einzureden, dass er ihr nichts bedeutete, doch sie wusste, dass sie sich belog.

Es kostete sie drei Versuche, den Motor ihres Autos zu starten, und zum Krankenhaus brauchte sie doppelt so lange wie sonst. Sie hatte Nebenstraßen genommen und war langsam gefahren, denn es fiel ihr schwer, sich auf die Straße zu konzentrieren.

Als sie schließlich vor dem Krankenhaus hielt, fragte sie sich, ob Owen ihre Veränderung bemerken würde. Er behauptete zwar gerne, sie würde immer noch aussehen wie siebzehn, doch sie wusste, dass das eine Lüge war. Besonders die letzten sechs Monate hatten ihr zugesetzt. Ihr Appetit war immer noch nicht ganz zurückgekehrt, und sie hatte mehr Gewicht verloren, als gut für sie war. Dadurch war ihr Gesicht ausgemergelt und die Hüften zu knochig.

Fast lachte sie bei dem Gedanken. Erst im vergangenen Jahr war sie noch auf dem Fitnesstrip gewesen mit dem Wunsch, zehn Pfund zu verlieren und Muskeln aufzubauen. Sie hatte sogar einen Personal Trainer engagiert, der ihr helfen sollte, ihre Ziele zu erreichen.

Mit dem Tod ihres Vaters hatte sich alles verändert, als hätte sie mit ihm auch ihre Lebensfreude verloren. Er war derjenige gewesen, der sie großgezogen und jeden Abend ins Bett gebracht hatte. Er war ihr Ritter in der glänzenden Rüstung gewesen, ihr Superheld. Alles in einem. Sie hatte immer gedacht, ihr Dad sei unverwundbar. Ihm werde niemals etwas zustoßen.

Doch sie hatte sich geirrt.

Und der Verlust hatte bei ihr Spuren hinterlassen. Dieser Gedanke machte sie noch trauriger, als sie den kalten Krankenhausflur betrat. Wenn es Owen wirklich gut ging, dann war sie froh, dass ihr Treffen an diesem Ort stattfand. Hier war es einfacher, steriler. Mit dem Krankenhaus verbanden sie keine gemeinsamen Erinnerungen. Sonst gab es in Edmonds kaum eine Ecke, die sie nicht in der einen oder anderen Weise an Owen erinnerte. Warum musste das Leben so verdammt kompliziert sein?

Eden näherte sich dem Schwesternzimmer und war froh, als sie April hinter dem großen Schreibtisch sitzen sah. Sie setzte ein falsches Lächeln auf und wartete darauf, dass April zu tippen aufhörte. Als sie es schließlich tat, lächelte sie Eden an.

»Was machst du denn hier?«, wollte April wissen.

»Ich möchte zu Owen.« Aprils Grinsen wurde breiter.

»Seid ihr beide wieder zusammen?« Die Leute in dieser Stadt schienen zu glauben, dass das unweigerlich der Fall sein musste.

»Das ist längst vorbei und war Kinderkram«, behauptete Eden, obwohl es ihr im Herzen wehtat. Die ungestüme Hingabe und Leidenschaft, die sie für Owen empfunden hatte, war weit entfernt gewesen von kindlichen Gefühlen. Doch sie hatte nicht gewollt, dass die Leute mitbekamen, wie gebrochen sie war, als er sie verließ.

»Mmm-hmm«, machte April und kicherte in einer Tonlage, die schlimmer war als Nägel auf einer Schultafel. »Er liegt in Zimmer 306.«

»Danke, April«, sagte Eden und wandte sich zum Gehen, bevor die andere weitere Fragen stellen konnte. Vermutlich würde April in der ganzen Stadt herumerzählen, wie schnell Eden an Owens Bett geeilt war. Irgendwie tat sie das ja auch, aber sie redete sich ein, dass es nur wegen der Fragen war, die sie ihm stellen musste, und nicht, weil sie besorgt war.

Eden war nicht bewusst, dass sie den Atem anhielt, während sie sich Zimmer 306 näherte. Sie atmete erst wieder aus, als sie ohne anzuklopfen die Tür aufstieß und Owen vollständig bekleidet und mit mürrischem Gesicht auf der Bettkante sitzen sah.

Als er aufschaute, hoben sich kurz seine Mundwinkel, und ein Funkeln erschien in seinen Augen. Dann änderte sich sein Gesichtsausdruck schlagartig, und Eden fragte sich, was er in ihrem Gesicht sah. War es Erleichterung? Wut? Angst? Sie wusste es wirklich nicht.

»Hallo, Owen«, sagte sie leise und fand ihre lahme Begrüßung fast albern.

»Eden.« Er neigte den Kopf. Es war eine höfliche Art, sie zu begrüßen. In seinen Augen stand eine Million Fragen, aber er schwieg und wartete auf eine Erklärung, weshalb sie gekommen war. Vielleicht war er auch selbst ein klitzekleines bisschen vorsichtig.

Nach ihrer gemeinsamen Nacht, in der ihr Vater gestorben war, hatte er sie einige Dutzend Mal versucht anzurufen. Sie hatte nicht mit ihm sprechen können. Deshalb musste er sich jetzt fragen, weshalb sie hier war. Eigentlich hätte sie es einfach ausspucken sollen, so hatte sie es geplant gehabt. Wenn nur ihr Verstand endlich aufgehört hätte, all diese Gedanken auf sie abzufeuern!

»Wie geht's dir?«, fragte sie ihn.

Er schenkte ihr ein freudloses Lächeln und zuckte mit den Schultern. »Mir geht's gut. Ich sollte eigentlich schon seit Stunden hier raus sein, aber da mein Bruder Vergeltung übt ...« Seine Stimme verlor sich, und er wartete offensichtlich darauf, dass der Small Talk ein Ende hatte.

Kian musste dafür gesorgt haben, dass jemand Owen Kleidung gebracht hatte, denn dieser hatte geduscht und trug ein hautenges schwarzes T-Shirt und Jeans, die sich perfekt an seine Beine schmiegten. Eigentlich wollte Eden solche Gedanken nicht haben, aber sie schien sie nicht unterdrücken zu können, wenn er direkt vor ihr saß.

Ganz kurz schloss sie die Augen, und das war ein großer Fehler, denn sie stellte sich vor, wie sie das letzte Mal zusammen gewesen waren, wie seine Zunge ihre Brustwarzen umkreist hatte, seine langen, harten Stöße tief in ihr ...

Eden riss die Augen auf und schaute schuldbewusst zu Owen, der einen wissenden Ausdruck in seinem schönen Gesicht trug. Er konnte doch unmöglich ihre Gedanken gelesen haben. Eigentlich war sie sich sicher. Bestimmt war es nicht mehr als ihre schuldige Miene, diese Gedanken gehabt zu haben, die ihn so dreinschauen ließ.

Und da sie nie wieder in eine solche Lage kommen würde, brauchte sie nicht mehr daran zu denken. Die Standpauke, die sie sich selbst gehalten hatte, war beendet. Eden straffte die

Schultern und schaute Owen so professionell an, wie sie nur konnte.

»Das ist schön zu hören«, sagte sie und erinnerte sich kaum daran, dass sie ihn gefragt hatte, wie es ihm ging. »Wie geht es den anderen beiden Feuerwehrmännern?«

Owen zuckte zusammen, und Eden wusste, dass es ihnen nicht gut ging. Bei dem einen war sie sich nicht sicher, aber den jüngeren schien es schlimm erwischt zu haben.

»John geht's gut, aber ich weiß nicht, ob Trevor durchkommen wird«, antwortete Owen nach einer langen Pause.

»Das tut mir leid.« Und Eden meinte es auch so. Ihre Finger zuckten vor lauter Verlangen, die Hand auszustrecken und Owen zu berühren. Nicht nur, um ihn zu trösten, sondern auch, um sich zu vergewissern, dass es ihm wirklich gut ging.

Vielleicht war sie übergeschnappt und hatte eine Störung, die nur auftrat, wenn sie in Gegenwart dieses einen menschlichen Wesens war. Sie war innerhalb von Minuten – ach was, Sekunden – voller Emotionen, wenn sie nur in seine Nähe kam. Eine distanzierte Gleichgültigkeit wäre ihr deutlich lieber gewesen.

»Warum bist du hier, Eden? Es ist nicht so, dass ich unglücklich bin, dich zu sehen«, fügte er hinzu, als sie sichtbar zusammenzuckte, »aber du hast es geschafft, mich seit unserer letzten gemeinsamen Nacht zu meiden, als hätte ich die Pest.«

Wieder tauchte in ihrer Erinnerung ein Bild von ihnen auf, wie sie aufs Innigste miteinander verbunden gewesen waren, aber darauf folgte sogleich der Anblick des leblosen Körpers ihres Vaters. Nie würde sie sich ihre Begierde verzeihen und dass sie ihren Vater ignoriert hatte, um nur an sich selbst zu denken.

»Ich hätte in jener Nacht nicht in deinem Haus sein dürfen, Owen«, sagte sie. Sie bemühte sich um Gleichgültigkeit, aber das Zittern in ihrer Stimme strafte sie Lügen. Sie hasste ihn ein wenig dafür, dass sie sich seinetwegen so schwach fühlte. »Wir wussten doch beide in dem Moment, in dem du die Tür geöffnet hast, dass es ein großer Fehler war.«

»Wir beide zusammen sind nie ein Fehler«, konterte Owen. »Dass ich gegangen bin, war der einzige.«

Eden durchlief ein Schauer, als er das sagte. »Das werden wir wohl nie herausfinden«, erwiderte sie. Vielleicht wären sie zusammengeblieben. Vielleicht auch nicht. Wie viele Liebesgeschichten, die in der Highschool begannen, endeten denn in Eheschließungen? Oder in solchen ohne Scheidung? Man veränderte sich so sehr mit Anfang zwanzig. Sie wusste, dass sie mit dem siebzehnjährigen Mädchen von damals nicht mehr viel gemein hatte. Und sie war überzeugt, dass auch Owen sich sehr verändert hatte.

»Wir könnten versuchen, es herauszufinden«, schlug Owen vor.

Sie schüttelte den Kopf. »Ich bin nicht hier, um in Erinnerungen zu schwelgen.« Es wurde Zeit, zur Sache zu kommen.

»Und weshalb bist du gekommen?«, wollte er wissen. Es war keine unhöfliche Frage, nur eine neugierige. Doch sie versetzte ihr trotzdem einen Stich, denn plötzlich war er so geschäftsmäßig, wie sie das Gespräch hatte haben wollen, zumindest hatte sie sich das eingeredet.

»Ich helfe bei den Ermittlungen zur Brandursache«, sagte sie.

Seine Augen verengten sich kaum merklich.

»Weshalb musst du mit mir darüber reden? Ich bin nur einer von denen, die diesen verdammten Brand bekämpfen. Ich weiß nicht, wie er ausgebrochen ist, und es ist mir auch egal. Ich will nur, dass er gelöscht wird.«

»Unsere Firma wurde beauftragt ...«, fing sie an, doch sie verstummte, als sie das Misstrauen in seinem Blick sah. Sie hasste es, dass er sie so anschaute.

»Noch einmal, was hat das mit mir zu tun?«, fragte er. Er sah zwar nicht wütend aus, aber besonders freundlich schien er in diesem Moment auch nicht zu sein.

»Der Brandermittler ist zu uns gekommen.« Wieder hielt sie inne.

»Weiß man denn sicher, dass es Brandstiftung war?« Er machte einen aufgebrachten Eindruck. Das konnte auch alles Show sein, sagte sie sich.

»Ja, da sind wir uns sicher.«

»Dann solltest du diese Person lieber finden, bevor sie den gesamten Bundesstaat Washington abfackelt«, erklärte er mit solcher Überzeugung, dass Eden am liebsten einen Haken hinter seinen Namen gemacht und sich verabschiedet hätte.

»Du wirst überprüft«, sagte sie. Die Wut in seinem Blick, die auf den Schock folgte, ließ Eden einen Schritt zurückweichen. Sie erinnerte sich nicht daran, dass Owen jemals ein guter Schauspieler gewesen wäre. Was da gerade in seinen Augen funkelte, war ganz sicher Wut.

»Männer sind in diesem Feuer umgekommen«, sagte er nach ein paar angespannten Sekunden. Sie nickte und merkte, dass sie den Tränen nahe war. »Und du denkst, ich könnte etwas damit zu tun haben?« Er klang jetzt völlig ungläubig. Am liebsten hätte sie ihm versichert, dass sie das auf keinen Fall dachte.

»Ich muss allen Hinweisen nachgehen.« In ihrem Hals hatte sich ein Kloß gebildet.

»Natürlich musst du das, weil es auch überhaupt nichts Persönliches ist, oder?« Seine Stimme triefte vor Sarkasmus.

»Nein, es ist nichts Persönliches.« Sie wussten beide, dass sie log. Wenn sie ehrlich war, wusste sie ganz genau, dass er unschuldig war. Doch ihre Aufgabe war es, gegen alle zu ermitteln, die ihr genannt worden waren.

Owen sagte kein Wort, als er aufstand und auf Eden zukam. Panisch trat sie einen weiteren Schritt zurück, doch in seinem Gesicht sah sie eine wilde Entschlossenheit, als er sie gegen die Wand drängte, sein Körper sich gegen ihren drückte und die Hitze, die von ihm abstrahlte, sie verbrannte.

Sie hasste es, wie ihr Körper auf seinen reagierte, wie sie sich sofort die Kleidung wegwünschte, um eine Verbindung herzustellen, die sie nur bei diesem einen Mann finden konnte. Doch anstatt ihm oder sich selbst gegenüber genau das zuzugeben, starrte sie ihn an und versuchte, sich nicht aus der Ruhe bringen zu lassen, obwohl sie zitterte.

»Glaubst du wirklich, ich könnte jemandem so etwas antun?«, fragte er, bevor er die Hand hob, mit einem rauen Finger über ihre Wange strich und ihn dann auf die Stelle am Hals legte, an der ihr Puls wie rasend schlug. »Dass diese Finger jemandem das Leben nehmen könnten?«, fuhr er fort, während seine Hand weiterwanderte und über ihre Brüste strich, woraufhin sich die Brustwarzen schmerzhaft aufstellten.

»Ich weiß, dass du Menschen verletzen kannst«, behauptete sie, und in ihrer Stimme lagen viel zu viele Emotionen. Sie schnappte nach Luft, was ein Fehler war, denn sie atmete seinen moschusartigen Duft ein und wurde fast ohnmächtig davon. Das hier war zu viel, viel zu viel für sie. Sie wollte ihn wegstoßen und ihm nicht zeigen, welche Wirkung seine Berührung auf sie hatte.

Doch anstatt zu versuchen, von ihm wegzukommen, drückte sie sich zu seiner Überraschung enger an ihn. »Ich weiß genau, wie sehr du Menschen verletzen kannst, aber das ist egal. Ich mache nur meinen Job, und du stehst auf der Liste«, sagte sie. »Und der Ermittler will, dass du so lange suspendiert wirst, bis du entweder überführt bist oder deine Unschuld erwiesen ist.« Seine Augen verengten sich. »Und jetzt tritt zurück.«

Sie war stolz auf den Kommandoton in ihrer Stimme und vermutete sogar, dass er gewirkt hatte – bis sie sah, dass seine Mundwinkel nach oben gingen. Sein Gesichtsausdruck erinnerte sie so sehr an den Jungen, in den sie sich verliebt hatte, dass es ihr den Atem nahm. Wieder war sie siebzehn und er nur ihr Owen.

Genau so, wie es immer hatte sein sollen. Genau so, wie es so lange gewesen war.

KAPITEL 7

Owen war sich nicht sicher, was er bei der Entscheidung gefühlt hatte, Eden gegen die Wand zu drücken. Er wusste nur, dass er damit nicht hatte aufhören können. Ja, er hatte sie berühren, spüren und wieder in seinen Armen halten müssen. Doch gleichzeitig hatte er ihr beweisen wollen, dass sie nicht so eiskalt war, wie sie sich gab.

Er kannte sie seit fünfzehn Jahren, war lange mit ihr befreundet gewesen, bevor sie herausgefunden hatten, dass daraus mehr werden würde. Dann waren sie drei Jahre ein Paar gewesen und er noch nie so verliebt. Das hatte ihm Angst gemacht. Er hatte so viel mehr sein wollen als dieser Kleinstadtjunge, der seinen Heimatort nie verließ und glaubte, das Leben sei perfekt mit dem Mädchen von nebenan.

Bei diesem schrecklichen Gedanken überkamen ihn Schuldgefühle, denn das Problem war, dass das Leben mit ihr tatsächlich vollkommen gewesen war. Er hätte nicht durchs Land ziehen müssen, um sich zu finden. Er hatte den zurückgelassen, der er zu Hause wirklich gewesen war – in den Armen dieser Frau. Und er hatte alles total vermasselt. Eigentlich hatte er vorgehabt, sie zu bitten, zu ihm zurückzukommen, aber sein Stolz hatte das verhindert. Außerdem hatte er gedacht, dass sie nur Zeit brauchte, um festzustellen, dass er ein neuer Mann geworden war.

Doch sie tat ihr Bestes, um ihn sich vom Leib zu halten, auch wenn er auf Veranstaltungen erschien, die sie besuchte. Doch bei allem, was zwischen ihnen stand, schafften sie es immer irgendwie bis zu dem Punkt, an dem sich sein Körper an ihren drückte und zwei Herzen schlugen wie eins.

Und jetzt ermittelte diese Frau, die er zweifellos immer noch liebte, gegen ihn, verdächtigte ihn, ein Feuer gelegt zu haben, dem unschuldige Menschen zum Opfer gefallen waren, einschließlich einiger Feuerwehrmänner, die er schon sein ganzes Leben gekannt hatte. Er wollte sie genauso gern erwürgen, wie er sie küssen wollte. Aber die Entscheidung fiel ihm nicht schwer. Er hatte ihr einmal wehgetan und würde es nie wieder tun.

»Ich habe dir gesagt, du sollst zurücktreten«, fauchte Eden. Ihre Stimme war immer noch ein wenig zittrig, aber voller Entschlossenheit.

»Ich liebe es, wenn du so autoritär bist«, sagte er zu ihr und achtete darauf, dass er den Mund zu einem Grinsen verzog. Er wusste, wie sehr sie das zur Weißglut brachte. Und im Moment war es für sie beide klüger, von Wut und nicht von Begierde erfüllt zu sein. Aber natürlich gingen Wut und Begierde Hand in Hand, dachte er eine Sekunde zu spät. Verdammt, sein vernachlässigter Körperteil war so hart, dass es fast wehtat.

Owen trat langsam zurück. Sein Körper sagte ihm, er sei ein Narr, sie gehen zu lassen, doch sein Verstand schwor ihm, dass es die viel klügere Entscheidung sei. Nachdem er den ersten Schritt gemacht hatte, gelang es ihm, einen größeren Abstand zwischen sie beide zu bringen. Er war sich bewusst, dass sein Bruder jederzeit den Kopf durch die Tür stecken konnte, und dann gäbe es eine endlose Diskussion. Seine Brüder mochten sich alle von ganzem Herzen lieben, aber es gefiel ihnen auch, sich übereinander lustig zu machen. So lief das in einer Familie.

Sobald er sich in sicherer Entfernung zu Eden befand, zog sie eine Mappe aus einer hübschen lindgrünen Tasche. Schon immer hatte sie lebhafte Farben gemocht. Sie standen ihr, fand Owen. Als er jedoch seinen Namen auf der Mappe entdeckte, verflog seine wehmütige Erinnerung an ihre Vorlieben schneller als der Rauch einer Zigarre.

Sie zog ein Schreiben heraus und reicht es Owen. Während er es überflog, nahm seine Wut wieder zu. Das hier war eine Suspendierung. Sie hatte nicht gelogen. Er wusste, dass sie nicht verantwortlich dafür war, aber er war wütend genug, um ein Loch in die Wand zu schlagen. Gab es nicht einen Spruch, der besagte, dass den Boten keine Schuld treffe? Er war sich nicht sicher, aber wenn dieser Spruch existierte, dann war er vollkommen bescheuert. Es hätte sich im Moment verdammt gut angefühlt, auf jemanden einzudreschen.

»Das ist totaler Blödsinn, und du weißt das«, meinte Owen schließlich und zerknüllte das Papier in seiner Hand.

Eden schaute weg, wollte seinem Blick nicht begegnen. Er war sich nicht sicher, ob das ein gutes oder ein schlechtes Zeichen war. Im Moment gab es nicht viel, dessen er sich sicher war. Er war einmal sehr zuversichtlich gewesen, was ihre Beziehung betraf, aber inzwischen hatte er keine Ahnung mehr, wie seine Chancen bei dieser Frau standen.

»Wenn du wirklich unschuldig bist, dann geh in dieser Sache nicht gegen mich an«, bettelte sie praktisch. »Lass uns diese Ermittlung hinter uns bringen, und dann können wir wieder freudig zu unserem … Leben zurückkehren.«

Sie hatte vor *Leben* eine Pause gemacht, und Owen fragte sich, welches Adjektiv sie hatte einfügen wollen. *Langweilig? Glücklich? Erfüllt? Jämmerlich?* All diese Emotionen hatte er gespürt, seit dem Tag, an dem er Edmonds verlassen hatte. Und jetzt spürte er sie auch noch. Er wusste, dass er sich erst besser fühlen würde, wenn er sie an seiner Seite hatte … für immer.

»Was willst du denn ermitteln, Eden?«, fragte er. Die Wut war jetzt völlig verpufft. Er wusste, dass er unschuldig war. Und er wusste auch, dass sie es wusste. Wenn sie diese Spielchen spielen mussten, dann war er dazu bereit. Allerdings hatte er nicht allzu viel Zeit, denn da draußen gab es ein Feuer, das gelöscht werden musste.

»Ich muss allen Hinweisen nachgehen«, erklärte sie ihm.

»Und woher kam der Hinweis, dass ich die Person bin, nach der du suchst?«, wollte er wissen.

»Danach habe ich nicht gefragt«, gestand sie.

»Findest du es nicht merkwürdig, dass einer der Hauptakteure in diesem großangelegten Löschversuch jetzt suspendiert ist?«

»Was willst du damit sagen?«, entgegnete sie.

»Ich will nur sagen, dass jemand da draußen dieses Feuer gelegt hat, wenn es denn Brandstiftung war, und dass dieser Jemand eine Menge Macht haben könnte.«

Sie runzelte die Stirn, als wäre sie tief in Gedanken. Gut. Das gefiel ihm schon deutlich besser. Sein Name mochte auf einer Liste stehen, aber er hatte keinen Zweifel daran, dass sie nur ihren Job tat. Das wusste er trotz ihrer gemeinsamen achterbahnmäßigen Vergangenheit. Irgendwo tief in ihr kannte sie ihn, wusste, dass er zu so etwas Abscheulichem niemals fähig wäre. Mit dieser Gewissheit konnte er alles durchstehen, das wusste er jetzt.

»Wirst du gegen mich angehen?«, fragte sie erschöpft.

Einen Moment lang schwieg er, beschloss dann jedoch, ihre Frage nicht zu beantworten, sondern eine eigene zu stellen. »Wissen die da oben, dass wir eine gemeinsame Vergangenheit haben?«

Sie erstarrte sichtbar und schaute auf. Dieses Mal begegnete sie seinem Blick. »Unsere Beziehung gehört der Vergangenheit an. Sie spielt bei dem, was hier gerade geschieht, keine Rolle«, versicherte sie ihm.

»Wir gehören niemals der Vergangenheit an, Baby.« Mit seinem Blick streichelte er sie von den Fußspitzen bis zu den wallenden Haaren. Obwohl sie gut und gerne ein paar Pfund hätte zunehmen können, sah sie heute sogar noch attraktiver aus als damals, als sie zum ersten Mal mehr als nur eine Freundin für ihn gewesen war. Danach hatte sich alles verändert.

Und jetzt waren zehn Jahre vergangen. Eden war auf eine Art reifer und schöner geworden, als es die Kosmetikindustrie jemals hinbekommen würde. Sie war atemberaubend.

»Hör mal, Owen, mich abzulenken wird nicht funktionieren. Ob es dir gefällt oder nicht, ich bin in diese Ermittlung involviert. Ich möchte das genauso schnell hinter mich bringen wie du. Ich hatte gehofft, du würdest dich professionell verhalten. Immerhin bist du ein Forbes.«

Er hasste es, daran erinnert zu werden. Obwohl sich ihre Stimme nicht im Geringsten verändert hatte, wusste er, dass dieser letzte Satz ihn verletzen sollte. Schon als Kind hatte er beschlossen, dass er es alleine schaffen wollte. Er hatte sich geweigert, nur wegen seines Nachnamens als jemand Besonderes betrachtet zu werden. Auf dieser Welt wollte er seine Spuren hinterlassen, und obwohl Feuerwehrleute leider verkannt wurden, wusste er, dass er etwas bewirkt hatte. Er brauchte nicht mit seinem Namen zu glänzen. Nur für eine einzige Person wollte er ein Held sein.

»Das ist ein Schlag unter die Gürtellinie, Eden«, sagte er. Wieder ging er auf sie zu. Dieses Mal würde er sie nicht nur gegen die Wand drücken.

Doch er wurde abgehalten, als jemand leise an die Tür klopfte und sie dann aufstieß. Eine Krankenschwester kam herein und lenkte Owens Aufmerksamkeit von Eden ab. In ungeduldigem Tonfall fragte er sie, was sie wolle.

»Dr. Forbes hat Ihre Entlassungspapiere unterschrieben«, sagte sie, ohne die angespannte Stimmung im Raum zu bemerken. »Hier sind Ihre Anweisungen für zu Hause. Sie haben einige kleinere Verbrennungen, deshalb sollten Sie die Salbe weiterhin auftragen. Dann werden Sie in ein paar Tagen gänzlich wiederhergestellt sein.«

Owen bedankte sich in abfälligem Tonfall.

Endlich schien die Krankenschwester zu verstehen, dass sie in einem ungünstigen Moment ins Zimmer gekommen war. Sie trat von einem Fuß auf den anderen, bevor sie Owen die Papiere aushändigte und schnellstens die Flucht ergriff. Owen wollte sich wieder Eden zuwenden – und stellte fest, dass sie gegangen war.

Wie ein Dieb in der Nacht hatte sie sich heimlich davongeschlichen. Eigentlich wollte er enttäuscht sein, stattdessen entfuhr ihm ein leises Kichern.

»Du kannst davonlaufen …«, flüsterte er. *Aber verstecken kannst du dich nicht*, fügte er in Gedanken hinzu.

KAPITEL 8

Als Eden aus Owens Krankenzimmer schlich, wusste sie, dass sie sich wie ein Feigling verhielt, aber sie hatte diesen Ausdruck in seinen Augen gesehen und gewusst, was ihm durch den Kopf ging. Obwohl sie schon lange getrennt waren, reagierte ihr Körper auf seinen. Hätte man sie nicht unterbrochen, wären sie wahrscheinlich beide auf dem schmalen Krankenbett gelandet.

Ein Schauer durchlief sie. Sie konnte sich immer wieder sagen, dass sie das nicht wollte, aber sie wusste, dass es himmlisch wäre und dass nur Owen ihren Körper zum Schwingen bringen und sie alle Sorgen vergessen lassen konnte.

Stattdessen fuhr sie durch Edmonds und fragte sich, wohin sie eigentlich wollte. Sie hielt am Straßenrand und genehmigte sich eine kleine Pause, um sich zu beruhigen. Sie musste ihren Job machen, das hieß, sie musste entweder nachweisen, dass Owen ein irrer Brandstifter war, oder seinen Namen reinwaschen. Und sie musste sich ermahnen, in dieser Angelegenheit nicht voreingenommen zu sein.

Aber das war sie natürlich.

Declan. Sie musste sich mit Declan treffen.

Von allen Brüdern Owens hatte Declan den klarsten Kopf. Um ehrlich zu sein, machte ihr der Mann ein bisschen Angst.

Er war so groß und bedrohlich. Selten sah man ihn lächeln, und er war ein supergeheimer Spion oder so etwas. Jedenfalls war er absolut einschüchternd, auch wenn sie ihn schon ihr halbes Leben lang kannte.

Aber jetzt musste sie ihre Ängste beiseiteschieben und den Mann aufsuchen. Wahrscheinlich musste sie sowieso sämtliche Geschwister befragen, aber Declan war der härteste, deshalb war es das Beste, ihn zuerst hinter sich zu bringen. Eden hatte nicht den geringsten Zweifel daran, dass die Brüder für Owen ihr Leben opfern würden, aber sie waren anständig. Und wenn ihr Bruder für den Tod anderer verantwortlich sein sollte, dann würden sie nicht untätig zusehen und ihn beschützen. Da war sie sich ziemlich sicher.

Als sie sich wieder in den Verkehr einreihte und wendete, um zu Declan zu fahren in der Hoffnung, dass er da war, kam sie nicht umhin, an das kleine Zimmer zu denken, in dem sie mit Owen allein gewesen war.

Sie hatten sich sexuell immer sehr gut verstanden. Doch ihre Beziehung war so viel mehr gewesen als Sex. Sie hatten zusammen gelacht, sich alles erzählt, und ihre Verbindung war so eng gewesen, dass sie sich absolut sicher gewesen war, in Owen einen Seelenverwandten gefunden zu haben. Vielleicht waren sie das auch. Doch das spielte keine Rolle mehr. In dieser Welt voller Verlockungen wurde Liebe oft für kurzzeitige Begierde beiseitegeschoben.

Darüber nachzudenken, war zu deprimierend. Sie dachte viel lieber daran, wie sehr sie sich gewünscht hatte, Owen möge den kleinen Abstand zwischen ihnen aufheben, mit seinen Lippen ihre liebkosen und mit den Händen zärtlich über ihren Rücken streichen. Wenn sie mit Owen zusammen war, war alles so einfach und sie vergaß all das Schlechte.

Eden war so in ihre eigenen Gedanken versunken, dass sie fast die nicht ausgeschilderte Einfahrt verpasst hätte, die zu Declans privatem Wohnsitz führte. Sie wusste nur, wo er wohnte, weil sie einmal dabei gewesen war, als Roxie und Keera ihrem Schwager Essen vorbeigebracht hatten. Keera verband etwas mit Declan, das aus Edens Sicht einzigartig war. Es war sehr niedlich mit anzusehen, wie liebenswürdig der normalerweise stoische Mann mit seiner Schwägerin umging.

Eden fuhr langsam die Einfahrt entlang und spürte, wie ihr das Herz bis zum Hals schlug. Sie versuchte, sich einzureden, dass sie nichts zu befürchten hatte, dass sie diesen Mann schon gekannt hatte, bevor er so Furcht einflößend geworden war, aber das half nicht.

Sie schaltete den Motor aus und blieb noch eine Minute im Auto sitzen. Wie sollte sie vorgehen? Sollte sie Declan einfach erklären, was los war? Ja, das wäre wohl das Beste. Declan war kein Dummkopf, und wenn sie ehrlich war, würde es sie überraschen, wenn er nicht schon davon wusste. Er sah es als seine Aufgabe an, über seine Familie und die wenigen Freunde zu wachen, die er an sich heranließ. Hätte Eden versucht, ihn auch nur eine Sekunde lang zu beschwindeln, hätte er ihr gar nicht zugehört.

Declans Haus war umgeben von Rotzedern, Roterlen und großblättrigen Ahornbäumen. In dieser Gegend aufzuwachsen, war ziemlich perfekt gewesen, schon allein wegen des frischen Dufts, der von den Bäumen ausging. Obwohl Declans Haus nicht in der Gefahrenzone des Feuers lag – zumindest *noch* nicht –, überdeckte jetzt der penetrante Rauchgeruch die anderen, herrlichen Gerüche des Waldes.

Hier draußen zu sein, versetzte Edens Herz einen weiteren Stich. Sie konnte die Augen schließen und sah ihren Vater, der mit ihr durch den Wald ging und ihr die verschiedenen Pflanzen und Tiere zeigte. Ihr Dad hatte auf jeden Fall die Schönheit der Natur genossen und Eden beigebracht, die Gegend zu schätzen, in der sie lebten.

So demütig wie ihr Vater war sie bei Weitem nicht, aber vielleicht hatte er ihr das am Ende doch vererbt. Vielleicht würde sie dieses Land und das Leben im Allgemeinen noch mehr schätzen lernen. Verdammt, sie vermisste ihren Vater so sehr, dass sie sich fragte, ob der Schmerz je nachlassen würde.

Kopfschüttelnd schaute sie zu Declans Haus hinüber und straffte die Schultern. Sie durfte nicht wieder diesen traurigen Gedanken nachhängen, die es ihr so schwer gemacht hatten, morgens aufzustehen. Eden musste sich in Erinnerung rufen, dass ihr Vater das auf keinen Fall gewollt hätte.

»Aber du bist nicht mehr hier«, flüsterte sie. »Wenn ich also in Selbstmitleid zerfließen möchte und das Schicksal verwünsche, dann ist das mein gutes Recht. Du hast mich ohne Ankündigung zurückgelassen, und ich bin darüber verärgert, Dad.« Sie wartete auf eine Antwort.

Allerdings war sie nicht überrascht, keine zu bekommen. Seitdem ihr Vater von ihr gegangen war, sprach sie jeden Tag zumindest kurz mit ihm. Dieser Gedanke ließ sie spotten. *Von ihr gegangen.* Wer zum Teufel hatte sich diesen Ausdruck ausgedacht? War es besser, zu glauben, dass jemand nicht gestorben, sondern einfach *gegangen* war? Selbst wenn sie diese Worte nur dachte, klangen sie in ihrem Kopf sarkastisch.

Seit ihr Dad gestorben war, hatte sie ihn angefleht, sie aufzusuchen, um ihr zu zeigen, dass er sich tatsächlich irgendwo da draußen im Universum befand. Doch nichts war geschehen. Stille. Eden hatte Bücher über das Leben nach dem Tod gelesen, ein spiritistisches Medium besucht und alles versucht, um mit ihrem Vater in Kontakt zu treten. Nichts hatte funktioniert. Vielleicht war er einfach weg. Weg für immer. Aber wenn das der Fall war, worin bestand dann der Sinn des Lebens? Warum um alles in der Welt sollte man überhaupt jemanden in sein Herz lassen, wenn die Liebe nicht ewig währte?

Sie hatte keine Antworten auf diese Fragen gefunden, weshalb sie es aufgab, den Sinn des Lebens zu suchen, und sich stattdessen auf das Hier und Jetzt konzentrierte. Die Gegenwart war greifbarer und zumindest in gewissem Maße zu beeinflussen. Die Vergangenheit hatte sie zu der Person gemacht, die sie war, und die Zukunft ... na ja, die lag nicht in ihren Händen. Sie hasste es, sich das eingestehen zu müssen, aber es war eine Tatsache, der sie nicht entkommen konnte.

Erneut schüttelte sie ihre düsteren Gedanken ab und ging die Stufen hinauf zu Declans großem Haus. Sie nahm an, dass er bereits von ihrer Ankunft wusste, weil wahrscheinlich überall Kameras installiert waren. Am liebsten hätte sie sich umgeschaut, doch sie wollte keinen nervösen Eindruck machen. Erst recht nicht, wenn er tatsächlich zuschaute. Sie musste selbstsicher und professionell auftreten.

Sie klingelte an der Haustür, hörte aber keinen Ton und fragte sich, ob die Klingel funktionierte. Obwohl sie stark bezweifelte, dass irgendetwas in diesem Haus nicht erstklassig sein könnte. Bestimmt hatte es geklingelt. Sie stand da und wartete, und für den Fall, dass er ihr Gesicht mit einer Kamera heranzoomte, gab sie sich Mühe, einen neutralen Gesichtsausdruck zu machen.

Ohne Vorwarnung wurde die Tür aufgerissen, und Eden zuckte zusammen, obwohl sie einen gefassten Eindruck hatte machen wollen. Der Mann, der dort stand, war beeindruckend. Seine Schultern füllten praktisch den gesamten Türrahmen aus, seine Größe war einschüchternd und sein Gesichtsausdruck zeigte nichts von dem, was er dachte.

»Hallo, Declan«, begrüßte sie ihn und ihr missfiel das leichte Piepsen in ihrer Stimme. Mit diesem Mann hatte sie sich auch früher schon immer mal wieder unterhalten. Sie brauchte vor nichts Angst zu haben, rief sie sich wieder ins Gedächtnis.

»Eden«, begrüßte er sie, und sein Tonfall gab nichts darüber preis, was er über ihren Besuch dachte. »Ich habe dich erwartet.«

Die Art, wie er das sagte, ließ sie erschaudern, und alles in ihr schrie danach, die Flucht zu ergreifen. Schnell und vor allem ganz weit wegzulaufen. Dieser Mann war lebensgefährlich, und es gab nichts, was sie von ihm erfahren konnte. Er würde seinem Bruder nicht in den Rücken fallen, auch wenn Owen schuldig war, auch wenn der Mann fünfhundert Brände gelegt hätte. Es war sinnlos.

Und dann kam ihr ein Gedanke, der ihr noch mehr Angst machte. Sie zitterte, als sie den riesigen Mann anstarrte, gegen den sie in einem Kampf nicht die geringste Chance gehabt hätte. Was wäre, wenn die Brandermittler *völlig* falsch lagen? Was, wenn es gar kein Feuerwehrmann war? Wenn es jemand war, der dermaßen besessen davon war, einen Drogenring aufzudecken, dass er alles tat, um ihn auszuheben?

Was, wenn es Declan war?

Declan trat zur Seite und bat sie hinein. Ihr blieb nichts anderes übrig, als das Haus zu betreten oder beschämt den Kopf darüber hängen zu lassen, wie feige sie war. Sobald Declan die Tür hinter ihr geschlossen hatte, fühlte sie sich wie in einem Grab.

Er sagte nichts, als er sie einen langen Flur entlangführte und schnell durch eine Reihe von Flügeltüren in ein einladendes Arbeitszimmer ging. In diesem Raum war es durch die vorhanglosen Fenster und cremefarbenen Möbel heller. Eden war sich sicher, dass nicht Declan das Zimmer eingerichtet hatte. Es trug vielmehr eine weibliche Handschrift. Alles, was jetzt noch fehlte, waren ein paar Vasen mit frischen Blumen, dann wäre es hier wunderschön gewesen.

»Meine Schwester hat einen Großteil des Hauses eingerichtet«, sagte Declan, als könnte er ihre Gedanken lesen. Eden heftete ihren Blick wieder auf ihn, und ein weiterer Schauer lief ihr über den Rücken. Er war Furcht einflößend, alles klar, und sie eine Närrin, weil sie hier war. Das ging über ihr Aufgabenfeld hinaus und war mehr als eine Nummer zu groß für sie. Sie wusste nicht, was sie tun sollte.

»Ich dachte gerade, dass dieser Raum die Handschrift einer Frau trägt«, gab sie zu und bereute es sofort. Das ging sie überhaupt nichts an. Außerdem hätte es eine Freundin sein können, die sich um die Einrichtung gekümmert hatte. Aber ihr Tonfall hatte so ungläubig geklungen. Sich Declan in einer Beziehung vorzustellen, war eigenartig. Eden befürchtete, er würde jede Date-Partnerin bei lebendigem Leibe verzehren. Das brachte sie wieder zu der Erkenntnis, dass Declan durchaus schuldig sein konnte.

»Wenn du mich erwartet hast, dann weißt du sicher, dass ich hier bin, um über Owen zu reden«, sagte sie. Auf keinen Fall würde sie ihm erzählen, dass er selbst nun auch auf ihrer Liste der Verdächtigen stand. Die Andeutung eines Lächelns umspielte seine Lippen, und Eden nahm sofort eine Abwehrhaltung ein. »Wegen des Feuers«, fügte sie hinzu. »Ich bin Teil des Ermittlerteams.« Würde er nach diesen Worten etwas preisgeben?

Sein Gesichtsausdruck veränderte sich nicht. Das Grinsen blieb, und sie merkte, wie ihre Finger ineinandergriffen und sie an einem Nagel zupfte, der bereits zu kurz war. Eden hasste es, sich wie ein Kind zu benehmen, besonders in Gegenwart von Männern. Sie war von ihrem Vater aufgezogen worden und die meiste Zeit ihres Lebens ein burschikoses Mädchen gewesen. Männer schüchterten sie nicht ein. Jedenfalls *sollten* sie es nicht. Aber Declan war kein Durchschnittstyp, deshalb nahm sie an, sie durfte bei ihm eine Ausnahme machen.

»Mein kleiner Bruder und du, ihr hattet ziemlich viele Hochs und Tiefs, nicht wahr?«, fragte Declan schließlich.

Zu ihrem Entsetzen spürte Eden, wie sie rot anlief. »Darum geht es jetzt aber nicht«, versicherte sie ihm.

»Oh, Eden, wenn du das wirklich glaubst, dann bist du nicht so clever, wie ich immer dachte. Du kannst dir einreden so viel du willst, dass das hier nichts Persönliches ist, aber letzten Endes wird zwischen dir und Owen alles persönlich sein.«

In diesen Worten steckte so viel Wahrheit, als bezweifelte er nicht eine Sekunde, was er sagte. Außerdem weckte sein Tonfall in einem den Wunsch, sich zu fügen und genau das zu tun, was er wollte.

Er war wirklich ein gefährlicher Mann.

Aber war er auch ein schuldiger?

»Also wirklich, Declan, ich bin nicht hier, um über Owen und mich zu reden. Ich versuche, meinen Job zu machen, und ich glaube, du versuchst, mich abzulenken«, sagte sie und war stolz auf ihre Bestimmtheit und den Entschluss, das Zittern zu ignorieren, das sie noch nicht abgelegt hatte.

»Und was erwartest du von diesem Besuch?«, fragte Declan. Er ging hinüber zu einer Sofagruppe und bedeutete ihr, sich zu setzen, erst dann nahm er selbst Platz. Eden fragte sich, ob er das machte, weil er ein Gentleman war, oder ob ihm daraus ein Vorteil entstand. Sie war sich ziemlich sicher, dass Declan nicht zu der Sorte Mann gehörte, die als erste aufgab.

»Ich werde deine Zeit nicht verschwenden, aber ich habe eine Liste mit Leuten, gegen die wegen dieses Feuers ermittelt wird. Owens Name steht ganz oben.« Als sie das sagte, wandte sie den Blick nicht von Declan ab. Sein Gesichtsausdruck veränderte sich nicht, er schien völlig entspannt zu sein.

Sie war neugierig, ob sie ihm Fragen stellen konnte, die ihn ins Schlingern brachten. Eigentlich war sie hergekommen, um ihn über seinen Bruder zu befragen, und jetzt stellte sie fest, dass sie ihn fragen wollte, was er den ganzen Tag machte.

Sie wartete darauf, dass er etwas sagte, und musste sich zusammennehmen, nicht auf ihrem Platz herumzuzappeln. War das eine Einschüchterungstaktik von ihm? Falls ja, war sie äußerst effektiv. Sie wartete … und wartete. Es fühlte sich an wie Stunden, doch sie wusste, dass es sich nur um Sekunden handelte – ganz sicher weniger als eine Minute.

»Wir beide wissen, dass Owen niemals etwas tun würde, was Leben gefährdet, und schon gar nicht würde er das Land zerstören, das er so sehr liebt«, sagte er endlich.

Und du? Es gelang ihr kaum, mit dieser Frage nicht herauszuplatzen.

»Er hat seine Heimat verlassen. Ich glaube, du überschätzt seine Liebe zu ihr«, konterte sie, und ihre Stimme klang ein bisschen zu bitter. Ihre Gedanken überschlugen sich, und sie wusste nicht, in welche Richtung sie sie lenken sollte.

»Hat er seine Heimat verlassen … oder hat er dich verlassen?«, fragte Declan. In seiner Stimme lag kein Spott, aber seine Worte versetzten ihr einen Stich. Er war bestimmt gut in seinem Job. Wäre er schuldig, würde er wohl nie gefasst werden.

»Ich spiele dabei keine Rolle«, versicherte sie ihm. »Owen hat seine Heimat verlassen. Vielleicht hat er schlechte Erinnerungen an diese Region. Vielleicht will er, dass sie zerstört wird.« Sie hielt einen Augenblick inne und erwiderte Declans kühlen Blick. »Oder vielleicht ist jemand anderes dafür verantwortlich. Weißt du, wer das sein könnte?« Beim letzten Wort wurde ihre Stimme leiser, als sie etwas von ihrem Wagemut verlor.

Declan lachte, lachte tatsächlich. Das Geräusch war so schockierend, dass Edens Mund aufklappte und sie ihn staunend anschaute. Sie durchforstete ihre Erinnerungen, dachte *wirklich* intensiv nach, und konnte sich nicht erinnern, diesen Mann jemals lachen gehört zu haben. Es war fast unwirklich.

»Entschuldige«, sagte er, als ihm noch ein Glucksen entschlüpfte, bevor er den Mund schloss und sein Gesichtsausdruck wieder neutral wurde. »Ich weiß, dass du es nicht auf Owen ab-gesehen hast. Das ist der einzige Grund, weshalb du in diesem Haus bist.« Die Worte waren keine Drohung oder Warnung, aber er äußerte sie mit einer gewissen Unnachgiebigkeit, sodass Eden eine Närrin gewesen wäre, wenn sie nicht zugehört hätte. »Und da ich weiß, dass dir an Owen etwas liegt, werde ich dir etwas erzählen.« Er machte eine Pause, und sie hielt den Atem an.

»Er musste diese Stadt verlassen. Dir die Geschichte zu erzählen, ist nicht meine Sache, sondern seine, aber er musste gehen. Doch bezweifle nicht eine einzige Sekunde lang, wie sehr er dieses Land und seine Familie liebt ...« Wieder hielt er inne und schaute sie an, als würde er eine Entscheidung darüber treffen, ob er ihr vertrauen konnte oder nicht. Dann fuhr er fort: »Oder wie sehr er dich liebt.«

Diese letzten sechs Worte hingen zwischen ihnen in der Luft. Edens Herz klopfte laut, als sie Declan anschaute. Er war kein Lügner und seit jeher bekannt für seine absolute Ehrlichkeit. Aber Menschen veränderten sich. Sie wusste das so gut wie kein anderer.

Was Declan über Owen und seine angebliche Liebe zu ihr erzählte, konnte auch nur ein Ablenkungsmanöver sein. Vielleicht merkte er, dass sie ihm gegenüber misstrauisch war, denn er schien die verblüffende Fähigkeit zu besitzen, Gedanken zu lesen.

Dennoch wirbelten seine Worte in ihrem Kopf herum. Glaubte er, dass Owen sie wirklich liebte? Sollte sie sich über-haupt darum scheren? Lenkte Declan sie absichtlich ab? Sie hasste es, dass sie das interessierte. Aber letzten Endes wusste sie, dass Owen nicht gegangen wäre, wenn er sie geliebt hätte. Das tat man doch einem Menschen nicht an, den man liebte.

Aber nichts davon spielte eine Rolle. Sie war zu Owen gefahren und hatte mit ihm geschlafen, war bei ihm gewesen ...

und deshalb war ihr Vater gestorben. Owen und sie, das mochte sich richtig anfühlen, aber unabhängig davon endete immer alles in einer Katastrophe.

»Warum hat Owen damals die Stadt verlassen?«, hörte sie sich fragen.

»Ich habe dir doch gesagt, dass er dir das selber erklären soll«, beharrte Declan. Eden wusste, dass sie so viel bitten und betteln konnte, wie sie wollte, Declan würde eisern bleiben. Man konnte ihn zu Tode quälen, und er würde dichthalten. Einige Menschen besaßen diese Eigenschaft, allerdings nur sehr wenige. Aber Declan gehörte definitiv dazu.

»Ich freue mich schon darauf, zuzusehen, wenn dich mal eine Frau bezwingt«, sagte Eden und war sofort schockiert, dass sie es laut ausgesprochen hatte. Sie merkte, wie sie vor Verlegenheit rot wurde. Eigentlich hatte sie das gar nicht sagen wollen.

Declan lächelte sie an. Es war kein freundliches, herzerwärmendes Lächeln, sondern das eines Tigers, eines Raubtiers, der bösartigsten Kreatur, die die Natur je hervorgebracht hatte und die gerade ihre Beute entdeckte. Eden merkte, wie sie auf ihrem Platz zurückrutschte und instinktiv versuchte, sich zu schützen. Dieser Mann war keiner, den man herausforderte ... oder bei dem man versuchte, das letzte Wort zu haben.

»Ich freue mich schon darauf, wenn es eine versucht«, erwiderte Declan nach einer langen Pause. Ein Schauer lief ihr über den Rücken. Bevor sie auch nur ein einziges Wort sagen konnte, schaute er auf etwas hinter ihr, und sein Grinsen wurde breiter. Es war so merkwürdig, diesen Mann lächeln zu sehen, und fast schon beunruhigend.

»Wie es aussieht, haben wir Besuch«, sagte er.

Eden brauchte nicht zu fragen, wer es war. Ihr Körper wusste es, ohne ihn gesehen oder gehört zu haben. Doch sie gönnte Declan die Genugtuung nicht, zu erleben, wie sie die Fassung verlor. Sie lehnte sich einfach zurück und wartete. Immerhin hatte ihr Declan ein paar Sekunden gegeben, um sich zu wappnen. Sie war sich sicher, dass das nicht seine Absicht gewesen war.

Es war klar, dass er keine Fragen mehr beantworten wollte. Aber machte ihn das zum Schuldigen? Die Chancen waren so gering, dass es reine Zeitverschwendung war.

Jetzt konnte sie nur noch dasitzen und warten …

Auf Owen warten. Auf Antworten warten. Warten … und warten. Darauf beschränkte sich ihr Leben.

KAPITEL 9

Im Zimmer war es so still, dass man eine Stecknadel hätte fallen hören können, als Owen hereinkam. Er sah nicht sehr glücklich aus. Eden warf ihm einen Blick zu und weigerte sich, zu glauben, sie hätte etwas Falsches getan. Ja, Declan war Owens Bruder, und ja, er mochte das Gefühl haben, sie hätte ihre Grenzen überschritten, aber das hier war ihr Job, und sie tat, was sie tun musste.

Eden schüttelte ihre absurden Gewissensbisse ab und schaute ihren früheren Liebhaber an, wartete darauf, dass er etwas sagte. Auch Declan schien zu warten. Das war typisch für Declan. Er hatte es nie eilig, das Schweigen zu brechen. Vielleicht genoss er sogar, wie unangenehm das für die meisten Leute war.

»Wie ich sehe, bist du vor mir davongelaufen und direkt zu meinem Bruder gerannt«, sagte Owen schließlich und kam weiter auf sie zu. Sie konnte praktisch die Hitze spüren, die sein Körper verströmte. Hätte sie nicht selbst gesehen, wie er von den Flammen hinter sich fast verschlungen worden wäre, hätte sie niemals vermutet, dass sein Leben noch vor ein paar Stunden am seidenen Faden gehangen hatte.

»Ich hatte ein paar Fragen an ihn«, entgegnete sie ruhig und gab sich alle Mühe, die Fassung zu bewahren. »Er war eine *große* Hilfe«, sagte sie mit einem angedeuteten Schmunzeln. Eigentlich war Declan überhaupt keine Hilfe gewesen. Er hatte mehr Fragen aufgeworfen als beantwortet, aber Eden wollte sehen, wie Owen sich wand. Sie hatte Erfolg, denn sie sah, wie Owen seinem Bruder einen Blick zuwarf, der besagte: *Was zum Teufel soll das?*

Declan schien dieses Spielchen ebenfalls zu genießen, denn er zuckte nur mit den Schultern und grinste seinen Bruder auf eine Art an, die man unmöglich deuten konnte.

»Wir waren noch nicht ganz fertig. Willst du nicht noch mal verschwinden?«, fragte Eden Owen, bevor er etwas sagen konnte. Sie waren überhaupt nicht vorangekommen, aber wieder schien Eden nicht in der Lage zu sein, die Worte im Zaum zu halten, die ihrem Mund entschlüpften.

»Ich glaube, du bist hier mehr als fertig«, entgegnete Owen, und das war eine deutliche Drohung. Es gefiel ihm nicht, dass sie mit seiner Familie sprach. Hatte er etwas zu verbergen? Verdächtigte auch er seinen Bruder? Falls dem so war, hatte sie keinen Zweifel daran, dass er ihn beschützen würde.

»Braucht ihr beiden Turteltäubchen mal ein bisschen Privatsphäre?«, fragte Declan und mischte sich endlich in die angespannte Unterhaltung ein. Eden drehte sich um und starrte ihn an, vergaß vorübergehend, wie eingeschüchtert sie von ihm war.

»Wir sind überhaupt nichts füreinander, also nein, wir brauchen *definitiv* keine Privatsphäre«, stellte sie klar. Declan kicherte, und die Überraschung in Owens Blick entging ihr nicht. Zumindest wusste sie jetzt, dass nicht nur sie einen Schreck bekam, wenn dieser fremde Laut aus Declans Kehle drang.

Der Unterschied zwischen ihr und den beiden Brüdern bestand darin, dass diese sich schnell wieder fassten. Anders als Declan und Owen war Eden nicht in der Lage, auf der Stelle kehrtzumachen und in eine andere Richtung zu marschieren.

Owen hatte offensichtlich beschlossen, dass genug geredet worden war. Er ging zu Eden, griff nach ihrer Hand und zog sie vom Sofa hoch. Sie war so schockiert über diese He-Man-Methode, dass sie fast das Gleichgewicht verlor. Überrascht schaute sie ihn an. Owen war immer ein einfühlsamer Mann gewesen, süß und liebenswürdig und kein Neandertaler. Aber so war er früher gewesen. Bei diesem neuen Mann war sie sich nicht sicher.

»Wir gehen«, ließ er sowohl sie als auch Declan wissen.

»Viel Spaß!«, rief Declan ihnen nach, als Owen sie rasch aus dem Zimmer zog. Eden war so schockiert, dass sie ihm folgte und keinen Widerstand leistete. Sie wusste überhaupt nicht, was sie tun sollte.

Sie waren fast an der Haustür, als sie wieder zur Besinnung kam, ihm ihre Hand entriss und einen Schritt zurücktrat. Er stand da wie ein Linebacker im Football und wartete darauf, dass ihre Schimpftirade begann.

Sie wusste, dass er einen Gefühlsausbruch von ihr erwartete, deshalb holte sie tief Luft, um sich zu beruhigen, und sprach mit der frostigsten Stimme, die sie aufbringen konnte.

»Ich weiß nicht, für wen du dich hältst, aber du kannst andere nicht derart grob behandeln«, schimpfte sie. »Das Gespräch mit deinem Bruder war noch nicht beendet, und ich schätze es nicht, wenn du dich in meine Ermittlungen einmischst.«

Zu ihrer Überraschung sah Owen kein bisschen aufgebracht aus, während er sie ausreden ließ. Er lächelte und verwirrte sie damit noch viel mehr. Sie war nicht in der Lage, sich so schnell seinen wechselnden Stimmungen anzupassen.

»Dir ist doch wohl klar, dass Declan dir nichts erzählen würde, auch wenn ich schuldig wäre. Unter Familie und Freunden gibt es so etwas wie Loyalität«, sagte er schließlich. Das hatte sie befürchtet. Sollte einer der Forbes-Männer schuldig sein, würde das wohl niemals aufgedeckt werden. Doch das bedeutete nicht, dass sie gewillt war, aufzugeben.

»Gestehst du?«, fragte sie ihn. Es drehte ihr den Magen um. Als ihr dieser Fall übertragen worden war, hatte sie wirklich geglaubt, dass sie ihn schuldig sehen wollte, aber von dem Moment an, als sie seinen Namen gelesen hatte, wusste sie, dass es nicht stimmte. Owen war nicht perfekt, und er hatte ihr wehgetan, aber Brandstiftung war ein rachsüchtiges Verbrechen. Es wurde absichtlich verübt. Owen war nicht der Typ dafür.

»Schätzchen, wenn ich irgendetwas zu gestehen hätte, dann ganz gewiss keine Brandstiftung«, erklärte er augenzwinkernd. Dann nahm er wieder ihre Hand und ging zur Tür. Diesmal erlaubte sie ihm, sie nach draußen zu führen. Es war sinnlos, sich zu widersetzen. Und Declan hatte sie verwirrt. Sie musste ihre Gedanken ordnen, bevor sie wieder mit ihm sprach.

Draußen wunderte sich Eden, dass ihr Auto von Owens riesigem Pick-up blockiert war. Sie war sich sicher, dass das ein von ihm geplantes Manöver war, und wieder war sie verärgert.

»Bist du so kindisch, dass du jetzt mein Auto blockierst?«, fragte sie mit ihrer energischsten Stimme.

»Ich parke nur, Darling«, erwiderte er und führte sie zu ihrem Auto. »Ich fahre ein Stück zurück und folge dir dann vom Grundstück. Diese Straße kann abends ein bisschen tückisch sein.«

»Ich fahre Auto, seit ich sechzehn war. Ich komme schon klar«, versicherte sie ihm. Er öffnete die Fahrertür für sie.

Eden stieg ein und war erleichtert, als Owen zurück zu seinem Pick-up ging. Sie würde warten, bis er wegfuhr, aber er setzte nur so weit zurück, dass sie knapp herauskam, und hielt dann an. Er wartete, dass sie losfuhr, und würde nirgendwohin fahren, bis er sicher war, dass sie den Heimweg angetreten hatte. Sie konnte also keine Runde drehen und zum Haus seines Bruders zurückfahren.

Sie drehte den Schlüssel ... und nichts geschah. Kein Klicken, nichts. Sie versuchte es erneut ... wieder nichts. Kurz ließ sie zu, dass sie die Fassung verlor, und schlug mit den Händen aufs Lenkrad, was normalerweise die Hupe hätte ertönen lassen. Aber wieder nichts.

Heute schien nicht ihr Tag zu sein.

Die Tür wurde geöffnet, und da stand Owen. Sie starrte ihn an. »Was hast du mit meinem Auto gemacht?«, fragte sie ihn.

Er sah verwirrt aus. »Ich habe deinen Wagen nicht angefasst«, versicherte er ihr.

»Weshalb springt er dann nicht an?«, wollte sie wissen.

»Lass es mich mal versuchen«, meinte er fast nachsichtig und so, als könnte er etwas, was sie nicht konnte.

»Nur zu.« Sie stieg aus, und er setzte sich auf den Fahrersitz und drehte den Schlüssel. Fast hätte sie erwartet, dass der Wagen ansprang. Schließlich saß Owen jetzt am Steuer, und nichts würde es wagen, sich einem der Forbes-Männer zu widersetzen.

Doch sehr zu Edens Enttäuschung gab das Auto keinen Ton von sich. Owen griff nach unten und fand den Hebel für die Motorhaube. Er ließ sie aufspringen, stieg aus und öffnete sie. Kurz schaute er hinein und dann zu Eden.

»Scheint alles in Ordnung zu sein«, meinte er, »aber mit diesen neuen Fahrzeugen kenne ich mich auch nicht aus. Du wirst es abschleppen lassen müssen, aber ...« Er hielt inne und schaute auf seine Uhr. »Der Abschleppdienst hat heute schon geschlossen.«

»Verdammt!«, stieß sie hervor und sah ihn nicht an, als sie ihn kichern hörte. Sie war keineswegs davon überzeugt, dass er nicht an ihrem Auto herumgefummelt hatte, doch sie drehte sich um und blickte zum Haus. Was, wenn Declan dafür verantwortlich war, dass sich jemand an ihrem Auto zu schaffen gemacht hatte? Was, wenn er etwas geplant hatte, dann aber Owen aufgetaucht war. Seine Schuld wurde in ihrem Kopf immer wahrscheinlicher, und sie konnte den Schauder nicht stoppen, der ihr vor Angst über den Rücken lief.

»Sieht so aus, als müsstest du entweder mit mir fahren oder zu Fuß in die Stadt zurücklaufen«, meinte Owen, als wäre es ihm egal, welche Wahl sie traf. Ihr Stolz gebot es, sein Angebot mit dem Hinweis abzulehnen, er könne es sich sonst wo hinstecken, und dann zurück in die Stadt zu laufen, aber Declan lebte ziemlich weit draußen. Sie schätzte, dass es mindestens fünf Meilen waren. Die Sonne war bereits untergegangen und die Gegend für ihren Geschmack ein bisschen zu gruselig. Und angesichts ihres lächerlichen Verdachts, Declan könne etwas damit zu tun haben, wollte sie unter keinen Umständen in seiner Gegend aufgegriffen werden ... völlig wehrlos.

Es wäre ein Wunder, wenn sie heil nach Hause käme. Sosehr es ihr auch missfiel, in Owens Schuld zu stehen, sie hatte keine andere Wahl, als sein Angebot anzunehmen.

»Ich glaube, dann nehme ich die Fahrt zu mir nach Hause«, sagte sie schließlich so leise, dass die Worte kaum zu Owen durchdrangen.

Eden musste es ihm hoch anrechnen, dass er nicht schadenfroh war. Das sprach eindeutig für ihn, obwohl er zurzeit mehr Einträge auf der Negativseite hatte. Sie holte die restlichen Mappen aus ihrem Auto, die wollte sie dort nicht liegen lassen. Im Moment wollte sie kein Risiko eingehen. »Ich sollte Declan mitteilen, dass ich mein Auto morgen früh abholen lasse.« Eigentlich wollte sie Declan jetzt nicht mehr unter die Augen treten, nicht, solange sie ihm derart misstraute.

»Ich rufe ihn an«, versprach Owen ihr.

Eigentlich konnte sie das auch selbst tun, aber sie war froh, dass er es übernahm. Also nickte sie und ließ sich von Owen zu seinem Pick-up führen. Wieder öffnete er die Tür und wartete, bis sie eingestiegen war.

Als er die Tür schloss, umgab sie sein Duft. Es war eine Mischung aus Leder, Rauch, Kiefer und ... und dieser einen Sache, die sie nie bestimmen konnte, aber jedes Mal, wenn sie sie roch, dachte sie an einen Liebesakt an einem heißen Sommertag unten am Meer. Sie presste die Beine zusammen, als ihr heiß wurde. Eden war froh, dass es nur eine kurze Fahrt war, denn sie glaubte nicht, dass sie eine längere aushalten würde, ohne immer näher an den Mann heranzurutschen, der ihr den Atem raubte.

Auf keinen Fall würde sie diese Fahrt schweigend überstehen, deshalb bombardierte sie Owen sofort mit einer Frage.

»Declan sagt, du hättest die Stadt verlassen müssen. Warum?«

Er wandte sich nicht zu ihr, aber sie bemerkte, wie er die Schultern straffte. Declan hatte sie nicht belogen – zumindest nicht in dieser Hinsicht. Irgendetwas war geschehen, das ihn veranlasst hatte, zu gehen. Eden wollte unbedingt wissen, was das gewesen war.

»Ich hatte meine Gründe«, sagte er, und seine Stimme verriet nicht, was er dachte oder fühlte.

»Meinst du nicht, ich hätte damals das Recht gehabt, den Grund zu erfahren?« Eden hasste es, diesen Satz zu sagen.

»Doch, das hättest du gehabt.« Es folgte keine weitere Erklärung.

»Warum sagst du es mir nicht einfach jetzt?«

»Ich weiß nicht«, gestand er, doch weiter kam nichts. Eden stieß einen frustrierten Seufzer aus, drehte sich zu ihm und betrachtete ihn genau. Er starrte geradeaus, doch sie hatte keinen Zweifel daran, dass er ihren Blick spürte.

Seine Schönheit hatte ihr schon immer den Atem geraubt. Männer wollten ganz sicher nicht als *schön* bezeichnet werden, aber das war er nun einmal mit seinem strengen Profil – dem energischen Kinn, der geraden Nase und den vollen Lippen. Er hatte immer gern und schnell gelächelt, und sie war vernarrt in die Fältchen neben seinen Augen, die ein Beweis waren für so viele Jahre des Lachens. War er ohne sie glücklich gewesen? Sie war es … irgendwann. Es hatte eine Weile gedauert, bis sie wieder klargekommen war, aber sie hatte nicht zugelassen, dass die Trauer um eine verlorene Liebe ihr Leben bestimmte.

Doch die Tatsache, dass er wiederaufgetaucht war und ihr nachjagte, hatte ihre Welt aus den Angeln gehoben. Dann war sie zu ihm gefahren … Dass sie in derselben Nacht ihren Dad verlor, hatte sie so heftig abstürzen lassen, dass sie sich immer noch nicht wieder vollständig berappelt hatte.

Owen hatte sie schon immer angezogen. Doch ihre Beziehung war so viel mehr als das gewesen. Sie hatte ihn aus tiefster Seele geliebt und befürchtete, ihn immer noch zu lieben.

»Warum bist du zurückgekommen?«, fragte sie ihn. Er schien nicht gewillt zu sein, ihre Frage zu beantworten, und dabei hatte sie noch so viele andere.

»Mir ist letztendlich klar geworden, dass ich nicht so hätte gehen sollen, wie ich gegangen bin, und nicht für so lange«, sagte er. Diesmal drehte er sich zu ihr und schaute sie kurz an. Der Blick war so intensiv, dass sie das Gefühl hatte, zu verbrennen. Sie musste den Blickkontakt unterbrechen und starrte aus dem Fenster. »Ich hätte dich nicht verlassen sollen«, fügte er hinzu.

»Aber du bist gegangen und willst mir nicht sagen, weshalb. Mir wäre es lieber, du würdest diese Kommentare sein lassen und mir einfach alles erklären.«

Einen Augenblick lang sagte er nichts und seufzte dann. »Wir werden irgendwann über alles reden.«

»Du meinst, wenn es dir genehm ist?«

»Ist so ein Gespräch je genehm?«, konterte er.

»Es ist notwendig. Wir leben in einer Kleinstadt, und es gibt definitiv Ressentiments. Wir können uns nicht aus dem Weg gehen. Wenn ich mit dieser Sache abschließen könnte, würde ich dich vielleicht nicht so sehr hassen.«

Er schaute sie dermaßen betrübt an, dass sie sich fragte, ob er schauspielerte oder ob er wirklich Gefühle für sie aufbrachte, ob es ihm wirklich etwas ausmachte, sie verletzt zu haben.

»Erinnerst du dich noch daran, als wir nach Seattle zum Hafen gefahren sind?«, wechselte er plötzlich das Thema.

Das brachte Eden aus dem Gleichgewicht, aber sie konnte sich ein Lächeln nicht verkneifen, während sie der Erinnerung nachhing. Sie schloss die Augen und konnte praktisch die Meeresluft riechen und die Sonne spüren, die auf ihre bloßen Schultern brannte.

»Ich erinnere mich an alles«, gestand sie. Weshalb sollte sie lügen?

»Was hast du zu mir gesagt?«, fragte er.

Sie lachte fast. »Ich wollte eine ganze Weile lang wegen deiner Herkunft nicht mehr mit dir ausgehen«, sagte sie, anstatt seine Frage zu beantworten.

»Und ...«, sagte er und zog das Wort in die Länge.

»Ich habe nicht lange gebraucht, um zu bemerken, dass du dich nicht wie ein Millionär oder Milliardär – oder was zum Teufel auch immer deine Familie ist – benommen hast«, erwiderte sie achselzuckend. »Du magst alte Pick-ups und abgetragene Levis. Und du schwimmst lieber in einem Fischteich, als in einem Jachtklub zu segeln.«

Er lachte. »Auf meiner Feuerwache in New York hatte niemand eine Ahnung, woher ich kam oder was ich auf dem Bankkonto hatte«, erinnerte er sich.

»So hast du es immer gewollt«, sagte sie. Und das hatte sie an ihm besonders geliebt.

»Wir waren unten am Hafen, und du hast dich über mich lustig gemacht«, half er ihr auf die Sprünge.

»Ich weiß«, sagte sie. »Ich habe dich gefragt, wann du eines der großen Boote besorgen würdest, um mit mir um die Welt zu segeln.« Sie hielt inne und schluckte. »Du sagtest, wir könnten auf der Stelle eins aussuchen, wenn es mich glücklich machte.« Sie musste gegen die Tränen ankämpfen. »Ich wusste, dass du nur Spaß gemacht hast, aber nachdem du Edmonds verlassen hattest, habe ich oft davon geträumt, dass wir genau das tun würden. Wir würden auf eines dieser großen Boote klettern und in den Sonnenuntergang segeln.«

»Eden ...«, setzte er an, ehe er wieder verstummte.

»Schon gut, Owen. Ich habe einige Zeit gebraucht, aber ich bin darüber hinweg. Über alles«, log sie. »Und ich wollte dich nicht wegen deines Geldes. Dass du dir jede dieser horrend teuren Jachten hättest leisten können, hieß nicht, dass du eine kaufen solltest.«

»Ich hatte den gleichen Traum«, gab er zu. »Ich habe mich uns auf einem besonderen Boot vorgestellt, du oben ohne mitten auf dem Meer und ich, der für uns sorgte. Da waren nur wir beide, völlig sorglos.«

Sie wollte ihn dafür hassen, dass er ihr so ein Bild in den Kopf pflanzte, dass er sie an die Vergangenheit erinnerte und daran, was alles hätte sein können. Aber sie war im Moment zu traurig, um zu hassen.

»Na ja, wir waren jung und dumm«, sagte sie mit einem humorlosen Lachen.

»Es ist nie zu spät, unsere Träume zu leben«, behauptete er so eindringlich, dass sie sich weigerte, ihn anzuschauen, weil sie Angst davor hatte, was sie in seinem Blick sehen würde.

»Ich würde jetzt am liebsten mit dir direkt dorthin fahren, um zusammen in den Sonnenuntergang zu segeln.«

»Und vor all unseren Problemen davonzulaufen?«, fragte sie. »Vor dem, was hier gerade geschieht?«

»Ich renne nicht mehr davon. Ich will nur, dass du weißt, die Tür wird nie verschlossen sein, wenn es um dich und mich geht. Deine Träume sind mir wichtig, und ich will dir die Welt zu Füßen legen.«

Es kostete sie allergrößte Überwindung, nicht die Hand nach ihm auszustrecken und sein Angebot anzunehmen. »Ich habe jetzt andere Träume ... und in denen kommst du nicht vor.« Ihre Stimme verstummte allmählich. Die letzten Worte waren eine Lüge.

»Unterscheiden wir uns jetzt so sehr von den Teenagern, die wir einmal waren?«, wollte Owen wissen.

»Ja, zweifellos.« Die Antwort kam ohne Zögern.

»In mancher Hinsicht hast du vielleicht recht, aber im Grunde sind wir noch genau dieselben Menschen wie damals. Das werde ich dir beweisen.« In seinem Tonfall lag so viel Gewissheit, dass sie nicht wusste, wie sie dagegen angehen sollte.

Sie öffnete den Mund, um etwas zu sagen und den Zauber zu brechen, der sie beide zu umgeben schien, doch dann knackte sein Funkgerät. Er griff automatisch danach und drehte die Lautstärke hoch.

»Es gibt ein Feuer in ...« Die Zentrale nannte die Adresse. Eden und Owen verstummten. Eden stand unter Schock, und sämtliche Gedanken an die Vergangenheit lösten sich unmittelbar in Luft auf.

»Dein Haus«, sagte er. Es war keine Frage. Natürlich wusste er, wo sie wohnte.

»Ja«, antwortete sie trotzdem. »Es scheint bei mir zu brennen.« Eine qualvolle Angst überkam sie. Sie lebte weit vom tödlichen Feuer entfernt, das den Wald um sie herum zerstörte. Warum brannte es bei ihr?

Owen gab Gas und schlug die Richtung zu ihrem Haus ein. Sie würden gleich herausfinden, was dort vor sich ging. Doch eines war jetzt schon sicher: Eden glaubte nicht an einen Zufall. Sie rutschte etwas weiter von Owen weg.

Es war nicht so, dass sie Angst vor ihm hatte, nur ... ergab gerade nichts mehr einen Sinn. Überhaupt nichts. Sie fühlte sich immer verlorener, und sosehr sie auch die Hand nach dem Mann neben sich ausstrecken und den Trost annehmen wollte, den er ihr gerne gespendet hätte, sie konnte es nicht.

Sie war allein, völlig allein. Jemand legte Brände, und es konnte genauso gut jemand sein, den sie bereits ihr ganzes Leben kannte – jemand, der bereit war, über Leichen zu gehen.

KAPITEL 10

Owen hatte einen Kloß im Hals, als er aufs Gaspedal drückte. Er spürte die Anspannung, die von Eden ausging, als sie sich ihrem Haus näherten. Natürlich konnten sie Rauch in der Luft riechen, aber so roch die gesamte Region schon seit zwei Wochen wegen des außer Kontrolle geratenen Feuers, das sich der Stadt näherte. Wie konnte ihr Haus in Brand geraten sein?

Obwohl es ihm das Herz brach, wusste Owen, dass sie denken musste, er habe etwas damit zu tun. Wäre sie jedoch in sich gegangen, hätte sie gewusst, dass er niemals einen Brand legen, niemals dieses Land zerstören oder das Leben von Menschen in Gefahr bringen konnte. Doch sie war verletzt und wütend, und sie hatte das Recht dazu. Was er ihr angetan hatte, war nicht hinnehmbar. Ja, er hatte seine Gründe gehabt, und er wusste, dass er mit ihr darüber reden musste, aber er war noch nicht so weit. Vielleicht war es die Angst, sie für immer zu verlieren.

Die Hoffnung war etwas, an dem Owen sich festhielt. Er hatte die Hoffnung, dass sich alles klären würde, seine Zukunft nicht zerstört wäre und er den Rest seines Lebens mit der einzigen Frau verbringen konnte, die er je geliebt hatte. Er war jung und dumm gewesen, als er losgezogen war, die Welt zu erkunden ... und einem Freund zu helfen. Eden musste einsehen, dass sie jetzt andere Menschen waren, dass sie über ihre Vergangenheit hinauswachsen konnten.

Sie näherten sich ihrem Haus, und er wurde fast wahnsinnig von ihrem berauschenden Duft. Es war jetzt sechs lange Monate her, seit er sie in seinen Armen gehalten hatte. Im Krankenhauszimmer war er so nah dran gewesen, ihr und sich die Kleider vom Leib zu reißen, aber sie hätte es ihm nie verziehen, wären sie mit heruntergelassenen Hosen erwischt worden.

Doch wenn sie in seiner Nähe war, konnte er an nichts anderes denken, als sie zu berühren, sie festzuhalten und tief in ihre heiße Mitte zu stoßen. Ja, er hatte während seiner Zeit in New York mit anderen Frauen geschlafen, aber keine war mit Eden vergleichbar gewesen, und keiner hatte er länger seine Aufmerksamkeit geschenkt als für die kurze Zeit, die sie einander gegenseitig Vergnügen bereitet hatten.

Doch das hatte aufgehört, als er merkte, dass eine schnelle Befriedigung nicht das war, wonach er suchte. Nein, die ganze Zeit über hatte er immer nur sie gewollt, und er hatte das alles für etwas Dummes aufs Spiel gesetzt.

Owen hatte nicht geglaubt, das je wieder in Ordnung bringen zu können, aber er hatte Hoffnung geschöpft, als sie vor sechs Monaten plötzlich vor seiner Tür gestanden hatte, und sie beide zusammen im siebten Himmel gelandet waren.

Dann war ihr Vater gestorben.

Und er wusste, dass sie ihn neben all den anderen Dingen auch dafür verantwortlich machte. So wie sie auch sich selbst die Schuld an seinem Tod gab. Obwohl es ein Herzinfarkt gewesen war, etwas Unvorhersehbares und Außergewöhnliches, lebte sie mit der Schuld, die letzten Anrufe ihres Vaters ignoriert zu haben, weil sie bei ihm gewesen war. Er war nicht sicher, ob sie beide darüber hinwegkommen würden. Und da kam wieder die Hoffnung ins Spiel. Sie musste sich selbst und ihm vergeben. Erst wenn sie einsah, dass keiner von ihnen Schuld hatte, konnte der Heilungsprozess beginnen.

Doch Trauer war etwas Unkalkulierbares. Sie schlich sich an und hielt den Menschen fest im Griff, bis dieser entweder flüchtete oder sich den Tentakeln ergab, die sich um ihn legten. Eden war zu stark, um sich nach unten ziehen zu lassen. Außerdem war sie nicht allein. Er würde nicht zulassen, dass sie verkümmerte. Selbst wenn er sie dafür aufgeben musste. Er würde alles dafür tun, dass sie sich besser fühlte.

Sie fuhren um eine Kurve, und Owen zog es das Herz zusammen. Obwohl sie noch etwa eine Meile entfernt waren, konnte er eine schwarze Rauchwolke aufsteigen sehen und orange Blitze, die den Nachthimmel erhellten. Er wusste, was das bedeutete – alles würde verloren sein.

Er hörte, wie sie vor Entsetzen nach Luft rang. Sie war zu dem gleichen Schluss gekommen wie er. Das war kein kleines Feuer, es war eine Katastrophe. Das Bedürfnis, seine Uniform anzuziehen und zu retten, was noch zu retten war, war so groß, dass seine Beine zuckten. Aber er war vorläufig suspendiert. Das machte es noch schlimmer.

Owen wollte Eden trösten, aber er wusste, dass es in diesem Augenblick das Beste für sie war, wenn er schwieg. Sie versuchte, sich darauf vorzubereiten, was sie gleich sehen würden. Er hatte viele Feuer gelöscht, bei denen Familien alles verloren hatten, was sie besaßen. Die Auswirkungen waren verheerend.

Obwohl es die Feuerwehr als Erfolg verbuchte, wenn kein Verlust von Menschenleben zu beklagen war, gab es dennoch Verluste, die für die Betroffenen kaum zu verkraften waren.

Unersetzbare Familienerbstücke, Fotoalben, Babybücher, Hochzeitskleider, antike Möbel. Den Flammen waren die Gefühle eines Menschen egal. Das Feuer war hungrig, und es ernährte sich von allem, was sich ihm in den Weg stellte.

Sie bogen um die letzte Ecke, und Eden entfuhr ein trauriger Aufschrei. Ihr Haus stand lichterloh in Flammen. Drei Löschfahrzeuge parkten davor, die Schläuche waren ausgerollt, Kommandos wurden gerufen.

Es war zu spät. Alles, was die Feuerwehr an diesem Punkt tun konnte, war, zu verhindern, dass sich das Feuer ausbreitete. Eden hatte alles verloren.

* * *

Die drei Männer saßen auf dem Hügel und schauten hinunter. Sie lachten, während sie ihr Werk betrachteten. Einer drehte sich zu seinem Kumpel und reichte ihm eine Pfeife. Der nahm einen tiefen Zug und hielt den Atem an, bevor er eine Rauchwolke ausstieß.

»Der Boss wird richtig glücklich darüber sein«, sagte er.

»Sie werden uns auf keinen Fall auf die Schliche kommen«, fügte der andere hinzu.

»Ein atemberaubender Anblick«, meinte der Dritte, als er nach der Pfeife griff.

»Diese Schlampe mischt sich in Dinge ein, die sie nichts angehen. Vielleicht kümmert sie sich ab heute nur noch um ihre eigenen Angelegenheiten«, sagte der erste Mann und lachte.

»Sch! Nicht, dass uns noch jemand hört«, flüsterte der zweite Mann.

»Die hören garantiert nichts, das Feuer tost viel zu laut«, behauptete der dritte. »Also reg dich nicht auf.«

Sie saßen da und sahen zu, wie die Flammen immer höher schlugen. Der Boss war noch lange nicht fertig. Und sie würden tun, was immer er von ihnen verlangte … und jede Minute genießen.

Es gab Arbeit, und sie waren mehr als bereit dafür. Das ließ die Männer noch breiter grinsen. Zerstörung konnte so schön sein …

KAPITEL 11

Eden stieg aus Owens Pick-up, ohne zu warten, dass er ihr die Tür öffnete. Hilflos sah sie zu, wie die Feuerwehrleute ihr Bestes gaben, um die Flammen zu bekämpfen, die ihr Haus zerstörten. Es war ein verlorener Kampf. Das Gebäude brannte schnell und lodernd, und sie rechnete nicht damit, dass noch etwas übrig war, wenn man das Feuer gelöscht hatte.

Eden stand da und überlegte, was sie fühlte. War es Angst? Sie glaubte nicht. Trauer? Ihre Augen waren trocken. Wut? Vielleicht. Sie verstand nicht, was es war. Sie wusste nur, dass sie unter Schock stand. Alle ihre Habseligkeiten hatten sich innerhalb dieser Wände befunden. Alle kostbaren Geschenke ihres Vaters, ihre Fotos, ihre kleine Sammlung Nippes, die ihr so viel bedeutet hatte. Jetzt war alles weg. Innerhalb von Minuten war alles in Flammen aufgegangen.

Owen war zwar einer der Verdächtigen im Fall der Waldbrände, aber sie glaubte keine Sekunde, dass er ihr Haus in Brand gesteckt hatte. Zu solch einer grausamen Tat war er nicht imstande. Aber was hatte es zu bedeuten? Es konnte kein Zufall sein, dass man sie beauftragt hatte, zu ermitteln, was in dieser Stadt vor sich ging, und jetzt ihr Haus bis auf die

Grundmauern abbrannte. Die Flammen loderten zu heftig, als dass es ein Unfall hätte sein können.

Die Feuerwehrleute schenkten Eden nicht die geringste Aufmerksamkeit, während sie ihre Arbeit taten. Sie hörte Gelächter und drehte den Kopf, sah einen der jüngeren Feuerwehrmänner, der sich an dem großen gelben Schlauch festklammerte, aus dem ein kräftiger Wasserstrahl schoss.

»Hör auf, herumzualbern, Chase!«, rief ein Mann.

»Ich hab nur Spaß an der Arbeit, Boss!«, gab Chase zurück, ohne den Blick von dem abzuwenden, was er tat.

Eden konnte es dem jungen Mann nicht verübeln. Viele Kinder wollten Feuerwehrleute, Polizisten oder Soldaten werden. Sie träumten davon, die Welt zu retten. Nicht jeder verwirklichte diese Träume im Erwachsenenalter, aber die Elite tat es, und Eden wusste, wer es schaffte und wer nicht. Chase würde es schaffen. Er liebte seine Arbeit, das war nicht zu übersehen. Er wusste auch nicht, dass die Besitzerin des Hauses direkt hinter ihm stand. Sonst hätte er sich gemäßigt.

Sie wusste, dass er nicht die Zerstörung genoss. Er freute sich nur über den Kick, Teil von etwas zu sein, das diese Zerstörung stoppte – er war der Held, den man gerufen hatte, um die Lage zu retten.

Der Hauptmann wusste das offensichtlich auch, denn er drehte sich um und sprach mit einem anderen Mann, der schwere Ausrüstung anlegte. Falls das Haus noch stand, sobald sie den Brand unter Kontrolle hatten, würden sie hineingehen und nachsehen, ob etwas zu retten war.

Es würde nichts übrig bleiben. Das konnte Eden bereits sehen.

Eden *spürte* Owen eher, als dass sie ihn sah. Er kam zu ihr und stellte sich neben sie. Sofort verkrampfte sie sich, hatte Angst, völlig die Fassung zu verlieren, wenn er sie berührte. Das durfte nicht geschehen. Zu viel war in zu kurzer Zeit passiert, und wenn sie ihre Gefühle jetzt nicht im Zaum hielt, würden sich die Schleusentore öffnen und die Flut der Tränen vielleicht zu mächtig sein, um die Tore wieder zu schließen.

Es war fast, als könnte Owen ihre Gedanken lesen, denn er stand dicht neben ihr, sagte jedoch kein Wort. Eden spürte die Wärme seines Körpers, aber er ließ ein paar Zentimeter Platz zwischen ihnen. Es war, als wollte er ihr sagen, dass es in ihren Händen lag. Er würde für sie da sein, wenn sie ihn brauchte, aber sich zurückhalten, wenn sie ihn nicht wollte. Dieses Wissen reichte aus, dass sie fast die Fassung verlor.

Jemand drehte sich um und sah sie beide dort stehen. Eden bemerkte, wie sich die Mundwinkel des Mannes hoben. »Owen!«, rief er, woraufhin sich mehrere andere Köpfe in ihre Richtung drehten, »warum bist du nicht in deiner Schutzkleidung?«

»Ich bin nicht im Dienst«, entgegnete Owen. Eden war froh, dass er nicht *unfreiwillig* hinzufügte oder ihnen erzählte, dass Eden diejenige war, die ihm die Nachricht überbracht hatte. Sie befürchtete, die anderen Feuerwehrleute hätten sie sonst ins Feuer gestoßen, anstatt es in Schach zu halten.

»Wann hat dich das je abgehalten?«, rief der Mann und lachte.

»Gibt es schon Erkenntnisse über die Brandursache?«, fragte Owen offensichtlich, um ihn abzulenken. Da bemerkte der Mann Eden. Sie kannte ihn. Er wohnte erst seit einem Jahr in der Stadt, aber sie war ihm ein paarmal in der Bäckerei begegnet. Sean Adams war sein Name.

»Tut mir leid, Eden«, sagte er, und sein Grinsen verschwand. Er warf einen Blick auf die anderen Männer und wand sich. Sie hassten die Zerstörung, die Feuer mit sich brachte, aber sie liebten es auch, es zu löschen. »Wir wussten nicht, dass du hier bist«, sagte er entschuldigend und zuckte hilflos mit den Schultern.

»Schon okay, Sean. Ihr könnt ja auch nichts weiter tun, als das Feuer zu löschen.« Eden konnte es kaum ertragen, wie erstickt ihre Stimme klang.

»Es ist nicht so, dass es uns gefällt, wenn Leute ihr Zuhause verlieren. Die Männer müssen nur ein bisschen Dampf ablassen«, erklärte Sean, weil Chase erneut lachte, als er seinen Schlauch auf eine andere Stelle ihres brennenden Hauses hielt.

»Das verstehe ich«, sagte Eden.

Dennoch ging Sean zu Chase hinüber, und das Lächeln des jungen Mannes erstarb sofort, als er in Edens Richtung schaute. Sie war sich sicher, dass ihr Gesicht im Schein des Feuers fast unheimlich aussah. Er nickte ihr zu und konzentrierte sich dann wieder auf seine Arbeit. Eden war es unangenehm, ihm Ärger bereitet zu haben.

Schon bald wussten alle, dass sie da war, und ihr Gelächter verstummte. Sie hätte ihnen am liebsten gesagt, dass es ja nur ein Haus sei, aber sie brachte die Worte nicht heraus. Es mochte nur ein Haus sein, aber darin hatte es Dinge gegeben, die unersetzbar waren. Sie nahm sich vor, später ihren Gefühlen freien Lauf zu lassen. Jetzt war dafür weder der richtige Zeitpunkt noch der richtige Ort.

»Lass uns mit dem Hauptmann reden«, schlug Owen vor. Er berührte sie immer noch nicht, obwohl sie merkte, dass sie näher an ihn herantrat. Nicht so nah, dass sich ihre Körper berührten, aber sie fand stummen Trost in seiner Anwesenheit. Sie wusste, dass das eventuell ein Fehler war, aber im Moment war ihr das egal.

Fehler halfen dabei, einen Menschen zu formen, ihn zu dem zu machen, was er werden sollte. Keiner war perfekt, nicht einmal die, die danach strebten. Menschliches Versagen war eben menschlich.

Gemeinsam gingen sie zu Eric McCormack, der am Feuerwehrfahrzeug lehnte. Er hatte den Blick auf seine Männer gerichtet, ließ sie aber ihre Arbeit tun. Er schaute auf und nickte Owen zu. Dann blickte er Eden durchdringend an.

»Es tut mir leid, Eden«, sagte er. »Ich weiß, es ist unerträglich.« Mehr sagte er nicht. Was hätte er auch sagen sollen? Dass alles wieder in Ordnung komme? Dass sie nur eine Nacht darüber schlafen müsse und es ihr dann schon besser ginge? Dass sie ja nicht alles verloren habe, was sie besaß? Nein. Das konnte er nicht sagen, denn es wäre ganz offensichtlich eine Lüge gewesen.

»Hallo, Chief«, sagte sie mit leiser Stimme, die wegen des Lärms, den das Feuer und die Einsatzgerätschaften machten, kaum zu hören war. Sie räusperte sich und versuchte es noch einmal. »Was ist passiert?«

Ein ohrenbetäubendes Krachen war zu hören, gefolgt von Rufen der Mannschaft, die sicherstellte, dass niemand fehlte. Eden drehte sich um und wusste bereits, was sie erwartete. Das Dach des Hauses war zusammengebrochen, die Wände ebenfalls. Außer Asche würde tatsächlich nichts übrig bleiben.

Fast wäre sie durchgedreht.

Obwohl sie sich gesagt hatte, dass keine Hoffnung bestand, irgendetwas retten zu können, hatte sie dennoch gebetet, wenigstens die wertvollen Sachen zu finden, die sie von ihrem Vater geschenkt bekommen hatte. Bevor sie es verhindern konnte, liefen ihr Tränen über die Wangen. Sie schaute zum Feuer und wischte sie diskret weg. Als sie ihre Hand betrachtete, sah sie, wie schwarz sie war. Asche flog durch die Luft, und ihre Tränen würden für jeden sichtbar sein, der sich die Mühe machte, sie anzuschauen.

»Als wir eintrafen, haben wir Benzin gerochen«, berichtete Eric.

Eden fuhr es noch mehr in den Magen. Sie hatte gewusst, dass das Feuer absichtlich gelegt worden war, aber jetzt hatte sie die Bestätigung. »Das muss sich natürlich ein Brandermittler anschauen, aber wir wissen, was wir gerochen haben.«

»Ja, du machst das schon so lange, du kennst dich aus. Aber wer tut denn so was?«

»Hier habe ich einen Hinweis«, sagte Eric und hielt ein Blatt Papier hoch. »Es war seitlich an deinen Briefkasten geklebt. Einer der Jungs hat es abgerissen, und ich habe die Nachricht gelesen. Lass sie in der Plastikhülle. Vielleicht können wir Fingerabdrücke sicherstellen.«

Eden war wie betäubt, als sie das Blatt in der Hülle entgegennahm. Jemand hatte ihr eine Nachricht hinterlassen. Was zum Teufel hatte das zu bedeuten?

Es war nur ein Satz, der in der Standardschriftart New Roman getippt war. Keine Unterschrift und nichts, was auch nur den kleinsten Hinweis auf den Verfasser gegeben hätte. Sie musste unwillkürlich an die Nachrichten denken, die vor nicht allzu langer Zeit ihrer Freundin Keera zugegangen waren. Der Fall war immer noch nicht abgeschlossen.

War Eden in dieses fremdartige Universum gezogen worden, das ihre gesamte Stadt zu verschlingen schien? Sie wusste nicht, wie. Nie hatte sie etwas getan – zumindest konnte sie sich nicht erinnern –, was sie zu einer Bedrohung gemacht hätte.

»Was steht da?«, fragte Owen. Seine Stimme klang derart besorgt, dass Eden eines zweifellos wusste: Er hatte nichts damit zu tun. Das hatte sie zwar die ganze Zeit gewusst, aber die Besorgnis und kaum verhohlene Wut in seinem Tonfall bestärkten ihre Gewissheit.

Das war Owen – ihr Owen. Nein, er gehörte nicht mehr ihr, aber sie wusste, dass er ihr niemals so wehgetan hätte. Dazu war er viel zu ehrenhaft. Schweigend gab sie ihm die Nachricht.

Sie war sich nicht sicher, ob sie im Moment überhaupt sprechen konnte.

Owen las sie vor. »Wenn du deine Nase in etwas steckst, was dich nichts angeht, wirst du dich verbrennen.«

Die Worte laut ausgesprochen zu hören, machte es sogar noch schlimmer und viel zu real. Vielleicht war sie in Gefahr, obwohl das unmöglich erschien. Aber was machte das schon? Man hatte ihr doch bereits alles genommen. Jetzt hatte sie nur noch ihre Arbeit.

Ihre Augen verengten sich, und die Tränen verschwanden. Wenn jemand glaubte, dass ihr das Angst einjagte, dann hatte er den gegenteiligen Effekt erzielt. Auf einmal war sie wütender und ärgerlicher als je zuvor.

Sie würde den Täter finden … und er würde dafür bezahlen. Alle würden bezahlen. Eher würde sie sterben als aufzugeben. Man hatte ihr und der Stadt, die sie liebte, genug genommen und sich die Falsche zur Feindin gemacht. Sie war nicht so schwach, wie sie vielleicht aussah. Es musste einen Anführer geben. Aber wer auch immer an der Spitze stand, musste Gefolgsleute haben, und sie würde jeden einzelnen kriegen.

Eden sah sich um und betrachtete die Schatten, die der helle Schein des Feuers warf, und sie hatte das Gefühl, als lauerten Monster da draußen in der Dunkelheit.

»Ich *werde* euch finden!«, schrie sie.

Weder der Hauptmann noch Owen sagten ein Wort, aber sie folgten ihrem Blick.

Eine Reaktion gab es nicht, doch Eden wusste instinktiv, dass sie herausgefordert worden war. Und noch etwas wusste sie. Ihre Feinde merkten, dass sie die Herausforderung angenommen hatte.

Mochten die Spiele beginnen.

* * *

Er war nahe.

Nahe genug, um Edens Kampfansage zu hören. Ihr bestürzter Anblick hatte ihm ein zufriedenes Lächeln entlockt, das ihm nun, als er ihre Worte hörte, verging. Er hatte geglaubt, er habe sie gebrochen, ihr genug Angst eingejagt. Aber sie war wohl nicht die, für die er sie gehalten hatte.

Jetzt wusste er, dass es nicht ausreiche, ihr einen Schrecken einzujagen. Sie musste sterben. Ihm war das egal. Was war ein Todesopfer mehr in einem Krieg?

Wieder versuchte er zu lächeln, aber er war nicht mehr in der Stimmung.

Er drehte sich um und ließ die Flammen hinter sich. Niemand bemerkte ihn. Sie waren zu beschäftigt. Er war nur ein weiteres besorgtes Gemeindemitglied und das Letzte, woran sie dachten.

Eden würde nicht ständig Owen um sich haben, der sie beschützte. Aber auch wenn er da war, machte das nichts aus. Sie würden beide sterben, bevor das hier vorbei war.

Sein Lächeln kehrte schließlich zurück.

Ja. Die Spiele hatten begonnen.

KAPITEL 12

Eden zitterte. Ihre Wut war ebenso schnell verraucht, wie sie in ihr aufgestiegen war. Das hier war alles zu viel für einen allein. Sie wusste, dass sie kurz vor dem Zusammenbruch war, dass sie nicht viel mehr ertragen konnte. Irgendwie war sie überrascht, dass sie sich noch aufrecht hielt.

Fast lächelte sie, als sie sich daran erinnerte, was ihr Vater immer gesagt hatte: *Wenn du denkst, du hattest einen schlimmen Tag, dann versichere ich dir, dass es irgendwo auf der Welt jemanden gibt, der einen noch schlimmeren hatte. Konzentriere dich nicht auf das Negative, sondern schätze das Positive und sei dankbar, dass du nicht weißt, was schlimm wirklich bedeutet.* So war ihr Vater gewesen, ein Mann, der zu früh hatte sterben müssen. Warum er? Warum hatte er gehen müssen, wenn es da draußen so viele gab, die das Leben, das ihnen geschenkt worden war, nicht schätzten.

Ihr Zittern wurde schlimmer, und dann spürte sie Owens tröstenden Arm, der sich um ihre Taille legte. Es war keine intime Geste, sondern eine, die Trost spendete. Er konnte nicht mehr untätig danebenstehen, wenn sie offensichtlich den Boden unter den Füßen verlor.

»Alles wird gut«, versicherte er ihr.

Sie wollte stark genug sein, um ihn wegzustoßen, ihm zu sagen, dass sie seinen Trost nicht brauchte, aber damit hätte sie nicht nur ihn belogen, sondern auch sich selbst. Ihr Vater hatte ihr auch erklärt, dass es okay sei, sich ab und zu an jemanden anzulehnen, der stärker war. Er hatte ihr versichert, dass an manchen Tagen sie diese starke Person sein würde und an anderen jemand anderer. Es war ein Kreis, in dem niemand allein sein sollte. Niemand von uns sollte ständig die Last tragen müssen.

»Ich komme klar«, sagte sie schließlich und spürte, dass es so sein würde. Egal, wie schlimm es wurde, es würde vergehen. Egal, wie sich die Situation anfühlte, es konnte wahrscheinlich nicht so schlimm werden, wie sie es sich vorstellte. Warum rechneten die Leute immer sofort mit dem Schlimmsten? Warum nicht positiver denken? *Weil wir menschliche Wesen sind und somit alle Sklaven unserer zerbrechlichen Gefühle.*

Eden brauchte hier nicht herumzustehen und zuzuschauen, wie sich die Flammen über den Rest ihres Hauses hermachten. Das hätte zu nichts geführt. Um dieses Rätsel zu lösen, musste sie weg von hier … nachdenken.

»Kann ich ein paar Minuten für mich haben?«, fragte sie. Sie hasste es, um Erlaubnis zu bitten, aber sie wusste nicht einmal, wohin sie gehen sollte. Offensichtlich konnte sie nicht nach Hause, denn ein Zuhause hatte sie nicht mehr.

»Wohin möchtest du?«, fragte Owen.

Sie schaute sich um. Über einen kleinen Pfad gelangte man zu einem Teich. Deshalb hatte sie dieses Haus auch so sehr geliebt. Nicht nur die Nachbarschaft war wunderbar, sondern sie hatte mitten in der Stadt auch ein Stückchen Natur gehabt.

»Ich setze mich nur ein paar Minuten auf den Steg«, sagte sie.

Owen sah aus, als hätte er etwas dagegen, und Eden drückte sofort das Kreuz durch. Sie brauchte schon lange niemanden mehr um Erlaubnis zu fragen. Sie konnte tun und lassen, was sie wollte, es ging ihn überhaupt nichts an.

»Lass mich dich begleiten«, bat er.

»Owen ...«, setzte sie an, aber er hob die Hand.

»Ich habe nicht vor, dich auf Schritt und Tritt zu überwachen, aber jemand hat gerade dein Haus in Brand gesteckt und dir eine bedrohliche Nachricht hinterlassen. Ich will nur sichergehen, dass er nicht hier herumlungert, um zu Ende zu bringen, was er begonnen hat.«

Eden versuchte, den Fehler in seiner Logik zu finden, aber er hatte recht. Sie war zu ausgelaugt, um zu diskutieren, und nickte deshalb nur. Sosehr sie auch wollte, dass er seinen Arm um sie legte, sie hätte es niemals zugegeben. Deshalb hielt sie einen ausreichenden Abstand zu ihm ein, als sie sich auf den Weg zum Steg machten.

Es war Vollmond und somit hell genug, denn je weiter sie sich vom Feuer entfernten, desto weniger Licht gab es sonst. Sie erreichten den Steg, und Owen schaute sich um. Er schien zufrieden.

»Ich bin in Rufweite«, sagte er.

Wieder nickte sie, und er drehte sich um und ging. Dankbar ließ sich Eden auf den Steg sinken und zog die Schuhe aus. Dann ließ sie die Füße ins kalte Wasser hängen. Sie kribbelten wegen der Kälte, aber es war gut, zu spüren, dass sie noch am Leben war.

Eden starrte lieber in das schwarze Wasser als empor zu den trügerischen Sternen. Sie hätte wegen des Rauchs sowieso nicht viele entdeckt und legte keinen Wert darauf, zwischen den mondbeschienenen Wolken den Blick auf einen einzelnen Stern zu erhaschen. Sie fragte sich, ob sie Sterne je wieder mögen würde. Im Augenblick waren sie ihr jedenfalls gleichgültig.

Es war spät, aber Eden merkte, dass sie jemanden brauchte, mit dem sie reden konnte und der ihr gegenüber nicht emotional wurde. Jemand, der sie von der Tatsache ablenkte, dass sie obdachlos war, nur noch die Kleider hatte, die sie am Leib trug, sowie ein kaputtes Auto und ein bisschen Bargeld. Wie traurig ihr Leben doch geworden war.

Sie war siebenundzwanzig, unverheiratet, allein, mit einem Job, den sie nicht mochte, und einem Leben, das sie nicht verstand. Und sie fragte sich, ob andere Leute auch solche Gedanken hatten und sich fragten, was zum Teufel eigentlich der Sinn dieses Lebens war. Sie wusste es jedenfalls nicht.

Ein Fisch kam vorbei und knabberte an ihrem großen Zeh. Eden erschrak, doch dann wurde ihr bewusst, dass sie lächelte. Mit einer Angelrute in der Hand hätte sie vielleicht sogar halbwegs anständige Laune gehabt. Einige fanden Angeln langweilig, Eden fand es entspannend, besonders an einem heißen Sommertag mit leiser Musik im Hintergrund und einem kalten Bier in der Hand.

Sicher verscheuchte die Musik die meisten Fische, aber ab und zu kam auch ein mutiger vorbei, der anbiss. Letztlich ging es nicht darum, etwas zu fangen, sondern etwas so Banales und Bedächtiges zu tun.

Sie zog ihr Handy aus der Tasche und beschloss, den Brandermittler anzurufen, um ihn ins Bild zu setzen über ... na ja, eigentlich über nichts. Sie hatte keine Informationen für ihn, aber er hatte sie als diejenige ausgewählt, die mit den Leuten reden sollte. Oder besser gesagt, er hatte ihre Kanzlei ausgesucht und ihr Chef wiederum sie.

Der Anruf wurde entgegengenommen, als sie gerade auflegen wollte. »Hallo?«

Eden fiel ein, dass es schon spät war. »Hallo, Ron. Tut mir leid, dass ich Sie zu dieser Stunde noch störe. Ich hatte gar nicht auf die Uhr geschaut«, sagte sie schnell.

»Eden? Was ist los?« Er hatte erst abgelenkt gewirkt, doch beim Klang ihrer Stimme war er sofort bei der Sache. Eden fragte sich, ob es in diesem Arbeitsgebiet viele Notfälle gab.

»Genau genommen ist nichts los«, sagte sie. »Mein Haus ist gerade abgebrannt.«

Am anderen Ende herrschte einen Moment Stille.

»Sind Sie okay?«, erkundigte er sich. Er sprach mit ihr wie mit einem kleinen Kind.

»Ich war nicht zu Hause, als es passierte, und habe nur noch das Finale mitbekommen«, erzählte sie, bevor sie innehielt. »Es gibt etwas anderes, was ich Ihnen erzählen muss beziehungsweise schon erzählt haben sollte.« Schnell stieß sie die Worte hervor, damit sie sie nicht wieder zurücknehmen konnte. Sie wollte diesen besonderen Job nicht verlieren. Den, mit dem sie gerade betraut war und der besser war, als den ganzen Tag am Schreibtisch zu sitzen. Aber sie wollte auch nicht, dass diese Untersuchung Schaden nahm, weil sie den beteiligten Parteien Informationen vorenthalten hatte.

»Und das wäre?«, fragte er. Eden konnte an seinem Tonfall nicht erkennen, ob er gute oder schlechte Neuigkeiten erwartete.

»Ich war mit einer der Personen, gegen die ermittelt wird, in einer Beziehung«, gestand sie.

Wieder Stille. Diesmal dauerte sie etwas länger.

»Inwiefern?«, fragte er schließlich.

»Wir waren ungefähr drei Jahre lang ein Paar, aber vor zehn Jahren war Schluss.« Und zwar bis vor sechs Monaten, als sie ihn in seiner Küche besprungen hatte. Sie beschloss, dieses kleine Detail auszulassen.

Sie konnte Ron förmlich rechnen hören.

»Da waren Sie ein Teenager, oder?«, fragte er.

»Ja, aber Sie wissen doch, Kleinstädte …« Sie verstummte allmählich. Nicht jeder kannte Kleinstädte. Vielleicht hatte Ron noch nie in einer gelebt.

»Es ist Freitagabend, und wir können im Moment nichts machen. Aber ich werde mit meinen Chefs reden müssen, um zu klären, wie sie weiter vorgehen wollen. Führen Sie doch an diesem Wochenende ihre Recherchen fort, aber machen Sie sich ausführliche Notizen«, sagte er schließlich.

Eden atmete erleichtert auf. Vielleicht würde sie am kommenden Montag oder Dienstag nicht mehr an dem Fall arbeiten, aber zumindest konnte sie sich im Augenblick noch darauf konzentrieren.

»Danke. Genau das hatte ich vor«, sagte sie.

»Erzählen Sie mir, was Sie bisher herausgefunden haben«, forderte er sie auf.

In den nächsten Minuten informierte sie ihn über die Verletzungen, die sich die Feuerwehrleute auf dem Berg zugezogen hatten, und über die Gespräche mit Owen und seinem Bruder. Sie zog aus dem, was sie herausgefunden hatte, keine Schlüsse. Das stand ihr nicht zu. Es war Rons Job.

»Sie machen das prima. Es täte mir leid, wenn Sie ersetzt werden müssten«, gestand er.

»Mir täte es auch leid. Zuerst war ich nicht begeistert von der Aufgabe, aber mittlerweile macht sie mir irgendwie Spaß … na ja, zumindest, wenn mein Haus nicht gerade in Flammen aufgeht«, fügte sie mit einem humorlosen Lachen hinzu.

»Das tut mir wirklich leid, Eden.« Sie hörte im Hintergrund Geräusche, und es klang, als hätte sie ihn bei irgendetwas gestört. Nicht jeder arbeitete sieben Tage die Woche vierundzwanzig Stunden. Die meisten hatten Familie oder Freunde, mit denen sie Zeit verbrachten. Ja, Eden hatte Freunde. Aber sie wollte einfach nicht mehr über diese Sache sprechen, und deshalb hatte sie nicht vor, sich mit ihnen zu treffen.

Die Hintergrundgeräusche in Rons Haus wurden lauter, und Eden verabschiedete sich von ihm. Sie blieb weiter auf dem Steg sitzen, bis ihre Füße völlig taub waren. Dann zog sie sie aus dem Wasser und wartete, bis sie trocken genug waren, um die Schuhe wieder anziehen zu können.

Sie war etwas wacklig auf den Beinen, als sie aufstand und sich auf den Rückweg zu ihrem immer kleiner werdenden Haus begab. Sie war nicht überrascht, Owen am Ende des Pfades vorzufinden. Er war weit genug entfernt gewesen, um ihr Privatsphäre zu gewähren, aber nahe genug, um sofort bei ihr zu sein, wäre sie in eine Notlage geraten.

Es hatte ihm schon immer gefallen, der Ritter in glänzender Rüstung zu sein. Zumindest das schien sich nicht geändert zu haben. Eden befürchtete, einen weiteren Fehler mit ihm zu machen – vielleicht sogar schon heute Nacht.

Warum sich dagegen wehren?

Hatte sie das nicht schon einmal gedacht? An dem Abend, als sie ihren Vater verloren hatte? Doch im Moment hatte sie wirklich nichts mehr zu verlieren. Vielleicht sollte sie sich einfach kopfüber hineinstürzen.

KAPITEL 13

»Warum kommst du nicht mit zu mir?«, fragte Owen.

Er kannte die Antwort bereits, bevor sie etwas sagte. Sie schüttelte den Kopf. »Nein. Bring mich bitte ins Motel.«

»Das ist doch Quatsch, Eden«, beharrte er. »Ich habe ein großes Haus, und ich werde dich in Ruhe lassen, wenn du mitkommst.« Er war sich nicht sicher, ob er dieses Versprechen halten konnte, aber er würde sich verdammt noch mal Mühe geben.

»Nein.« Sie blieb dabei. Er wurde immer frustrierter, denn er wollte sie nicht allein lassen. Besonders nicht nach der Nachricht, die man ihr hinterlassen hatte.

»Dann bleib doch wenigstens bei Roxie«, schlug er vor, obwohl es ihn regelrecht umbrachte. Er wollte nicht, dass sie bei seinem Bruder übernachtete, sondern bei ihm.

»Nein«, sagte sie noch einmal. »Bring mich zum Motel.«

»Und was ist mit dem Haus deines Vaters?«

Eden zuckte merklich zusammen. »Du weißt doch, dass ich da nicht bleiben kann«, flüsterte sie. Er fühlte sich wie ein Idiot, dass er das Thema aufgebracht hatte. Natürlich konnte sie dort nicht bleiben. Er wusste, dass er auch nicht im Haus seiner Eltern hätte wohnen können, wenn ihnen etwas zugestoßen wäre. Er musste wirklich mehr Zeit mit ihnen verbringen.

»Dann komm doch mit zu mir«, versuchte er es wieder.

Als sie aufschaute, hatte sich ihr Blick verändert. Entschlossenheit und noch etwas anderes lagen darin, das dazu führte, dass er sich verkrampfte. Der Ausdruck in ihren Augen sagte etwas, was er nicht einmal zu hoffen gewagt hatte.

»Bring mich ins Motel … und komm ein bisschen mit rein.«

Er wusste, dass sie ihn ablenken wollte. Und er musste zugeben, dass es funktionierte. Sie war schön und sexy, und er brauchte sie mehr als die Luft zum Atmen. Was machte es schon, wenn er ein Narr wäre. Er würde nehmen, was sie ihm anbot, denn das brachte ihn wenigstens einen Schritt näher an sein endgültiges Ziel: sie für immer zu haben.

Ohne weiter zu diskutieren, legte er ihr die Hand auf den Rücken und führte sie zu seinem Pick-up. Dabei kamen sie an den Feuerwehrleuten vorbei, die immer noch dabei waren, den Brand zu bekämpfen, der Edens Haus völlig zerstört hatte. Garantiert würde nichts davon übrig bleiben. Doch das war etwas, mit dem sie sich morgen beschäftigen würden. Er würde an ihrer Seite sein und sie unterstützen.

Eden rutschte zur Mitte des Sitzes, als sie die Straße entlangfuhren. Owen gab Gas, denn er wollte sie so schnell wie möglich in einem Bett haben. Die Leute gingen mit Schmerz unterschiedlich um. Wenn Eden der Sinn nach Flucht stand, dann war er froh, dass sie ihm genug vertraute, um ihn dabeizuhaben.

Er streckte die Hand aus, legte sie auf ihre Jeans und strich über ihren festen Schenkel nach oben, bevor er sie wieder auf ihr Knie legte. Sein Magen schlug Purzelbäume, und als er sah, wie sie auf ihrem Sitz herumrutschte, hatte er keinen Zweifel daran, dass sie genauso aufgewühlt war wie er.

112

Ihr Atem beschleunigte sich, als Owen ihr über den Oberschenkel strich, und er spürte, wie ein Schauer durch ihren Körper lief. Er war sich nicht sicher, ob sie die Fahrt bis zum Motel überstehen würden. Immerhin war der Weg bis dorthin kürzer als bis zu seinem Haus.

Er zog die Hand weg, und sie murrte und lehnte sich an ihn. Ihre Lippen strichen über seinen Kiefer und kosteten von seinem Mundwinkel. Owens Sehnsucht war so groß, dass es ihm körperliche Schmerzen bereitete. Seine Jeans waren zu eng für die Erektion, die sich jetzt einstellte, und er versuchte, es sich auf dem Sitz bequemer zu machen.

»Was ist los?«, wollte Eden wissen, und der Klang ihrer Stimme rief sofort Erinnerungen in ihm wach. Ganz genau so war er mit ihr in den Wald gefahren, nur der Pick-up war viel älter gewesen. Er hatte es genossen, wie sie ihn angemacht und seine Erregung gesteigert hatte. Fast wären sie damals über eine Klippe gefahren, als sie seinen Hosenschlitz heruntergezogen, sich vorgebeugt und seine pulsierende Erektion tief in ihre Kehle aufgenommen hatte.

Es schien, als wären Stunden vergangen, als er endlich auf den Parkplatz des Motels fuhr und den Motor ausstellte. Zu lange war es her, dass er von ihren sinnlichen Lippen gekostet hatte. Er zog sie auf seinen Schoß und drückte seinen Mund auf ihren. Und als ihre Zunge mit seiner einen Tanz vollführte, hätte er schwören können, vor der Pforte des Paradieses zu stehen. Sie wich zurück, und nun war er an der Reihe, zu protestieren.

»Lass mich ein Zimmer buchen«, sagte sie mit heiserer Stimme und geröteter Haut.

»Das kann ich doch machen«, bot er an.

»Nein, dann werden sie denken, es sei ein Liebesnest.« Sie kletterte von seinem Schoß und stieg aus. Owen war ziemlich stolz, als er sah, wie sie merklich schwankend auf den Eingang zuging. Ungeduldig wartete er darauf, dass sie zurückkam, denn seine Begierde hatte keinen Deut nachgelassen.

Sie trat aus der Rezeption und winkte ihm zu, bevor sie rechts den langen Korridor entlanglief. Schnell sprang er aus dem Pick-up und traf vor dem Motelzimmer auf sie, als sie gerade die Tür aufstieß.

Er gab ihr keine Möglichkeit, Luft zu holen, sondern schob sie zum Bett und zog sie auf seinen Schoß, um den Verschluss ihrer Jeans zu öffnen. In wenigen Sekunden hatte er sie davon befreit. Dann fuhr er mit der Hand über ihren Slip, der von ihrer Erregung durchnässt war.

Owen küsste sie erneut, drängte ihre Lippen auseinander, damit seine Zunge tief in ihre Mundhöhle eintauchen konnte. Zärtlich streichelte er ihren Rücken und entlockte ihren süßen Lippen ein Stöhnen. Sie rieb ihr festes Hinterteil an ihm und keuchte, als sie spürte, wie seine mächtige Erektion gegen ihre feuchte Mitte drückte.

Seine Hände wanderten über ihren Bauch langsam nach oben, sehnten sich danach, die herrlichen Brüste zu umschließen Sie drückte das Kreuz durch und bat ihn stumm, sich ihrer anzunehmen. Und schließlich gab er ihr, was sie wollte, drückte ihre zarten Brüste und rieb mit den Daumen über die steifen Brustwarzen.

»Die Kleider müssen weg«, murmelte er und schnappte nach Luft, als er den Kuss unterbrach.

»Du hast recht.«

Sie würde es sich nicht noch einmal anders überlegen. Das wusste er. Sie brauchte ihn genauso wie er sie. So war es immer gewesen.

Owen zog ihr das T-Shirt aus und nahm sich nur eine Sekunde Zeit, den hauchzarten BH zu bewundern, der ihre üppigen Brüste anhob. Er hakte ihn auf und warf ihn beiseite, bevor er eine ihrer Brustwarzen in den Mund nahm und gierig daran sog. Schon immer hatte er ihre dunklen Brustwarzen geliebt, besonders, wenn sie sich vor Entzücken über seine Berührung aufstellten. Als er sich zurücklehnte und seinen Speichel auf den wunderschönen steifen Spitzen schimmern sah, pulsierte seine Erektion vor freudiger Erwartung.

Ihrer anderen Brust widmete er die gleiche Aufmerksamkeit, bevor er Eden vor sich stellte, um ihr den Slip herunterzuziehen und sie für einen Moment in ihrer ganzen Pracht zu bestaunen. Sie war so fantastisch, dass es ihm beinahe den Atem raubte. Aber ihre Taille war so schmal geworden. Er wusste, dass sie bei dem ganzen Kummer vergaß, zu essen. Und trotzdem wölbten sich ihre wunderbar fleischigen Hüften, die wie gemacht waren für seinen Griff. Und ihre Brüste – oh, ihre atemberaubenden Brüste waren eine perfekte Handvoll.

Er traute sich nicht, seinen Blick weiter nach unten schweifen zu lassen, denn er fürchtete, zu explodieren. Stattdessen sprang er auf und begann, sich auszuziehen. Dabei genoss er ihr freudiges Keuchen beim Anblick seiner stolzen Erektion.

»Leg dich hin«, forderte er.

»Nein.« Owen erstarrte bei dem Gedanken, dass das hier eine Art Rache von ihr sein könnte. Er war sich nicht sicher, was er tun würde, wenn sie ihn jetzt hinauswarf. Wahrscheinlich würde er sterben.

Doch sie warf ihn nicht hinaus, sondern kletterte auf allen vieren aufs Bett und reckte ihren Po in die Höhe. Sie schaute sich in dieser Stellung mit einem verführerischen Funkeln in den Augen zu ihm um. Eigentlich wollte er sie so nicht nehmen, sondern auf ihr liegen, aber heute Nacht ging es nicht um ihn, sondern um sie. Und es gab nichts, was er nicht für sie getan hätte.

Auch er kroch aufs Bett, streckte die Hände aus und drückte ihr knackiges Hinterteil, was sie am ganzen Körper erzittern ließ. Dann fuhr er mit den Fingern über die Poritze hinunter zu

115

ihrer heißen Mitte. Als er zwei Finger in sie schob, zuckte seine Erektion. Sie war so heiß, so eng.

Er zog die Finger wieder heraus, drehte Eden um und beugte sich über sie. Dann leckte er ihre Schenkel und genoss den Geschmack und Duft ihrer Haut. Er hatte es nicht für möglich gehalten, aber seine Erektion verstärkte sich noch, und er wusste, dass er Gefahr lief, die Beherrschung zu verlieren. Er griff nach seiner harten Männlichkeit und drückte fest zu, versuchte, den Druck etwas zu lindern. Doch es half nur wenig. Er fuhr fort, mit der Zunge ihre Schenkel hinauf und hinunter zu wandern, ehe er mit den Lippen ihre Perle umschloss und sie aufschreien ließ, als seine Zunge darüberschnellte.

Seine Finger glitten immer schneller hinein und heraus, und ihr ganzer Körper zitterte. Dann ließ er seine Zunge wieder über ihre geschwollene Knospe streichen, und Eden verlor die Beherrschung. Ihr Körper bebte und sackte vor ihm zusammen. Owen liebte ihre gerötete Haut, wie sich ihre Brust hob und senkte, ihre Brustwarzen steif in die Höhe ragten und ihre Schenkel von ihrer Erregung und seiner Zunge feucht waren.

»Für mich hat es immer nur dich gegeben«, gestand er.

Ihre Augen weiteten sich, und er sah ein Funkeln darin, aber dann schloss sie sie für ein paar Sekunden. Als sie sie wieder aufschlug, waren sie erneut voller Leidenschaft. Nie mehr wollte er diesen Moment missen. Jetzt konnte er sie nehmen, wie er es *brauchte*.

»Jetzt bin ich dran«, sagte sie, rutschte vom Bett und fiel vor ihm auf die Knie.

Sie umfasste seine Erektion, beugte sich vor und strich mit der Zunge über die vor Lusttropfen glänzende Spitze. Sie leckte sie ab, bevor sie die Lippen um ihn schloss und es immer eiliger hatte, ihn tief in ihren Mund aufzunehmen, mit den Lippen den Schaft hinauf- und hinabzugleiten und ihn mit ihrer heißen Zunge zu befeuchten.

Owen griff nach ihrem Kopf, und wühlte in ihren Haaren, während er stöhnte und betete, dass er sie beide nicht enttäuschte. Es war sechs Monate her, seit er ihren Körper auf seinem gespürt hatte, und er war sich nicht sicher, ob er es schaffen würde.

Tief nahm sie ihn auf, und die Spitze drang in ihre enge Kehle ein. Da gab Owen auf. Er konnte sich nicht mehr zurückhalten, und das wollte sie auch gar nicht. Mit einem Schrei der Lust ergoss er sich in sie. Ihr »hmm« vibrierte gegen seine Erektion, und das Gefühl verschaffte ihm noch mehr Genuss. Sie hörte nicht auf, an ihm zu saugen, bis sie das letzte Pulsieren seiner Befriedigung spürte.

Erst dann gab Eden seinen immer noch unglaublich harten Schaft frei, leckte ihn der Länge nach ab und sog ihn noch einmal ein. Owen spürte, wie seine Lust erneut entfacht wurde. Das überraschte ihn nicht – nicht bei dieser Frau und nicht in diesem Augenblick.

Owen hob sie hoch, drückte sie aufs Bett und kroch über sie. Er war nicht mehr in sanfter Stimmung, nein, jetzt fühlte er sich wie ein Tier, und er musste sie verzehren wie sie ihn.

Er neigte den Kopf und begierig akzeptierte sie den Kuss zusammen mit dem Gewicht seines Körpers. Er zögerte nicht, richtete ihre Körper aus und drang tief in ihre feuchte Mitte ein. Sie drängte sich ihm entgegen, atmete schwer, und ihr Stöhnen mischte sich mit seinem. Er steigerte das Tempo, stieß immer schneller in sie.

Owen griff nach ihrer Brust und drückte sie, während seine Lippen ihren Mund verschlangen. Er spürte, wie sie ihn umschloss, es schwerer für ihn machte, sich zu bewegen, dann schrie sie auf, als ihr Körper ihn umklammerte. Er versuchte nicht einmal, sich zurückzuhalten, sondern ließ zusammen mit ihr los und stieg auf in die endlosen Höhen des Genusses.

Es dauerte einige Zeit, bis sich ihre Atmung normalisiert hatte. Als Owen merkte, dass er sich wieder bewegen konnte, drehte er sich mit ihr herum, bis er auf dem Rücken lag und sie fest an sich drückte. Er zog die Decke über sie beide und zusammen lagen sie da, ihr Kopf auf seine Brust gebettet. Das hatte er vermisst und sich bis zu diesem Moment nicht zu Hause gefühlt.

Owen war sich sicher, dass Eden eingeschlafen war. Es machte ihm nichts aus. Es störte ihn nicht im Geringsten, wo sie schliefen, solange sie zusammen waren.

»Bitte sei weg, wenn ich aufwache«, murmelte sie.

Owens Hand, die gerade noch über ihren Rücken gestrichen hatte, hielt inne.

»Warum?«, fragte er und versuchte, nicht beleidigt zu sein. Er konnte sich nicht erinnern, dass er sich schon einmal in seinem Leben benutzt vorgekommen war, aber jetzt hatte er genau dieses Gefühl.

»Ich muss wissen, dass ich stark sein kann. Gerade fühle ich mich nicht stark. Ich habe das Gefühl, schwach und traurig zu sein, als würde die Welt auf mir lasten. Ich muss wissen, dass ich es alleine schaffen kann und auf niemanden angewiesen bin.«

Ihre Worte mischten sich mit Tränen, und Owen strich ihr wieder über den Rücken. »Es macht dich nicht zu einem schwachen Menschen, wenn du weißt, wann du jemanden brauchst, an den du dich anlehnen kannst«, versicherte er ihr.

»Bitte, Owen. Ich muss das tun«, bat sie ihn.

Owen bezweifelte nicht, dass er ihr das hätte ausreden können, aber er wollte ihren Wunsch respektieren. Er schwieg, und schon bald schlief sie ein. Er lag die ganze Nacht neben ihr, nickte ab und zu kurz ein, nahm aber jede ihrer Bewegungen deutlich wahr.

Bei Tagesanbruch begann sie sich zu regen. Und obwohl es ihn umbrachte, löste er sich vorsichtig von ihr und zog sich schnell an. Ein letztes Mal schaute er zu ihr, bevor er leise aus dem Motelzimmer schlich.

Es war ihm nur möglich, sich wie ein Dieb in die Nacht davonzuschleichen, weil er wusste, dass er sie bald wieder bei sich haben würde. Und nicht nur für eine Nacht mit heißem Sex – sie würde für alle Zeit und Ewigkeit bei ihm sein.

KAPITEL 14

Owen stand im Haus seines Bruders Declan. Er war zu unruhig, um sich zu setzen, deshalb lief er im großen Arbeitszimmer hin und her. Den starken Drink in seiner Hand hatte er noch nicht angerührt. Declan wartete geduldig, dass Owen ausspuckte, was auch immer ihm auf der Seele lag. Das war eines der großartigen Dinge bei Brüdern – sie drängten nicht.

»Ist Eden jetzt das Ziel dieser Gruppe, die hinter Keera her war?«, fragte Owen.

»Ich nehme es an«, sagte Declan, der immer gleich zum Punkt kam. Im Moment störte Owen diese Eigenart, aber er war zugleich dankbar dafür.

»Du hättest mich auch belügen und mir erzählen können, dass alles mit ihr in Ordnung und sie in Sicherheit sei.« Schließlich blieb er stehen und schüttete die bernsteinfarbene Flüssigkeit hinunter. Das Brennen in seiner Kehle war genau das, was er gebraucht hatte.

»Dann würdest du sie aber nicht beschützen können«, entgegnete Declan.

»Keiner wird sie anfassen«, brummte Owen absolut entschlossen.

»Das bezweifle ich nicht, aber es ist ihnen gelungen, ihr Zuhause anzugreifen«, gab Declan zu bedenken. In seinen Augen erkannte Owen einen Ausdruck, den er nicht zu deuten vermochte. Er schüttelte das seltsame Gefühl ab und machte seinem Missmut Luft.

»Weil mir nicht bewusst war, dass jemand hinter ihr her ist. Was zum Teufel geht in unserer Stadt vor? Drogen, Mord, Drohungen, Feuer. Wann hört das auf?«, fragte Owen, und seine Stimme kletterte mit jedem Wort eine Oktave höher.

»Ich arbeite dran«, versicherte Declan ihm.

»Aber nicht schnell genug«, wetterte Owen.

Declan fühlte sich nicht angegriffen. Er hob lediglich eine Augenbraue und ging hinüber zur Hausbar, wo er jedem einen weiteren Drink einschenkte. Fast lächelte er, als er seinen Bruder ansah.

»Ich lasse dir das durchgehen, weil ich weiß, was dir diese Frau bedeutet und dass du ziemlich außer dir bist.« Declan reichte Owen den Drink.

»Tut mir leid. Das war nicht fair«, gab Owen zu.

»Ich habe garantiert schon Schlimmeres gesagt«, gestand Declan. »Obwohl ich so verdammt perfekt bin und ich mich nicht erinnern kann, wann das gewesen sein sollte.«

Diese witzige Bemerkung kam so unerwartet von seinem sonst so nüchternen Bruder, dass Owen lächeln musste.

»Mann, sie macht mich total verrückt. Ich bin dermaßen in sie verliebt«, gestand Owen.

Diesmal lachte Declan. »Ja, das ist ein alter Hut, kleiner Bruder.« Doch dann verschwand sein Lächeln. »Aber du musst dir darüber im Klaren sein, dass im Leben Dinge passieren, die außerhalb unserer Kontrolle liegen. Das musst du vielleicht akzeptieren.«

»Und was soll das bedeuten?«, fragte Owen, der verzweifelt versuchte, den Ausdruck in Declans Augen zu interpretieren.

»Dieser Drogenring hat in unserer Stadt Chaos verursacht, und es ist noch nicht vorbei. Definitiv hat er jetzt Eden auf dem Schirm.«

»Willst du damit sagen, dass ich sie nicht beschützen kann?«, fragte Owen gereizt.

Declan schwieg einen Augenblick. »Wie sehr liebst du sie?«

Jetzt war Owen noch verwirrter als zuvor. »Ich weiß nicht, was das mit meiner Fähigkeit zu tun haben soll, sie zu beschützen, aber ich liebe sie wirklich. Es ist diese Bis-dass-der-Tod-euch-scheidet-Liebe«, sagte er, als wäre das eine riesige Offenbarung.

Declan lachte erneut, und es klang sogar noch heiterer. Es war so eigenartig, Declan lachen zu hören. Sein Bruder trug für einen Mann, der nicht einmal vierzig war, zu viel auf seinen breiten Schultern.

»Das bedeutet, dass du vielleicht in Bezug auf sie falsche Entscheidungen triffst«, warnte Declan ihn. Owen öffnete den Mund, aber Declan ließ ihn nicht zu Wort kommen. »Owen, du hast sie immer geliebt, wie sie dich liebt. Jetzt musst du sie einfach daran erinnern, weshalb sie sich in dich verliebt hat und weshalb du vertrauenswürdig genug bist, damit sie dir wieder ihr Herz schenkt. Und das alles musst du tun, während du die Bösewichte von ihr fernhältst.«

»Wow, okay, Dr. Phil«, sagte Owen. Diese Art von Ratschlag hätte er von Kian erwartet, vielleicht sogar von Arden, aber niemals von Declan.

»Gewöhn dich nicht daran. Ich glaube, die Stadt hat einen Einfluss auf meine Psyche. Ich werde weich«, mutmaßte Declan, als wäre es das Schlimmste, was einem Mann passieren konnte. Und das war es in manchen Situationen gewiss. »Ansonsten wären diese Mistkerle bereits hinter Gittern, und ich wäre mit dem nächsten Fall beschäftigt.«

»Ich weiß einfach nicht, weshalb diese Typen Eden anpeilen. Sie hat doch gar nichts damit zu tun«, meinte Owen.

»Vielleicht ist sie zu nah an etwas dran«, vermutete Declan.

Owen war erschrocken über die Grimmigkeit in Declans Stimme.

»Verheimlichst du mir etwas?«, wollte er wissen.

Declan wandte sich ab, und es sah aus, als würde er den Kopf schütteln. Wahrscheinlich, um klar denken zu können. Das sah seinem Bruder überhaupt nicht ähnlich.

»Es gibt ein paar Dinge, die ich dir nicht erzählen kann.«

»Seit wann?«, drängte Owen.

»Das ist eines der Dinge, die ich dir nicht erzählen werde«, antwortete Declan selbstgefällig.

»Manchmal kannst du ein richtiges Arschloch sein.« Owens Laune verschlechterte sich zusehends.

»Das ist nicht das erste und sicherlich nicht das letzte Mal, dass ich diesen Satz höre«, versicherte Declan ihm.

Das hier führte zu nichts. Owen beschloss, das Thema zu wechseln ... jedenfalls geringfügig. »Ich bin suspendiert«, brummte er. Darüber war er immer noch mehr als verärgert. »Ich kann nicht glauben, dass es da draußen jemanden gibt, der meint, ich wäre für das ganze Chaos verantwortlich.«

»Soll ich dafür sorgen, dass die Suspendierung aufgehoben wird?«, fragte Declan.

Owen lachte. »Nein. Ich werde nicht zulassen, dass jemand behauptet, ich sei nur wegen der Leute, die ich kenne, oder wegen meines Nachnamens wieder im Dienst. Aber danke, dass du dich für mich einsetzen würdest.«

»Natürlich trifft dich keine Schuld«, sagte Declan, als wäre es das Absurdeste, was er je gehört hatte. »Aber die Leute machen eben ihren Job. Obwohl es in diesem Fall verschwendete Zeit ist.«

»Mir ist völlig egal, was der Rest der Welt denkt«, behauptete Owen, »aber der Gedanke, Eden könnte glauben, dass ich so etwas getan habe, bringt mich um.«

»Sie kennt dich, Owen. Sie weiß, dass du zu so etwas nicht fähig bist. Auch sie macht nur ihren Job.« Dann schaute Declan Owen direkt in die Augen. »Aber du hast sie verlassen, und deshalb ist ihr Vertrauen in dich wahrscheinlich erschüttert.«

»Autsch, der hat gesessen«, gab Owen zu. »Und ja, ich habe sie verlassen, aber vor allem du verstehst doch, warum.«

»Vielleicht ist es an der Zeit, dass du ihr reinen Wein einschenkst.«

Es folgte ein nachdenkliches Schweigen. Dann schüttelte Owen den Kopf. »Ich habe ein Versprechen gegeben«, sagte er und spürte das Gewicht seiner Loyalität.

»Würde er wirklich wollen, dass du alles aufgibst?«, fragte Declan.

»Ich weiß nicht. Ich verdanke ihm mein Leben.«

Declan nickte. Er verstand, was es bedeutete, loyal zu sein. Er wusste, dass man niemanden betrog, nur um seine eigene Haut zu retten. Owen wusste wirklich nicht, was er tun sollte.

»Mit der Zeit wird sich alles von selbst regeln«, meinte Declan.

»Du bist ein ziemlich guter Ratgeber geworden«, lobte Owen seinen Bruder.

»Ja, ja«, murmelte Declan. »Erzähl jemandem von diesem Gespräch, und ich werde dich den Foltertechnikexperten übergeben.«

Owen lächelte. Tatsächlich hatte er keinen Zweifel daran, dass sein Bruder solche Kontakte hatte, und er bedauerte jeden, der es wagte, Declan zu verärgern, denn es würde nicht gut für ihn ausgehen – gar nicht gut.

»Welche Beweise hast du, Dec?«, wollte Owen wissen.

»Nicht viele«, gab Declan frustriert zu. Er war es nicht gewohnt, im Dunkeln zu tappen, und erst recht nicht, dass man ihm auf der Nase herumtanzte. Wäre die Lage nicht so ernst gewesen, hätte Owen nichts dagegen gehabt, seinen Bruder überlistet zu sehen. Sein Ego konnte ab und an einen kleinen Dämpfer vertragen.

»Es würde mir wirklich helfen, wenn du diese Sache aufklären könntest«, sagte Owen mit einem Achselzucken.

»Das werde ich«, versprach Declan ihm mit einem entschlossenen Funkeln in den Augen.

»Daran habe ich keinen Zweifel«, sagte Owen. »Ich habe Eden einen ganzen Tag für sich gegeben. Ich glaube, das ist genug Zeit.« Er ging auf die Tür zu.

»Hol dir das Mädchen«, spornte Declan ihn an.

»Darauf kannst du dich verlassen.«

Ja, genau das hatte er vor.

KAPITEL 15

Owen war nicht überrascht, Edens Auto in der Einfahrt ihres niedergebrannten Hauses zu sehen. Immerhin hatte er es reparieren und vor das Motel stellen lassen, wo es schon auf sie gewartet hatte, als sie aus der Tür trat. Traurigerweise waren von ihrem Haus außer einem Haufen Asche nur noch das Fundament und ein paar massive Pfeiler übriggeblieben. Das Feuer hatte alles ohne einen Funken Mitleid zerstört.

Es wurde gerade dunkel, als er aus seinem Pick-up stieg, und er brauchte nicht lange, um herauszufinden, wo sie war. Er hatte das Gefühl, dass sie viel Zeit auf dem Steg in der Nähe ihres Hauses verbrachte. Manchmal war sie so frustrierend, dass er nicht wusste, ob er ihr den schönen Hintern versohlen oder sie so festhalten sollte, dass sie nichts Dummes anstellen konnte.

Da weder das eine noch das andere akzeptabel war, schloss er den Pick-up ab und nahm seine Blinkleuchte mit, als er den Pfad entlangging. Er wollte sie noch nicht einschalten, damit Eden ihn nicht bemerkte.

Als er das Ende des Pfades erreichte, sah er sie auf dem Steg sitzen. Ihre Füße hingen ins Wasser. Kein Laut war zu hören. Weder von ihr noch um sie herum. Er war erleichtert. Sie wussten nicht, wer ihr Haus niedergebrannt hatte, aber eines wusste Owen ganz bestimmt. Sie sollte hier nicht allein in der Dunkelheit sitzen.

Er ging hinunter zum Steg und überlegte, wie er auf sich aufmerksam machen konnte, ohne sie zu sehr zu erschrecken. Doch sie hörte ihn und fuhr gehörig zusammen. Dann starrte sie ihn an.

Gut. Immerhin war sie auf der Hut. Das beruhigte Owen zumindest ein wenig.

»Was soll der Mist, Owen?«, rief sie. »Du hast mich zu Tode erschreckt.«

»Tut mir leid«, entschuldigte er sich. »Das wollte ich nicht. Aber du weißt doch, dass es mir nicht gefällt, wenn du hier draußen alleine bist. Du nimmst deine Sicherheit nicht ernst genug.«

»Du brauchst mich nicht zu belehren«, schimpfte sie, aber etwas von der Schärfe in ihren Worten war verschwunden.

»Das hatte ich auch nicht vor. Du hast genug durchgemacht.« Er achtete darauf, seine Stimme ruhig klingen zu lassen. »Ich hatte noch keine Gelegenheit, dir zu sagen, wie leid es mir tut, dass du deinen Dad verloren hast. Er war wirklich einer von den Guten, und ich weiß, dass der Verlust unerträglich für dich ist. Ich hoffe, es tröstet dich, wenn du weißt, dass er in dieser Stadt fehlen wird. Er wird mir fehlen.« Owen wurde immer leiser. Das waren keine leeren Worte. Er meinte, was er sagte. Er hatte ihren Vater wirklich gemocht.

Eden starrte ihn eine Zeit lang an, bevor sie den Mund öffnete und dann wieder schloss. In ihren Augen glänzten Tränen, doch sie hielt sie zurück. Er konnte sich nicht vorstellen, wie viel Kraft sie das kostete.

»Ich vermisse ihn sehr«, sagte sie schließlich mit erstickter Stimme. »Aber ich bin auch wütend auf ihn«, gestand sie. Sie sprach so leise, dass er sie kaum verstand. Doch als die Worte bei ihm ankamen, wusste er nicht, was er sagen sollte.

»Ich bin da, falls du darüber reden willst«, versicherte er ihr.

»Er hat mich verlassen«, schluchzte sie. Jetzt ließ sie den Tränen freien Lauf und zitterte am ganzen Körper. Er streckte die Hände nach ihr aus, doch sie schüttelte den Kopf. Es brachte ihn fast um, aber sie zu respektieren, war wichtiger als seine Bedürfnisse.

»Er hat mich verlassen, und ich war noch nicht bereit, ihn gehen zu lassen. Ich wusste nicht einmal, dass er krank war, und dachte, ich hätte noch unendlich viel Zeit mit ihm und dass er uns alle überleben würde. Er war so gesund, ein echter Naturmensch. Er wollte doch immer für mich da sein. Das hat er mir versprochen. Aber er ist nicht mehr da«, schluchzte sie. Sie zitterte jetzt so heftig, dass es Owen alle Kraft kostete, sie nicht in seine Arme zu ziehen.

Behutsam legte er ihr die Hand auf den Rücken, und diesmal wich sie nicht zurück. Es gab nichts, was er sagen konnte, um sie zu trösten. Er musste sie einfach reden lassen.

»Und er hat mich noch angerufen, aber ich habe das Gespräch nicht angenommen. Weil ich bei dir war und dachte, ich könnte am nächsten Tag mit ihm sprechen. Ich wollte nicht, dass er wusste, was ich gerade tat. Er hat mich nie kritisiert, hat mir nie das Gefühl gegeben, ich müsste mich schlecht fühlen, aber ich wollte trotzdem nicht, dass er es erfuhr … Ich konnte mich nicht dazu aufraffen. Und jetzt kann ich ihn nie wieder umarmen, werde nie wieder seine tiefe Stimme hören. Ich werde mich nie wieder sicher in seinen starken Armen fühlen. Er war mein Dad, mein Retter, mein Held, und ich war zu beschäftigt, um mir fünf Minuten für ihn zu nehmen. Weil ich dachte, es gebe noch viele fünf Minuten … fünf Minuten nach meinen Bedingungen, nicht, wenn er sie wollte. Ich dachte, er würde immer auf mich warten und wäre da, wenn ich ihn brauchte. Und jetzt gibt es ihn nicht mehr, und ich bin völlig am Boden zerstört. Ich bin traurig und wütend und weiß nicht, was ich tun soll. Ich vermisse ihn so sehr.«

Sie verstummte, und Tränen liefen ihr übers Gesicht. Dieses Mal wehrte sie sich nicht, als Owen sie an sich zog. Sie schlang die Arme um ihn und klammerte sich an ihn, ließ zu, dass er ihr etwas von der Last abnahm, die sie sechs Monate lang allein getragen hatte. In diesem Augenblick vergaß sie, dass sie wütend auf ihn war. Zu viel lastete auf ihr, und Owen war mehr als imstande und glücklich, ihr beim Tragen zu helfen. Wenn sie es ihm erlauben würde, wäre er bereit, ihr sämtliche Last abzunehmen.

Einige Minuten vergingen, in denen sie in seinen Armen zitterte. Sie schwiegen. Owen hielt nichts davon, eine friedliche Stille mit unnützen Worten zu füllen. Manchmal konnte das zwar ein bisschen unangenehm sein, aber das war egal. Gewöhnlich geschahen die besten Dinge im Leben, wenn man seine Komfortzone verließ.

»Ich kann mich nicht immer auf dich stützen«, sagte sie schließlich.

Owen war erleichtert, dass ihre Stimme wieder ein bisschen fester klang.

»Doch, das kannst du – jederzeit und überall«, versicherte er ihr. Seine Hände strichen jetzt über ihren Rücken. Sie einfach nur berühren zu können, war für ihn das Paradies auf Erden.

Eden schaute zu ihm auf, und das Mondlicht war hell genug, dass er ihre geröteten Augen sah und den Kummer, der in ihren tiefen Schatten lauerte. Owen wünschte sich so sehr, er könnte ihr den Schmerz nehmen.

Sie drückte sich enger an ihn und hob das Kinn – eine eindeutige Einladung.

Er drücke ihr einen zärtlichen Kuss auf den Mund, eine beruhigende Begegnung ihrer Lippen. Hier ging es nicht um Leidenschaft, sondern um Trost. Er ließ sie wissen, dass er sie nie wieder verlassen würde. Schon damit nahm er ihr ein kleines Stück von ihrer Last ab.

Es war so seltsam, welche Macht diese eine Person über ihn hatte. Wenn sie ihn gebeten hätte, mit ihr von der Golden Gate Bridge zu springen, hätte er dabei ihre Hand gehalten. Und er hätte sich so gedreht, dass ihr Körper geschützt gewesen wäre, wenn sie aufs Wasser prallten. Es gab wirklich nichts, was er nicht für sie getan hätte. Im Laufe der Zeit würde er ihr das beweisen.

Er versuchte nicht, den Kuss zu vertiefen, sie zu besitzen. Owen hielt sie einfach fest und ließ sie wissen, dass sie nicht allein war, nie wieder allein sein musste, solange sie ihn an ihrer Seite haben wollte.

Viel zu bald wich Eden zurück, lehnte sich jedoch für einen Moment gegen seine breite Brust und drückte ihre Hand auf sein Herz. Am liebsten hätte er die Zeit angehalten, sich nie wieder bewegt und diesen Augenblick festgehalten. Doch so funktionierte die reale Welt nicht.

»Ich sollte jetzt zurückgehen«, sagte sie, als sie den Kopf hob und schnell von ihm abrückte. Sie griff nach ihren Schuhen und zog sie an.

Owen stand auf und streckte die Hand aus, um ihr auf die Füße zu helfen. Nach kurzem Zögern ergriff sie sie. Er wollte sie an sich ziehen, aber er wollte sein Glück auch nicht herausfordern. Stattdessen passte er sich ihrem Schritt an, als sie den Weg zurück zu ihren Autos gingen. Er hielt ihr die Tür auf und wartete darauf, dass sie einstieg.

»Ich wünschte, du würdest mit zu mir kommen. Ich lasse dich auch in Ruhe, wenn es das ist, was du willst«, versprach er. Es war zumindest einen Versuch wert.

»Danke, Owen, aber nein«, antwortete sie. Wütend war sie nicht, aber er sah einen eisernen Willen, der wieder in ihre wunderschönen Augen zurückgekehrt war.

»Bald«, meinte er.

Sie schaute ihn überrascht an, als er ihre Tür schloss. Er gab ihr keine Gelegenheit, sein letztes Wort zurückzuweisen, und lächelte sogar, als er in seinen Pick-up einstieg und den Motor startete. Auf dem Weg zu ihrem Motel fuhr er hinter ihr her und hupte, als er schließlich daran vorbeifuhr.

Immerhin war sie unter Leuten. Der Brandstifter würde nicht so dumm sein, das Motel in Brand zu setzen, oder zumindest hoffte Owen das. Dennoch tätigte er einige Telefonate und forderte ein paar Gefallen ein, die man ihm noch schuldete, damit zusätzliche Streifen Ausschau hielten.

Sie würde ihm einen Tritt in den Hintern verpassen, wenn sie es herausfände. Er lächelte, war sich aber sicher, dass sie nichts merken würde. Nur wenn er wusste, dass auf sie aufgepasst wurde, konnte er mit der Lösung dieses Rätsels beginnen.

KAPITEL 16

In dem billigen Motel fiel Eden erschöpft aufs Bett und schlief fast augenblicklich ein. Doch ihr Schlaf war unruhig, und als sie sich am nächsten Morgen von dem unbequemen Bett erhob, fühlte sie sich so gerädert, als hätte sie die ganze Nacht kein Auge zugetan.

Sie rieb sich den Schlaf aus den Augen und schaute sich um. Eine plötzliche Mutlosigkeit stieg in ihr auf, und sie hätte am liebsten Owen angerufen, damit er dieses Gefühl zerstreute. Aber sie hatte ihm erklärt, dass sie stark sein musste, und genau das hatte sie vor.

Die Vergangenheit konnte nicht ausradiert werden, egal, wie sehr sie sich das wünschte. Aber sie musste sich auch ins Gedächtnis rufen, dass die Dinge, die sie in der Vergangenheit erlebt hatte, sie zu dem Menschen gemacht hatten, der sie jetzt war. Sie wollte und brauchte nichts zu bereuen. Dass nicht alles so gelaufen war, wie sie es geplant hatte, bedeutete nicht, dass jede ihrer Entscheidungen ein Fehler gewesen war.

Doch ihr Herz schmerzte noch immer. Sie vermisste ihren Vater, vermisste den Trost, den nur er ihr hatte geben können, die starken Arme, die alles immer wieder gutgemacht hatten. Sie vermisste ihr Zuhause, die Sachen darin, die ihr Trost gespendet hatten. Und sie vermisste Owen, vermisste die Gefühle, die er in ihr weckte, wenn sie mit ihm zusammen war.

Dass sie mit Owen gestern Abend über ihren Vater, ihre Traurigkeit und Wut gesprochen hatte, weil er so früh von ihr gegangen war, hatte die Wunden wieder ein wenig aufbrechen lassen. Ausgerechnet als sie glaubte, auf dem Weg der Besserung zu sein, wurde sie wieder ein ganzes Stück zurückgeworfen. Würde das nie aufhören? Sie wusste es nicht.

Owen schlich sich Schritt für Schritt zurück in ihr Leben, und ein Teil von ihr wollte das auch zulassen. Die Vernunftseite in ihr wusste, dass ihre gemeinsame Zeit vorbei war, aber die Gefühlsseite hatte nie aufgehört, ihn zu lieben.

Warum hatte er sie verlassen? War es so wichtig für ihn gewesen, die Welt zu erkunden? Hatte sie ihm tatsächlich so wenig bedeutet? Wieder trat die Vernunft in den Vordergrund und sagte ihr, dass sie doch nur Teenager gewesen waren, zu jung, um sich ein Leben lang zu binden. Doch auch die Gefühlsseite meldete sich zurück mit dem Hinweis, dass sie alles voneinander gewusst hatten, was zwei Menschen voneinander wissen mussten, selbst in so jungem Alter.

Von den vielen widersprüchlichen Gedanken bekam sie Kopfschmerzen. Hätte sie sich nur auf ihre Arbeit konzentrieren können, wäre es ihr deutlich besser gegangen – zumindest psychisch. Montagmorgen würde sie die vielleicht gar nicht mehr haben. Nein, sie würde ihren Job in der Anwaltskanzlei natürlich nicht verlieren, aber sie würde wieder den ganzen Tag in dem kleinen Zimmer am Schreibtisch sitzen. Dieses Schicksal schien ihr im Moment schlimmer zu sein als der Tod. Sie wollte diesen speziellen Fall nicht abgeben, bis er zufriedenstellend gelöst war und alle Bösewichte hinter Gittern saßen.

Ihr Telefon klingelte, es war Roxie. Edens Finger schwebten über dem Display, doch dann überließ sie den Anruf der Mailbox. Sie wusste, dass sie nicht mehr lange damit durchkam, ihre beste Freundin zu ignorieren. Roxie würde durch die Tür des Motelzimmers stürmen, sobald sie Wind davon bekam, in welcher Verfassung Eden war.

Ein Teil von Eden wollte genau das. Ein anderer wollte, dass sie allein blieb und sich in ihrem Elend suhlte. Roxie würde Zustände kriegen, wenn sie das deprimierende Motel sah, in dem Eden wohnte, während sie selbst in einer Villa lebte, die mehr als groß genug war, um einen Gast zu beherbergen. Aber Eden wollte selbst auf sich Acht geben. Sie musste sich beweisen, dass sie das konnte.

Als sie in den Spiegel schaute, war sie leicht schockiert. Sie hatte ein paar harte Tage hinter sich, und das sah man ihr an. Alles, was sie besessen hatte, war bis auf die Grundmauern abgebrannt. Nach der Nacht mit Owen hatte sie an der Rezeption eine Tasche mit Kleidung und eine Notiz vorgefunden.

Sie war dankbar gewesen, dass er das für sie getan hatte. Es gab nichts, was sie widerlicher fand, als schmutzige Slips zu tragen. Eigentlich hasste sie es, Almosen anzunehmen, aber unter diesen Umständen machte sie eine Ausnahme. Einerseits wollte sie gar nicht darüber nachdenken, was alles zu tun war, andererseits konnte sie auch nicht einfach den Kopf in den Sand stecken.

Sie strich sich die Haare zurück, setzte sich wieder aufs Bett und nahm ihr Handy. Sie musste eine Wohnung finden, Kleidung kaufen und Hygiene- und Kosmetikartikel besorgen. Das waren nur ein paar der grundlegenden Dinge, die sie erledigen musste.

Eine Stunde später fühlte sie sich ein bisschen besser. Ein Immobilienmakler suchte für sie nach einer Mietwohnung und erstellte ein Verzeichnis von Häusern, die zum Verkauf standen. Eine Aufgabe war erledigt. Sie musste sich entscheiden, ob sie ihr Haus wiederaufbauen oder das Grundstück räumen und verkaufen wollte, um an einem anderen Ort neu anzufangen.

Würde sie es wiederaufbauen, säße sie mindestens sechs Monate in einer Mietwohnung fest. Das klang nicht gerade einladend. Für Eden war es beruhigend, ein Haus zu besitzen und zu wissen, dass kein Vermieter ihr mit einer Frist von dreißig Tagen kündigen konnte.

Sie wusste, dass sie aus dem kleinen Motelzimmer raus musste, bevor sie verrückt wurde. So gerne sie sämtliche Gesellschaft gemieden hätte, zog sie sich trotzdem an und schminkte sich so gut es ging mit den Make-up-Utensilien aus ihrer Handtasche. Dann verließ sie das Zimmer.

Es war ein wunderschöner Tag, abgesehen vom tief hängenden Rauch in der Luft. Ihr fiel auf, dass sie schon seit einiger Zeit leichte Halsschmerzen hatte, und sie war sich sicher, dass die gesamte Stadt zu viel Kohlendioxid einatmete. Allerdings schien es nicht so gefährlich zu sein, dass der Bürgermeister den Bewohnern riet, ihre Häuser zu räumen.

Eden fuhr zu ihrem Lieblingscafé und war froh, einen freien Tisch in der hintersten Ecke zu finden. Wenn sie den Kopf gesenkt hielt, würde sie vielleicht niemand bemerken. Neuigkeiten verbreiteten sich wie der Waldbrand, der an den Grenzen der Stadt loderte. Wenn sie nicht aufpasste, würden ihr neugierige Leute alle möglichen Fragen stellen.

Ihr Handy klingelte erneut, nachdem die Kellnerin, die Gott sei Dank neu war, ihre Bestellung aufgenommen hatte. Es war wieder Roxie. Eden überlegte, das Gespräch anzunehmen, doch dann stellte sie es nach dem zweiten Klingeln auf lautlos. Sie hätte nicht gewusst, was sie sagen sollte.

»Ich wusste, dass du meine Anrufe absichtlich ignorierst!«

Die verärgerte Stimme erschreckte Eden so sehr, dass sie in ihrer Nische hochschnellte und sich das Knie an der Tischplatte anschlug. Schuldbewusst schaute sie Roxie an, die neben ihr stand und mit dem schwarzen Stiefel auf den billigen Linoleumboden klopfte.

Beim Anblick ihrer besten Freundin, die gleichzeitig besorgt und verärgert aussah, überkamen Eden Schuldgefühle. Sie hatte allen Grund, wütend zu sein. Eden hätte sich wahnsinnig aufgeregt, wenn Roxie durch die Hölle gegangen wäre und sie nicht angerufen hätte. Beste Freundinnen waren immer füreinander da.

»Es tut mir leid.« Das war eine lahme Entschuldigung.

»Du weißt doch, dass wir nicht alleine leiden sollen. Wir können es uns nicht erlauben, so tief zu sinken, dass wir nicht einmal mehr Anrufe von unseren besten Freundinnen annehmen.« Roxies Wut war verraucht. Sie nahm Eden gegenüber Platz.

Die Kellnerin kam zurück, und Roxie bestellte Eistee und ein Sandwich. Dann waren sie wieder allein.

»Ich wollte eben versuchen, es allein zu schaffen. Es ist so leicht, sich auf andere Leute zu stützen, und im Moment ist es nicht das Beste für mich«, erklärte Eden.

»Da bin ich anderer Meinung. Ich glaube, im Moment solltest du überhaupt nicht allein sein. Du brauchst Unterstützung. Du bist durch die Hölle gegangen, und es scheint nicht besser für dich zu werden«, hielt Roxie dagegen.

»Immerhin kann es nicht noch schlimmer kommen«, erwiderte Eden und lachte kurz bitter auf.

»Beschrei es nicht!«, sagte Roxie und klopfte mit der Faust auf den Tisch. Eden war sich nicht einmal sicher, ob der Tisch aus Echtholz war, und deshalb war es wahrscheinlich eine nutzlose Geste.

»Zurzeit mache ich mir über das, was ich sage, überhaupt keine Gedanken«, behauptete Eden. »Ganz ehrlich. Wenn ich A sage, dann ist es garantiert B. Ich glaube kaum, dass ich irgendetwas beeinflussen kann.«

»Du hattest ein hartes Jahr«, sagte Roxie und griff über den Tisch nach Edens Hand. »Warum hast du mich nicht sofort angerufen, als dein Haus in Flammen stand?«

Ihre Freundin schien wirklich verletzt zu sein, dass sie sich nicht sofort an sie gewandt hatte.

»Ich hab's dir doch gesagt. Ich versuche, es alleine durchzustehen«, beharrte sie.

»Wo wohnst du?«

»In einem Motel an der Hauptstraße unten«, antwortete Eden und traute sich nicht, Roxie anzuschauen.

Doch ihre Freundin rang nach Luft, und Eden musste sie doch ansehen. Das Entsetzen in Roxies Gesicht war fast komisch. Der gekränkte Ausdruck in ihrem Blick nicht.

»Was spricht denn dagegen, bei mir zu wohnen?«, fragte sie leise.

»Oh, Roxie, ich wollte keine Belastung für dich sein. Für niemanden.«

Jetzt verengten sich Roxies Augen zu Schlitzen, und Eden wusste, dass ihr eine Standpauke bevorstand. Sie lehnte sich zurück und wartete. Auf jeden Fall hatte sie eine verdient.

»Es ist echt krass, was du da sagst. Ich weiß, dass ich diese Stadt genauso wie Owen verlassen habe.« Sie machte eine Pause, und Eden holte tief Luft. Zwei der wichtigsten Menschen in ihrem Leben hatten sie verlassen. Vielleicht hatte sie deshalb solche Probleme damit, sich auf jemand anderen als sich selbst zu verlassen.

»Du musstest weg. Ich verstehe das«, lenkte Eden ein.

»Nein, ich bin weggerannt und habe alle zurückgelassen, einschließlich dich. Ich war egoistisch und habe nicht daran gedacht, was es für dich bedeuten würde. Aber jetzt ist es mir klar. Und ich will es wiedergutmachen. Du kommst mit zu mir nach Hause. Ein Nein akzeptiere ich nicht.«

Roxie lehnte sich zurück und verschränkte nachdrücklich die Arme. Eden hatte keinen Zweifel daran, dass Roxie ein paar

Gefallen einfordern würde und sie notfalls auch in Handschellen abführen ließe, wenn sie sich weigerte.

»Ich habe für das Motel bereits gezahlt«, sagte Eden.

Roxie verdrehte die Augen. »Das ist mir egal. Storniere das Zimmer. Ich weiche nicht von deiner Seite, bis wir bei mir zu Hause sind.«

Eden blieb nichts anderes übrig. Und wenn sie ehrlich war, war sie Roxie sogar dankbar für ihre Hartnäckigkeit. Sie wollte gar nicht allein sein, sie war einfach nur stur.

»Danke, Roxie«, sagte sie und verwünschte sich dafür, dass sie schon wieder den Tränen nahe war.

»Du brauchst dich doch nicht zu bedanken. Du bist nicht nur meine beste Freundin, sondern auch Teil der Familie«, versicherte Roxie ihr.

Eden gelang es nicht, eine vereinzelte Träne daran zu hindern, über ihre Wange zu laufen. Und auch Roxie vergoss eine. Die beiden Frauen schauten sich an und lachten darüber, wie albern sie aussehen mussten. Doch das Gelächter war genau, was Eden gebraucht hatte.

»Wirklich, vielen Dank, dass du mich davon abhältst, so dämlich zu sein«, sagte sie nach einer Weile.

»Ich erwarte von dir das Gleiche, sollte ich mich aus Versehen mal zum Idioten machen«, erwiderte Roxie.

»Abgemacht!«, rief Eden.

Sie standen vom Tisch auf, und Roxie drückte Eden fest an sich. Eden war nicht allein, egal, wie sehr sie sich das einredete – sie war nie allein. Wenn sie sich abkapselte, dann tat sie das aus freien Stücken. Doch es gab Leute da draußen, die sie liebten, Leute, die traurig gewesen wären, wenn ihr etwas passiert wäre. Und das war so viel mehr, als manch einer hatte.

Roxie hielt Wort. Sie ließ Eden nicht aus den Augen, als sie zurück zum Motel fuhren, Eden die paar Sachen zusammenpackte, die sie noch besaß, und auscheckte. Dann folgte sie ihr in ihrem flotten silberfarbenen Lexus durch die Stadt und den Hügel hinauf zu Roxies Haus.

Der Tag verlief viel besser, als er begonnen hatte. Vielleicht war das der Beginn eines neuen Kapitels in ihrem Leben. Vielleicht wendete sich jetzt alles zum Besseren. Vielleicht würde sich ihr aufgesetztes Lächeln wieder in ein echtes verwandeln.

»Danke, Dad«, flüsterte sie. »Ich bin mir sicher, du hast mit Roxie im Traum gesprochen, und ich nehme an, im Grunde wollte ich gar nicht allein sein.«

Sie spürte, wie ihr warm ums Herz wurde und ihr die Tränen für einen Augenblick die Sicht nahmen. Schnell musste sie sie wegwischen, damit sie keinen Unfall verursachte. Sie war sich sicher, dass ihr Vater in diesem Moment an ihrer Seite war und ihr sagte, dass er sie liebte und sie nie wieder allein sein würde.

Und wieder flossen Tränen.

* * *

Er kochte vor Wut, als er sah, wie Eden, gefolgt von Roxie Forbes, das Motel verließ.

Für die kommende Nacht hatte er Pläne mit ihr gehabt. Nein, er war nicht dumm. Er hatte die Patrouillen gesehen und wie sehr Owen sie bewachen ließ. Aber das war nicht genug. Er wäre in dieser Nacht an sie herangekommen.

Es wäre ihr Ende gewesen.

Aber vorher hätte er noch ein bisschen Spaß mit ihr gehabt. Owen Forbes sollte leiden. Alle, die sich eingemischt hatten, sollten leiden. Und am besten ging das, indem man sich an denen verging, die sie glaubten zu beschützen.

Jetzt musste er seine Strategie überdenken, denn es war unmöglich, an Eden heranzukommen, wenn sie bei Kian wohnte. Er machte seine Arbeit gut, und das bedeutete, dass er kein Narr sein durfte.

Er drängte seine Wut zurück, er musste geduldig sein. Seine Zeit würde kommen …

KAPITEL 17

Eden saß auf Roxies exklusivem Ledersofa und hatte die Füße unter den Körper gezogen. Ihre Freundin reichte ihr eine Tasse Kaffee. Sie nahm einen Schluck und spuckte ihn fast wieder aus, weil er in der Kehle brannte.

»Was zum Teufel ist das?«, fragte sie, nachdem sie mehrere Male gehustet hatte.

»Das ist meine Spezialmischung, und sie wird dir helfen, heute Nacht wie ein Baby zu schlafen«, sagte Roxie, nahm einen Schluck von ihrem eigenen Kaffee und seufzte.

»Oder sie wird mir die Kehle verätzen. Im Ernst, was ist das?« Eden nahm einen vorsichtigeren Schluck. In kleineren Dosen schmeckte der Kaffee doch nicht so schlecht.

»Vielleicht ist es besser für dich, wenn du es nicht weißt.« Roxie lachte. »Aber genug von Kaffee. Ich muss wissen, weshalb du mich ausgeschlossen hast. Bist du immer noch wütend auf mich, weil ich gegangen bin?« In den Augen ihrer Freundin sammelten sich Tränen, und Eden fühlte sich sofort furchtbar.

»Nein«, versicherte sie. »Ich habe zwar ein ernsthaftes Problem damit, verlassen zu werden, das will ich gar nicht bestreiten, aber ich schwöre dir, das war nicht der Grund, weshalb ich dich nicht angerufen habe. Ich weiß, dass du mit deinen eigenen Problemen zu kämpfen hattest, als du die Stadt verlassen hast. Du hattest furchtbare Eltern und eine Schwester, mit der du dich nicht verstanden hast. Und dann noch dieses Theater mit Kian. Da musstest du gehen.« Sie nahm noch einen Schluck. »Ich habe dich allerdings furchtbar vermisst.«

»Ich dich auch. Ich habe mich so verloren gefühlt, ich wusste gar nicht, was ich tun sollte. Ich will nicht, dass du den gleichen Tiefpunkt erreichst wie ich. Das war furchtbar, und ich bereue die Zeit sehr. Wenn ich geblieben wäre …« Sie hielt inne und schluckte. »Ich habe so viel Zeit mit Kian verloren, weil ich nicht mehr weiterwusste und Angst hatte. Heute wünschte ich mir, ich könnte die Zeit zurückdrehen.«

»Aber wärst du heute dieselbe Person, wenn du damals geblieben wärst?«, fragte Eden.

Roxie schwieg eine Weile. »Ich weiß es nicht«, antwortete sie ehrlich. »Wahrscheinlich musste ich weg, um das herauszufinden. Und es hat sich alles zum Guten gewendet. Wir haben unsere Tochter. Ich bin traurig, dass es meine Schwester nicht mehr gibt, und ich bereue, dass ich nie versucht habe, sie zu verstehen, ihr zu helfen …« Wieder hielt sie inne und zwar so lange, dass Eden unsicher war, ob sie noch etwas sagen sollte. »Allerdings habe ich gelernt, nichts zu bereuen. Die Vergangenheit kann ich nicht mehr ändern. Aber ich kann bestimmen, wie ich in Zukunft sein will. Ich liebe meinen Mann, meine Kinder und meine Freunde.« Demonstrativ schaute sie zu Eden. »Es gibt nichts, was ich nicht für sie tun würde.«

»Ich versuche gerade, stark zu sein. Ich habe mich zu lange immer auf andere verlassen und nie gelernt, wie man alleine klarkommt. Und die nackte Wahrheit auf dieser Welt ist, dass man manchmal nur sich selbst hat. Menschen verschwinden, und unser Leben ändert sich für immer. Das Schicksal ist grausam und macht keine Kompromisse«, sagte Eden.

»Manchmal stimmt das. Aber jetzt gefällt mir der Gedanke, dass alles aus einem bestimmten Grund geschieht«, meinte Roxie.

»Du glaubst also, dass mein Dad aus einem bestimmten Grund gestorben ist?« Eden nahm die Verärgerung in ihrer Stimme wahr.

»Nein! Der Tod ist schrecklich und etwas, was man nicht erklären kann. Ich habe versucht, das zu verstehen, als ich meine Schwester verloren habe. Habe mich selbst und jeden um mich herum dafür verantwortlich gemacht. Doch am Ende fand ich heraus, dass es keine Antworten gibt. Dein Dad war ein unglaublicher Mensch, und er hätte dir nicht genommen werden dürfen. Du brauchst Zeit zum Trauern, und ich werde dir jetzt nicht sagen, dass alles gut wird, weil das nicht stimmt. Es tut furchtbar weh. Es wird nur erträglicher, wenn dir bewusst wird, dass du nicht allein bist und dass es Menschen gibt, die dich lieben und mit dir trauern«, versicherte Roxie ihr.

»Ich bin einfach nur so wütend. Aber das kann ich mir doch eine Weile zugestehen, oder?«, fragte Eden.

Roxie lächelte sie an. »Du kannst traurig und wütend, verletzt und misstrauisch sein. Du kannst sämtliche Emotionen durchleben, die es gibt, aber ich werde immer für dich da sein und dir zur Seite stehen«, versicherte Roxie ihr.

Eden schwieg, als sie an ihrem Kaffee nippte und die Wärme tief im Innern spürte. Je mehr sie trank, desto mehr genoss sie ihn. Offensichtlich war der Kaffee genau das, was sie gebraucht hatte.

Roxie versuchte nicht, die Stille mit leeren Worten zu füllen. Durch ihre Anwesenheit ließ sie Eden einfach wissen, dass sie für sie da war, und das gab Eden eine Stärke, die sie seit Langem nicht mehr gespürt hatte.

»Können wir das nicht alles für ein paar Stunden ausblenden?«, fragte Eden.

Wieder lächelte Roxie. »Natürlich können wir das. Ich mache uns noch eine Tasse Kaffee … vielleicht diesmal ein bisschen schwächer. Wir können über alles plaudern, was du willst, oder wir können es uns auch gemütlich machen und einen guten Film schauen. Du hast die Wahl.«

Und genau das taten sie. Zum ersten Mal seit dem Tod ihres Vaters spürte Eden ein kleines bisschen Frieden. Sie hoffte, dass dieses Gefühl anhalten würde, auch wenn ihre Probleme längst nicht gelöst waren.

Doch sie wusste jetzt, dass sie sie nicht allein bewältigen musste. Das hätte sie nicht so lange versuchen sollen. Sie begriff endlich, dass ihr Vater recht gehabt hatte, dass es kein Zeichen von Schwäche war, wenn man sich auf seine Freunde stützte.

»Ich muss das Haus meines Vaters ausräumen. Bisher war ich dazu nicht fähig«, sagte Eden, als der Film vorbei war.

»Ich würde dir gern dabei helfen«, bot Eden an. »Es wird sicher nicht leicht für dich sein.«

»Ich habe durch das Feuer alles verloren. Deshalb ist es vielleicht ein Segen, dass ich noch nicht die Kraft hatte, mich um das Haus meines Vaters zu kümmern. Zumindest habe ich noch seine Sachen – einen kleinen Teil von ihm«, meinte Eden.

»Oh, Eden, dein Dad wird immer in deinem Herzen sein und deshalb auch immer bei dir«, versicherte Roxie ihr. »Wie meine Schwester bei mir.«

»Das reicht mir aber nicht.«

»Reichen wird es nie.«

Vielleicht würde nie wieder etwas erfüllend sein. Aber immerhin war Eden nicht mehr allein. Sie hatte Roxie in ihrem Leben ... und Owen. Wie es mit ihm weitergehen würde, wusste sie nicht, aber wie es aussah, hatte er nicht vor, noch einmal zu verschwinden.

Sie musste einfach abwarten und hoffen, dass sie für das, was noch kam, bereit war.

Kapitel 18

Eden schlief erst gegen zwei Uhr morgens ein, und als der Wecker um sechs klingelte, schlug sie stöhnend auf die Schlummertaste. Unter normalen Umständen wäre sie sofort wieder eingeschlafen, aber bei allem, was geschehen war, gelang ihr das heute nicht. Es war Montag, und das bedeutete, dass es ihr letzter Tag sein konnte, an dem sie mit dem Fall betraut war.

Sie lag wach da, und ihr Verstand rotierte. Was musste sie heute erledigen? Es standen immer noch Befragungen aus. Einer der Männer auf ihrer Liste war vermutlich schuldig, aber das musste natürlich bewiesen werden. Menschen hatten ihr Leben verloren, Häuser waren zerstört worden, und bis der Schuldige gefasst war, würde weiterer Schaden entstehen.

Heute traf sie sich mit Sherman Armstrong, einem engen Freund der Familie Forbes. Sie wusste, dass er nicht bereit sein würde, belastende Informationen preiszugeben, aber wenn man die Leute erst einmal zum Reden brachte, dann taten sie das unbewusst trotzdem.

Eden verwarf die Idee, noch acht Minuten zu dösen, und verließ das unglaublich bequeme Bett in einem der Gästezimmer in Roxies Haus und eilte ins Bad, wo sie rasch duschte. Ihre Freundin hatte ihr weitere Kleidungsstücke und ein großes

Sortiment an Kosmetika bereitgelegt. Nie hätte sie gedacht, dass sie sich einmal so über eine neue Flasche Deodorant freuen würde. Es war schon merkwürdig, dass man einige Sachen immer zu Hause hatte, weil man sie einfach mitnahm, wenn man einkaufen ging. Über die Jahre füllte sich das Haus mit Sachen, und dann verschlang ein Feuer alles innerhalb von Minuten.

Bei diesem Gedanken wurde ihr Wunsch, den Brandstifter zu fassen, immer dringlicher. Wenn es um Menschenleben ging, kannten Brandstifter keine Grenzen. Wie egoistisch konnte ein Mensch sein? Sie selbst wusste darauf keine Antwort, derartige Grausamkeiten kamen in ihrem Erbgut nicht vor.

Roxie schlief noch, als Eden in die Küche hinunterging. Sie verschlang einen Donut, während sie sich eine schnelle Tasse Kaffee zubereitete, und froh war, einen To-Go-Becher zu finden. Eilig verließ sie das Haus und fuhr zu der Adresse, die Sherman ihr gegeben hatte.

Als sie an der kleinen Start- und Landebahn hielt, wurde ihr ein bisschen mulmig. Weshalb trafen sie sich auf einem privaten Flugplatz? Sie kannte Sherman nur vom Hörensagen und war noch nie auf den Mann getroffen. Eigentlich wusste sie nicht viel über ihn.

Als ein weißhaariger Gentleman im Pullunder und mit Spazierstock aus dem großen Hangar kam, stieß Eden einen Seufzer aus. Dieser Mann war auf keinen Fall gefährlich.

»Hallo, junge Dame«, begrüßte er sie. Für einen Mann am Stock war er noch sehr agil. Eden fragte sich, ob der Stock nur einen optischen Wert hatte oder ob er ihn tatsächlich brauchte.

»Hallo, Mr Armstrong.« Eden streckte ihm die Hand hin.

Er ergriff sie und wedelte gleichzeitig mit dem Stock in der Luft herum. »Bitte nicht so förmlich. Wir sind hier alle befreundet. Nenn mich einfach Sherman.«

»Vielen Dank, dass Sie sich heute die Zeit genommen haben, mit mir zu sprechen, Mr ...« Sie unterbrach sich selbst. »Sherman«, beendete sie den Satz.

»Für eine hübsche Dame nehme ich mir immer Zeit«, sagte er mit einem Augenzwinkern. »Und wir sollten uns duzen.« Eden konnte sich ein Lächeln nicht verkneifen. Er erinnerte sie sehr an ihren Vater – an all das Positive.

»Gerne. Du weißt vielleicht, dass ich damit beauftragt worden bin, diesen Waldbrand genauer zu untersuchen«, erklärte sie, denn sie wollte ihn nicht täuschen. »Ich habe gehört, dass du fast jeden in dieser Stadt kennst, und wollte ein paar Dinge mit dir durchsprechen. Je eher wir herausfinden, wer diese Katastrophe angerichtet hat, desto schneller können wir sie beenden.«

»Vielleicht bekommst du von mir mehr Informationen, als dir lieb ist.« Sherman lachte in sich hinein. »Ich rede nämlich gern. Folge mir.«

Sie hatte keine andere Wahl, als mit ihm in den Hangar zu gehen, wo ein hübsches blaues Flugzeug stand, dessen Fenster in der Morgensonne glänzten. Sherman umkreiste das Flugzeug und überprüfte ein paar Dinge.

Es gab keine Sitzgelegenheit, deshalb folgte Eden ihm um die Maschine herum. Sie war ein bisschen unsicher, wo sie beginnen sollte. Es widerstrebte ihr, gleich zum Punkt zu kommen und Sherman über Owen auszufragen.

»Bist du schon mal in einem kleinen Flugzeug geflogen?«, wollte Sherman wissen. Eden blieb wie angewurzelt stehen.

»Nein. Danach stand mir nie der Sinn.« Kritisch betrachtete sie das Flugzeug vor sich.

»Ach was, jeder muss das mindestens einmal im Leben machen. Aber ich warne dich. Die meisten kommen danach nicht mehr davon los.« Er ging hinüber zur Co-Piloten-Seite, öffnete die Tür und hielt ihr die Hand hin.

»Ich soll einsteigen?« Eden trat einen Schritt zurück.

- »Klar. Wir drehen eine kleine Runde, während wir uns unterhalten«, sagte er. Er lächelte sie immer noch an, und Eden bezweifelte, dass er in dieser Sache einen Kompromiss eingehen würde. Wenn sie nicht mit ihm flog, würde er ihr nichts erzählen.

»Können wir uns nicht einfach hier auf dem Boden unterhalten, wo es sicher ist? Und danach kannst du eine Runde drehen«, schlug sie vor.

»Ich fliege nicht gern allein.« Er hielt immer noch die Hand ausgestreckt.

Eden konnte sich entweder schnell verabschieden und unverrichteter Dinge nach Hause fahren, oder sie konnte sich ihren Ängsten stellen und käme der Lösung dieses Falls vielleicht näher. Sie wählte Letzteres. Zögernd näherte sie sich dem Flugzeug, umklammerte den Haltegriff und stieg ein. Es war so eng im Innern. Sie spürte, wie sie am ganzen Körper zitterte.

Sherman schloss die Tür und ging hinüber zu einer Art Schlepper, der das Flugzeug aus dem Hangar zog. Eden war übel, und sie konnte nicht glauben, was ihr bevorstand.

Vor dem Hangar stieg Sherman ein. Er zeigte ihr, wie sie sich anschnallen musste, und reichte ihr grinsend ein Headset, das sie aufsetzen sollte. Dann drückte er auf eine Taste und Eden hörte seine Stimme durch die geräuschreduzierenden Kopfhörer.

»Ich weiß, dass du ein bisschen nervös bist, aber ich verspreche dir, dass es ein Riesenspaß wird«, versicherte er ihr.

»Das bezweifle ich«, murmelte sie, und er lachte. Sie hatte nicht erwartet, dass er sie hören konnte.

Eden umklammerte den Sitz zu beiden Seiten ihrer Beine, als Sherman das Flugzeug startete und zur Startbahn rollte. Stimmen ertönten über Funk und sagten ihm, welche Richtung er einschlagen sollte, informierten ihn über die Windgeschwindigkeiten und wo die Sicht schlechter war als anderswo. Eden hörte auch andere Piloten, die über Löschwasserabwürfe und die unkontrollierte Ausbreitung des Feuers sprachen.

Ausnahmsweise einmal dachte Eden nicht an den Brand. Obwohl sie sich gerade deswegen in dieser misslichen Lage befand, machte sie sich mehr Sorgen darum, in dieser Falle, die Sherman als sicher pries, in den Tod zu stürzen.

Während Sherman an den Bedienelementen herumspielte, beschleunigte das Flugzeug, dann hoben sie ab. Eden war fasziniert, als sie sich immer weiter vom Boden entfernten. Sie musste einfach auf die Häuser und Autos schauen, die immer kleiner wurden, und das Gefühl, zu schweben, versetzte sie fast in eine euphorische Stimmung. Natürlich war sie schon geflogen, aber nie in einem Flugzeug wie diesem und mit dieser Aussicht.

Sie wollte es nicht zugeben, aber Sherman hatte recht gehabt. Wahrscheinlich würde sie nach solchen Flügen süchtig werden. Ohne es zu merken, ließ sie den Sitz los, und ihre Mundwinkel hoben sich zu einem Lächeln, das ihre Wangen schmerzen ließ. So breit war es.

»Wow«, hauchte sie, als Sherman über den Green-Lake-Park flog. Es war alles so atemberaubend. Dann flog er einen Kreis, und sie schnappte nach Luft, als sie das Feuer von oben sah. Es war sogar noch verheerender, als sie es sich vorgestellt hatte. Ihr verging das Lächeln.

»Das Feuer wird immer schlimmer«, sagte Sherman, und seine Stimme war gedämpft, als er an den Rändern des Waldbrandes entlangflog. »Es bricht mir das Herz. Nicht nur wegen des Verlusts dieser schönen Vegetation, sondern auch wegen der Männer und Frauen, die dagegen ankämpfen. Ich kenne diese jungen Leute schon ihr ganzes Leben. Sogar die Teufelskerle, die schon immer so waren. Die meisten von ihnen sind noch so jung, aber man braucht besondere Leute, die rausgehen und ihr Leben für andere riskieren.«

»Gibt es hier überhaupt jemanden, den du nicht kennst?«, fragte Eden. Das war eine gute Gelegenheit, um zum eigentlichen Thema zu kommen.

»Eigentlich nicht. Ich lege Wert darauf, die Leute in meiner Gegend zu kennen. Würden wir alle unsere Nachbarn besser kennen, gäbe es viel weniger Wut und Zerstörung auf der Welt.«

»Das glaube ich auch«, stimmte Eden zu. »Vielleicht ist es an der Zeit, mich der Außenwelt wieder mehr zu öffnen.«

»Ganz meine Meinung«, sagte er. »Man darf sich nicht so verkriechen. Das ist doch verdammt deprimierend.«

»Sind auch Leute aus deiner Familie bei der Brandbekämpfung dabei?«, fragte sie.

»Ja, meine Neffen helfen mit. Ace ist mein jüngster Neffe. Er ist Pilot. Sie sind alle Piloten, aber Ace ist definitiv das Ass der Truppe. Er und sein Bruder Maverick löschen schon seit zwei Wochen aus der Luft. Es wird gefährlich da draußen, wenn man mit heißen Luftlöchern zu tun hat. Aber den Jungs macht es nichts aus, sich in Gefahr zu begeben. Ich bin ein bisschen zu alt dafür. Mittlerweile halte ich mich da lieber raus.«

»Ich glaube, in dir steckt mehr von einem Teufelskerl, als du zugeben willst«, sagte Eden und lächelte wieder. Es war schwierig, nicht zu lächeln, wenn man mit diesem Mann zusammen war.

»Das war ich vielleicht einmal vor langer Zeit.« Sherman kicherte. »Jetzt überlasse ich diese ganzen Verrücktheiten den Kindern. Meine Jungs sind oben in der Luft. Owen natürlich direkt bei den Flammen unten am Boden. Er ist für mich auch wie ein Neffe. Ich mache mir jeden Tag Sorgen, wenn er da draußen ist.«

Eden hatte nicht erwartet, dass sie so schnell auf Owen zu sprechen kommen würden und war ein bisschen enttäuscht. Sie stellte fest, dass sie Sherman gar nicht zu Owen befragen wollte. Es war eigentlich Zeitverschwendung, aber da ihr Misstrauen Declan gegenüber wuchs, konnte Sherman vielleicht Antworten auf einiges geben, ohne dass er es selbst merkte. Es war durchaus möglich, dass Eden von ihm Informationen über Owen und Declan und andere auf ihrer Liste bekam.

»Hat dir Owen erzählt, wie es so ist bei der Brandbekämpfung?«, fragte sie.

»Ja, wir haben darüber gesprochen. Allerdings nicht viel. Den größten Teil des Tages ist er draußen und bekämpft das Feuer. Er schläft ein bisschen, isst einen Happen und geht dann wieder raus. Und so wird er weitermachen, bis der Brand gelöscht und seine Heimatstadt wieder sicher ist.«

»Hat er einen Verdacht, wer das Feuer gelegt haben könnte?«, wollte Eden wissen, fügte dann aber noch hinzu: »Hat irgendjemand einen Verdacht? Du, zum Beispiel?«

Sherman schaute beim Fliegen weiter geradeaus. Er umkreiste in gewissem Abstand den Brand und achtete darauf, dass er den Löschflugzeugen nicht in die Quere kam. Dann schlug er eine andere Richtung ein.

»He, Onkel Sherman, machst du endlich mit?«, ertönte über Funk eine Stimme.

»Von wegen, Maverick! Ich mache mit einer hübschen Dame einen Rundflug«, antwortete Sherman und zwinkerte Eden zu.

»Prima, Onkel«, lobte Maverick. »Schickst du mir ein Selfie?«

Eden merkte, wie sie rot wurde, ohne zu wissen, warum.

»So ist das nicht, Junge. Denk nicht so schmutziges Zeug«, schimpfte Sherman.

Ein lautes, klares Lachen ertönte über Funk, bevor sich eine weitere Stimme meldete: »Ich weiß nicht, ob ich dir das abnehme, alter Mann.«

»Weil du genauso schlimm bist wie dein Bruder, Nick«, entgegnete Sherman. Das mussten die Neffen sein, von denen er gesprochen hatte.

»Wir hätten nichts dagegen, wenn es jemand Besonderen in deinem Leben gäbe«, meinte Maverick.

»Genau! Vielleicht ist es an der Zeit, dass wir uns mal in dein Liebesleben einmischen, wie du das bei uns getan hast«, schlug Nick vor. Durch die Kopfhörer drang viel Gelächter.

»Seid nicht so ungehobelt, Jungs«, mahnte Sherman. Eden war fasziniert, als sie sah, wie sich Shermans Wangen röteten. Sie wollte etwas sagen, wusste aber nicht, wie sie reagieren sollte. »Und außerdem glaube ich, dass mir angesichts der entzückenden Frauen, die ihr geheiratet habt, euer Dank gebührt.«

Es folgte nur eine kurze Pause. »Da hast du durchaus recht«, sagte Maverick. »Ich war noch nie glücklicher.«

»Dito«, stimmte Nick zu.

»Na, das klingt doch schon besser.« Shermans Grinsen ließ ihn mindestens zehn Jahre jünger aussehen.

»Okay, wir lassen dich jetzt in Ruhe und kümmern uns wieder um dieses elende Luder«, verkündete Maverick lachend. Er klang, als wäre er in seinem Element und hätte einen Riesenspaß.

»Tut mir leid, wie sich die Jungs gerade benommen haben. Ihr Vater starb, als sie fast noch Teenager waren. Ich habe versucht, ihnen Manieren beizubringen, und ihre süße Mama ebenfalls, aber erst seit sie geheiratet haben und etwas zur Ruhe gekommen sind, trägt es Früchte. Aber wenn sie nicht bei ihren Frauen sind und mit ihren Flugzeugen spielen, vergessen sie die Manieren natürlich wieder«, erzählte Sherman. In seiner Stimme lag so viel Zärtlichkeit, dass Eden ohne jeden Zweifel wusste, wie sehr er diese Jungs liebte.

»Es muss schön sein, eine große Familie zu haben«, sagte sie.

»Ich danke dem lieben Gott jeden Morgen auf Knien dafür«, gestand Sherman, und Eden konnte sich vorstellen, wie er aus dem Bett stieg und sofort auf die Knie fiel. Sie mochte diesen Mann und wünschte, er wäre auch ihr Onkel.

»Genieß jeden Moment«, riet Eden ihm. Sie wollte nicht eifersüchtig sein, war es aber doch ein klitzekleines bisschen. Und ihr blutete das Herz, als der Schmerz über den Verlust ihres Vaters sie von Neuem überkam.

»Tut mir leid, was mit deinem Dad passiert ist. Ich kann mir vorstellen, wie weh das tut«, sagte Sherman. Eden wusste, dass es in einer Kleinstadt keine Geheimnisse gab, aber sie wollte im Moment nicht trauern. Sie wollte arbeiten und die Zeit mit diesem netten Mann genießen.

»Danke. Ich versuche, damit klarzukommen, aber es ist nicht einfach.«

»Du hast gute Menschen in deinem Leben. Hab keine Angst, dich auf sie zu stützen. Einige Dinge kann man nicht allein bewältigen«, meinte Sherman.

Der Kloß in ihrem Hals machte es ihr unmöglich, etwas zu erwidern, deshalb wandte sie sich von Sherman ab und schaute auf die Erde unter ihnen. Sherman gab ihr die Zeit, die sie brauchte, um sich wieder zu fassen. Dafür schätzte sie ihn noch mehr.

Sie flogen noch eine Weile herum, und Eden versuchte, weitere Informationen aus Sherman herauszubekommen.

»Wie lange kennst du die Forbes schon?«, fragte sie und hoffte, dass es beiläufig klang.

»Ich war schon mit ihrem Vater befreundet, da waren die Kinder noch gar nicht geboren. Sie sind eine gute Familie«, antwortete er locker.

»Ich kenne sie schon lange ...«, gestand Eden. »Besonders Owen. Kennst du ihn gut?« Sie hasste die leicht erhöhte Tonlage ihrer Stimme und atmete zur Beruhigung einmal tief ein und aus.

»Owen ist ein guter Mann. Er ist immer ein Held gewesen, wie meine Neffen. Und er braucht keine Anerkennung für die Leben, die er rettet. Das macht ihn zu einem noch besseren Menschen«, schwärmte Sherman.

»Ich habe gehört, dass einige Feuerwehrleute absichtlich Brände legen, nur damit sie den Helden spielen können«, sagte Eden, bemüht, unbefangen zu klingen.

Sherman schwieg einen Augenblick, und sie fragte sich, ob sie aufgeflogen war. Doch dann sprach er weiter.

»Es ist traurig, wenn so etwas passiert, aber hier sind wir wirklich an einem guten Ort. Ich weiß, dass niemand so etwas tun würde.« Seine Stimme klang genauso ungezwungen wie ihre.

Eden seufzte. »Ist dir irgendein merkwürdiges Verhalten an den Männern und Frauen aufgefallen, die den Brand bekämpfen?«, versuchte sie es mit einer neuen Taktik.

Sherman dachte kurz nach, dann schüttelte er den Kopf. »Es ist keiner von uns. Ich würde mein Leben dafür verwetten.«

Das lenkte ihren Verdacht wieder auf Declan. Wenn keiner die Feuerwehrleute verdächtigte, den Brand gelegt zu haben, dann musste es jemand anderes gewesen sein.

»Was weißt du von Declan?«, fragte sie.

Jetzt riss Sherman den Blick vom Himmel los und schaute sie ein wenig verwirrt an. Er wartete darauf, dass sie fortfuhr. Eden wusste, dass sie aufgeflogen war. Der Mann hatte keinen Zweifel mehr daran, dass sie ihn ausfragte.

»Er arbeitet schon lange an diesem Drogenfall. Hat er viel darüber erzählt?«, fuhr sie fort.

»Meinst du, Declan könnte etwas mit dem Brand zu tun haben?«, wollte Sherman wissen. Es hörte sich nicht so an, als würde er mit ihr schimpfen, aber Eden schaute wieder zu den großen dunklen Rauchwolken, die über ihrer Stadt hingen.

»Ich frage nur«, sagte sie. »Ich kann zu keinem Ergebnis kommen, wenn die Leute mir nicht erzählen, was sie wissen.«

Sherman schaute sie mit einem Blick an, aus dem so etwas wie Respekt sprach. Sie wollte ihn ganz sicher nicht beleidigen, und wie es aussah, hatte sie das auch nicht getan.

»Declan war von klein auf immer für sich. Er ist extrem loyal und ein guter Mensch. Ich würde mein Leben für die Unschuld jedes einzelnen Mitglieds der Forbes-Familie verwetten.«

»Aber du weißt schon, dass in Fällen, in denen ein Serienkiller geschnappt wird, Familie und Freunde oft völlig schockiert sind und sagen, sie hätten der Person niemals solche entsetzlichen Taten zugetraut«, gab Eden zu bedenken.

»Darüber habe ich schon gelesen, aber glaub mir, ich habe Menschenkenntnis, und ich würde für die Familie und die, die ich genauso liebe wie meine Familie, mein Leben geben. Declan und Owen *sind* Familie.«

Lag sie völlig falsch mit ihren Verdächtigungen? Oder war Sherman blind vor Liebe?

Sie stellte noch ein paar Fragen, wusste jedoch, dass sie von Sherman keine Antworten bekommen würde. Entweder schützte er die, die er liebte, bis zu seinem letzten Atemzug, oder er wusste tatsächlich nichts. Nach mehr als einer Stunde Flugzeit war sie geradezu enttäuscht, als sie sich im Landeanflug befanden. Zwar spürte sie, wie ihr ein wenig mulmig im Magen wurde, als das Flugzeug aufsetzte, aber sie lächelte trotzdem. Sherman manövrierte die Maschine zum Hangar, stellte den Motor aus und drehte sich zu Eden.

»Habe ich dich auf den Geschmack gebracht?«, fragte er.

Sie gab es nur ungern zu. »Irgendwie schon«, erwiderte sie aufrichtig.

»Und bist du jetzt mehr von Owens Unschuld überzeugt? Oder von Declans?«

Der wissende Ausdruck in seinen Augen überrumpelte sie, und sie fühlte sich schuldig. Dieser Mann ließ sich nicht täuschen. Ihre Wangen röteten sich etwas, aber sie war nicht so unhöflich, den Blick abzuwenden.

»Ich habe bisher nichts herausgefunden, was ihre Schuld oder Unschuld beweisen würde«, sagte sie.

»Du wirst die Sache aufklären«, versicherte ihr Sherman. »Da bin ich mir sicher.«

»Hoffentlich. Ich weiß nicht, wie lange ich noch mit diesem Fall betraut sein werde, denn jemand hat mein Haus niedergebrannt. Also ist es etwas Persönliches geworden.«

Sherman schüttelte den Kopf. »Man muss schon sehr herzlos sein, um jemandes Zuhause zu zerstören. Das tut mir wirklich in der Seele weh.« Er ergriff ihre Hand. »Lass es mich wissen, wenn ich etwas für dich tun kann.«

Sie war sich bewusst, dass diese Worte oft nur dahingesagt waren und nichts bedeuteten. Aber als sie jetzt Sherman ansah, wusste sie, dass es keine leeren Worte waren. Er meinte, was er sagte. Sie beugte sich zu ihm und umarmte ihn, sie konnte einfach nicht anders. Auch er drückte sie fest.

»Danke für den schönen Tag heute. Das war genau, was ich gebraucht habe«, sagte sie.

»Jederzeit, junge Dame.« Und sie wusste, dass er auch das ernst meinte.

Eden war traurig, als sie sich eine halbe Stunde später verabschiedete. Sie hatte ihm noch dabei geholfen, das Flugzeug in den Hangar zurückzubringen und die Fenster zu putzen. Er hatte ihr heute ein wunderschönes Geschenk gemacht, und sie wollte sich auf diese Weise bei ihm bedanken.

Hätte sie jetzt Beweise vortragen müssen, dann hätte sie keine andere Wahl gehabt, als ihre völlige Unfähigkeit einzugestehen. Vielleicht war sie viel zu sehr selbst in die Sache verwickelt. Wahrscheinlich war es gar keine schlechte Idee, dass ein anderer diesen Fall übernahm.

Der Gedanke stimmte sie nach dem schönen Flug nicht gerade fröhlich. *Ein Schritt nach dem anderen*, sagte sie sich. Nichts überstürzen. Sie verließ den Hangar, schaute auf und war überhaupt nicht überrascht, Owen zu sehen, der an seinem Pick-up lehnte und sie anlächelte.

KAPITEL 19

Grundsätzlich lebte Owen gerne in einer Kleinstadt, wo jeder über jeden alles wusste. Nur manchmal missfiel ihm die fehlende Anonymität, vor allem, wenn es um Familienangelegenheiten ging, die keinen etwas angingen. Im Moment aber war er froh darüber, denn so hatte er erfahren, dass sich Eden gerade auf einem Flug mit Sherman Armstrong befand.

Owen lächelte, als er daran dachte, was sie sich gerade alles anhören musste. Da Owen nichts zu verbergen hatte, machte er sich keine Sorgen darüber, was sie über ihn erfuhr. Allerdings amüsierte ihn der Gedanke, dass ihr garantiert das Ohr abgekaut wurde.

Eden war immer ein zurückhaltender Mensch gewesen. Sie gehörte nicht zu denen, die die ganze Welt mit ausgebreiteten Armen empfingen. Er hatte sich damals auch wegen ihrer Würde und Klasse in sie verliebt. Ohne die Verpflichtung seinem besten Freund gegenüber hätte er die Stadt niemals verlassen, unabhängig von seiner Sehnsucht nach Selbstfindung.

Sicher hatte er das Bedürfnis gehabt, etwas von der Welt zu sehen, aber er hatte sich immer vorgestellt, Eden dabei an seiner Seite zu haben. Allerdings waren sie damals beide noch so jung gewesen – zu jung, um langfristige Entscheidungen zu treffen. Wären sie zusammengeblieben, hätten sie es vermutlich nicht geschafft, so reizvoll die Vorstellung im Augenblick auch war. Ohne den Abstand zum anderen hätten sie nicht herausgefunden, wer sie eigentlich waren. Manchmal musste man freigelassen werden, um zu erfahren, dass es gar keine Ketten gab, die einen festhielten.

Owen hatte eine weitere rastlose Nacht hinter sich, in der er sich von einer Seite auf die andere geworfen hatte. Er war nicht nur gestresst, weil er nicht auf dem Berg gegen das schlimmste Feuer kämpfen konnte, das seine Stadt je heimgesucht hatte, sondern er machte sich auch Sorgen um Eden. Er hatte sich viel besser gefühlt, als er erfuhr, dass Eden aus diesem heruntergekommenen Motel zu seinem Bruder gezogen war. Wäre sie noch eine weitere Nacht im Motel geblieben, hätte er das verdammte Teil gekauft und als erste Amtshandlung Tag und Nacht bewachen lassen.

Jetzt war er allerdings froh, nicht Besitzer des Schuppens zu sein. Aber vielleicht würde er sie trotzdem kaufen und renovieren, um dem Gebäude ein bisschen Klasse zurückzugeben. Das war definitiv eine Überlegung wert.

Nun lehnte er an seinem Pick-up und wartete auf die Ankunft von Shermans Maschine. Eden und er mussten mehr Zeit miteinander verbringen. Zum einen konnte er ihr nicht seine Unschuld beweisen, wenn sie nie zusammen waren, zum anderen vermisste er sie einfach.

Owen stand da und schaute in den Himmel hinauf. Er war erleichtert, als er endlich Shermans Flugzeug in der Ferne entdeckte. Es war nicht mehr allzu weit vom Flugplatz entfernt. Owen hatte nie das Flugfieber gepackt, aber ab und zu flog er mit Freunden. Und in einem Privatjet zu einem Urlaubsort zu fliegen, war eine schöne Art zu reisen. Allerdings hatte er nie das Bedürfnis gehabt, einen Flugschein zu machen, um selbst eines der Flugzeuge zu steuern.

Sherman versicherte ihm immer wieder, dass es dafür nie zu spät sei. Der alte Mann hielt es für eine Sünde, nicht fliegen zu können. Er behauptete, sie würden alle noch im Meer versinken, sobald eine riesige Welle aufs Land träfe, es sei denn, sie könnten ein paar Flügel an sich reißen und in die Lüfte aufsteigen. Owen stellte sich vor, dass er bei einer Flutwelle gute Chancen hätte. Er konnte ein Boot steuern wie kein anderer und auf den Wellen reiten.

Die friedliche Ruhe wurde durch ein sich näherndes Auto gestört. Es handelte sich um einen privaten Flugplatz, daher kamen nicht allzu viele Leute hierher. Owen drehte sich um und lächelte.

Ein großer Mann stieg aus einem Porsche 911. Mit selbstbewusstem Gang näherte er sich Owen und schenkte ihm ein freundliches Lächeln. Chaz Rock war so alt wie Owen. Sie waren zusammen zur Schule gegangen und in mehr Schwierigkeiten geraten, als Owen zugeben mochte. Doch seit Owen damals die Stadt verlassen hatte, verbrachten sie nicht mehr so viel Zeit miteinander, das hatte sich auch nach seiner Rückkehr nicht geändert. Chaz war sehr mit seinem Immobilienimperium beschäftigt. Aber alte Freunde kamen irgendwie immer wieder zusammen.

»Ich dachte, du würdest eher sterben, als auf einem Flugplatz zu sitzen und Flugzeugen beim Starten und Landen zuzuschauen«, stichelte Chaz.

»Nicht, wenn gleich ein hübsches Mädchen landet«, konterte Owen.

Beide lachten sie. »Ja, was wir nicht alles auf uns nehmen, um von den Frauen bemerkt zu werden«, knurrte Chaz.

»Hinter diesem Mädchen bin ich schon mein ganzes Leben her«, gestand Owen.

»Dann muss es Eden sein.« Chaz zwinkerte Owen zu. »Soweit ich weiß, hattest du sie schon mal am Haken, bevor du sie dann wieder freigelassen hast.«

»Das war das Blödeste, was ich je getan habe«, gab Owen zu. Es kam nicht oft vor, dass er einen Fehler eingestand.

Chaz nickte zustimmend. »Sind die Gerüchte wahr?«, fragte er.

»Wahrscheinlich?« Owen schnitt eine Grimasse. »Welche meinst du?«

Chaz lachte. »Bist du vom Feuerlöschen suspendiert worden?«

»Ja. Sie denken, ich hätte es vielleicht gelegt.«

Chaz schaute ihn ungläubig an. »Das ist doch verrückt. Es ist deine Heimatstadt.«

»Ich scheine die da oben nicht davon überzeugen zu können, dass ich gern hier lebe, auch wenn ich eine Weile weg war.«

»Wie kommst du damit klar?«, wollte Chaz wissen. Er lehnte an Owens Pick-up, während sie gemeinsam beobachteten, wie sich Shermans Flugzeug näherte.

»Mir geht's gut. Ich versuche, diese Angelegenheit zu klären, damit ich wieder arbeiten gehen kann. Wir haben es hier mit einem echten Brandstifter zu tun, der gefasst werden muss, bevor die Lage noch schlimmer wird.«

»Na ja, Gerüchte verbreiten sich schneller als ein Lauffeuer, aber immerhin kannst du dich damit trösten, dass hier niemand denkt, dass sie wahr sind«, versicherte Chaz ihm.

»Ich bin mir sicher, dass einige sie glauben«, meinte Owen. »Aber das gehört dazu. Es gibt Leute, die mich wegen meines Nachnamens nicht mögen, und andere, die sich nach etwas sensationellem Klatsch die Finger ablecken. Aber ich bin zuversichtlich, dass die, die ich gernhabe, wissen, dass ich es nicht war. Das reicht mir.«

»Manchmal können wir allerdings unsere Vergangenheit nicht abschütteln«, gab Chaz zu bedenken. »Die Gerüchte könnten sich weiterverbreiten.«

Owen schwieg kurz. »Dann muss ich einfach ich sein und den Rest dem Schicksal überlassen.«

Chaz zuckte mit den Schultern, als wäre es so oder so egal. »Ich werde eine Runde mit meinem Flugzeug fliegen«, sagte er. »Willst du zur Ablenkung eine Runde mit mir drehen?«

»Danke. Vielleicht ein andermal.« Gerade war Shermans Flugzeug gelandet, und Owen stieß einen Seufzer der Erleichterung aus. Er wusste zwar, dass Sherman ein klasse Pilot war, aber es war ihm trotzdem lieber, dass Eden wieder festen Boden unter den Füßen hatte. Er wollte, dass Eden sicher war, auch wenn seine Definition von Sicherheit manchmal etwas widersprüchlich war.

»Klingt gut«, sagte Chaz grinsend und winkte Owen kurz zu, ehe er sich auf den Weg zu seinem Privathangar machte. Owen drehte sich wieder um und sah Shermans Flugzeug auf ihn zurollen.

Owen glaubte nicht, dass Sherman oder Eden ihn gesehen hatten, als sie die Maschine in den Hangar zogen. Er parkte etwas abseits und hatte nicht vor, sie zu stören. Er würde warten, bis Eden herauskam. Da er in der Nähe ihres Autos parkte, würde er sie garantiert nicht verpassen.

Er stand lange genug da, um zu sehen, wie Chaz sein Flugzeug aus dem Hangar zog und zur Startbahn rollte, von wo aus er sich in die Lüfte erhob. Owen winkte, war sich aber nicht sicher, ob sein Freund ihn sah.

Schließlich kam Eden aus dem Hangar. Allein. Mit einem breiten Lächeln im Gesicht. Bis sie aufschaute und ihn sah. Da wurde ihr Lächeln zögerlich, und sie holte tief Luft. Das tat Owen ein bisschen weh. Es war kein gutes Zeichen, dass sie Mut fassen musste, um sich ihm zu nähern. Owen wusste nicht, was er tun konnte, um ihre Meinung über ihn zu ändern und ihr zu zeigen, dass er nicht mehr derselbe egoistische Teenager war, den sie einmal gekannt hatte.

»Ich nehme an, ein ganzer Tag des Getrenntseins ist mehr als genug?«, fragte Eden, als sie sich näherte. Sie lächelte wieder, und das gab ihm ein wenig Hoffnung. Vielleicht war sie nicht völlig enttäuscht, auf ihn zu treffen. Vielleicht hatten sie noch eine Chance.

»Das war viel zu lange. Hast du Lust auf eine Spritztour und ein bisschen Plaudern?«

»Ich entscheide, worüber?«, fragte sie.

»Klar«, willigte er ein und war nicht im Geringsten beunruhigt darüber, was sie ihn fragen könnte. Wenn er ihr helfen konnte, diesen Fall zu lösen, dann wäre seine Stadt sicherer. Dann hinge diese Sache nicht mehr über ihren Köpfen und sie könnten sich endlich auf sich als Paar konzentrieren.

Eden lächelte. Es war ein Siegerlächeln, als wüsste sie etwas, was er nicht wusste. Er schaute zum Hangar, aber Sherman war noch nicht herausgekommen. Owen überlegte, ob es etwas in seiner Vergangenheit gab, was Sherman wusste und ihr erzählt haben konnte.

Doch ihm fiel nichts ein. Hatte sie noch einmal mit Declan gesprochen? Auch das glaubte er nicht. Declan würde Owens Geheimnisse nicht ausplaudern. Und ihm würde auch nichts herausrutschen, dafür war er zu clever.

Owen öffnete die Beifahrertür seines Pick-ups für Eden und war froh, als sie einstieg. Ihr Auto konnten sie später holen. Im Moment wollte er ihr nicht hinterherfahren, sondern sie neben sich haben. Er spürte, dass die Gefahr näher kam, und das erschreckte ihn mehr als die Vorstellung, sie könnte etwas herausfinden, was sie nicht wissen sollte.

Für diese Frau würde er alles tun, und wenn es ihn das Leben kostete. Vielleicht war es an der Zeit, die Sünden seiner Vergangenheit zu beichten. Er wusste, dass sie nicht weiterkommen würden, wenn er es nicht tat.

KAPITEL 20

Eden war nervös, als sie darauf wartete, dass Owen einstieg. Sie hatte nichts gegen ihn in der Hand, aber sie hatte vor langer Zeit gelernt, dass die Leute manchmal in Panik verfielen und ihre Seite der Geschichte klarstellen wollten, wenn man so tat, als wüsste man etwas. Dabei gaben sie dann wertvolle Informationen preis.

Sie spielte mit jemandem ein Katz-und-Maus-Spiel, und vielleicht verfügte Owen über Informationen, von denen er nicht wusste, dass sie wertvoll waren. Das kam in der Kriminalistik gar nicht so selten vor. Ihre Stadt war in Gefahr, und jemand da draußen hatte die Antworten, die den Brand stoppen würden.

»Gibt es etwas, was du mir mitteilen möchtest?«, fragte Eden mit einer Stimme, die besagte, dass sie bereits Informationen hatte, die sie nur von ihm bestätigt haben wollte. Er startete den Pick-up, saß aber einfach nur da und ließ den Motor laufen.

»Dieser Trick funktioniert bei mir nicht«, verkündete er mit einem hinterhältigen Grinsen, das sie mit den Zähnen knirschen ließ. Natürlich würde das bei ihm nicht funktionieren.

»Dann gibt es wohl nichts, worüber wir reden könnten«, meinte sie. Sie griff nach ihrem Sicherheitsgurt, um ihn zu lösen, aber Owen hinderte sie daran.

»Gib mir eine Minute«, bat er. Die Resignation in seiner Stimme hielt sie davon ab, auszusteigen. Offenbar war er bereit zu reden. Nicht, um sie hereinzulegen, sondern vielleicht, weil es ihm nicht gefiel, dass sie ihm nicht traute. Ihr Herz machte einen kleinen Sprung.

»Ich wollte dich vor zehn Jahren nicht verlassen«, begann er. Der Klang seiner Stimme machte es ihr schwer, ihm nicht zu glauben.

»Dieses Feuer und sein Brandstifter haben doch nichts damit zu tun, dass du mich vor zehn Jahren verlassen hast.«

»Vielleicht doch«, sagte er und seufzte. Edens Puls nahm Fahrt auf.

»Ungefähr sechs Monate, bevor ich die Stadt verlassen habe, war ich in Schwierigkeiten geraten«, gab er zu.

Verwirrt kramte Eden in ihrem Gedächtnis. Sie konnte sich nicht daran erinnern. Andererseits war er ein Forbes, und wenn er etwas Falsches getan hatte, dann war seine Familie sicherlich in der Lage, Leute zu bestechen, damit nichts an ihm kleben blieb und niemand etwas mitbekam. Doch das sah seiner Familie nicht ähnlich. Sie gehörte nicht zu der Sorte, die Vorfälle vertuschte. Das war eines der vielen Dinge, die sie an den Forbes schätzte.

»Ich hab's für mich behalten, weil mein Dad und meine Geschwister mich in den Hintern getreten hätten, wenn sie es rausgefunden hätten. Ich habe mit diesem Typen namens Mario rumgehangen. Er war eigentlich ganz in Ordnung, jedenfalls dachte ich das zuerst. Aber er war gefährlich. Ich versuchte damals gerade herauszufinden, wer ich eigentlich war, unabhängig von meiner Familie. Es gefiel mir, dass er Sachen machte, die nicht immer astrein waren und mein Adrenalin in die Höhe trieben.«

»Meinst du Mario Vasquez?«, fragte sie erschrocken. Er war ein ganz übler Kerl.

»Ja, genau den. Ich habe es vor dir und meiner Familie geheim gehalten«, gestand er.

»Verständlich«, sagte sie und war enttäuscht, dass er mit einem Kleinkriminellen und Drogenabhängigen herumgehangen hatte. »Hast du Drogen genommen?« Bei diesem Gedanken wurde ihr ganz flau im Magen.

»Auf keinen Fall!«, rief er so angewidert, dass sie wusste, er sagte die Wahrheit. »Ich war nur auf das Abenteuer aus.« Er seufzte und legte eine Pause ein. »Erinnerst du dich an meinen besten Freund, Bill?«

Sie musste sich kurz sammeln, um ihm wieder folgen zu können. »Ja, ihr beide wart doch ganz eng miteinander.«

»Ja, das waren wir. Dann ist er in dieselbe Kreise geraten wie ich und hat zu Drogen gegriffen.«

»Ich verstehe nicht, was du mir sagen willst.« Eden war verwirrt. Das ergab doch keinen Sinn.

»Ich bin wegen des Nervenkitzels mit Mario rumgezogen. Es hat mir Spaß gemacht, mit Leuten zusammen zu sein, die ich als gefährlich betrachtete. Ich hatte damals das Gefühl, mein Leben verliefe in einem Trott …« Er hielt inne, als er ihren Gesichtsausdruck sah.

»War es so schlimm, mit mir zusammen zu sein?«, fragte sie und verwünschte die Verletzlichkeit in ihrer Stimme.

Er streckte die Hand nach ihr aus, aber sie rutschte von ihm weg. Gerade konnte sie nicht zulassen, dass er sie berührte.

»Es ging nicht um dich und mich. Es ging einzig und allein um mich. Ich wurde in dieser Stadt nicht geschätzt, weil ich war, wer ich war, sondern wegen meines Nachnamens. Das hat mich irgendwie erdrückt. Ich würde sagen, ich habe einfach eine rebellische Phase durchgemacht. Etwas ganz Schlimmes hatte ich nicht im Sinn, aber ich wollte mich anders fühlen«, versuchte er zu erklären.

»So, wie du bei mir nicht fühlen konntest«, sagte sie. Er tat ihr weh, obwohl sie wusste, dass das nicht seine Absicht war.

»Ich wollte mich fühlen wie alle anderen, aber nicht wie ich«, fuhr er fort.

»Und du dachtest, das würdest du erreichen, indem du mit den schlimmen Jungs rumhängst.«

»Ja, aber das war natürlich albern. Es ist schnell ausgeufert. Mein bester Freund ließ sich immer mehr mit diesen Typen ein. Ich überlegte, wie ich ihn da wieder rausbekommen konnte, und dann sah ich eines Nachts etwas, was ich nicht hätte sehen sollen.« Ihn durchlief ein Schauer.

»Und was war das?«, wollte sie wissen.

»Ein Drogendeal ging schief ... zwei Tote.«

Eden schnappte nach Luft, und ihr Herz begann zu rasen. »O mein Gott ...« Sie war zu schockiert, um mehr zu sagen.

»Sie wollten mich umbringen. Und ich konnte nichts tun. Du, meine Mom, meine Brüder, ihr habt mir so leidgetan. Ich war mir nämlich sicher, dass sie meine Leiche beseitigen würden, und ihr hättet vergeblich nach mir gesucht. Ich glaube, ich hatte noch nie in meinem Leben so viel Angst«, gestand er.

»Oh, Owen, weshalb bist du nicht zu mir gekommen? Warum hast du dich nicht an deine Familie gewandt?« Sie hätte so gern die Hand nach ihm ausgestreckt.

»Deshalb bin ich nicht gegangen. Bill hat mir das Leben gerettet. Er trat vor und erklärte sich damit einverstanden, für sie zu arbeiten, wenn sie mich gehen ließen. Und er schwor, wir würden beide dichthalten.« Owen zitterte fast, als er ihr das erzählte.

»Was ist dann passiert?«, wollte sie wissen.

»Sie ließen mich gehen, und das war das Ende meiner Verbindung zu ihnen. Ich bin ihnen noch ab und zu begegnet, aber sie redeten nicht mit mir. Für mich war das in Ordnung, aber ich fühlte mich wahnsinnig schuldig wegen Bill. Es ging schnell mit ihm bergab, er wurde immer unzugänglicher, verfiel zunehmend den Drogen, es hat mich fast umgebracht.« Er hielt inne und wischte sich mit der Hand übers Gesicht. Dieses Gespräch nahm ihn wirklich mit.

»Warum hast du mir nie davon erzählt?«, fragte sie wieder. »Mir hätte das zwar alles nicht gefallen, aber ich wäre an deiner Seite gewesen.« Jetzt war Eden den Tränen nahe.

»Ich durfte dir nichts erzählen. Sie hatten gesagt, sie würden jeden umbringen, den ich einweihte. Und sie sagten, sie würden es auf alle Fälle herausfinden. Ich war jung und dumm. Außerdem wusste ich, wozu sie fähig waren und dass sie nicht blufften. Sie haben so viel Macht in der Stadt. Macht, die du dir nicht vorstellen kannst. Sie arbeiten im Verborgenen.«

»Das erklärt aber immer noch nicht, weshalb du gegangen bist«, bohrte sie weiter.

»Ich fühlte mich damals für Bills Lage verantwortlich. Ich dachte, es sei meine Schuld, dass er so tief abgerutscht war, weil er sein Leben für mich geopfert hatte«, erzählte Owen.

»Und bist du irgendwann zu einem anderen Schluss gekommen?«, fragte sie.

»Ja, aber erst viel später, nachdem wir die Stadt verlassen hatten. Bill hatte schon vorher Drogen konsumiert und in kleinerem Rahmen verkauft. Aber seine Abhängigkeit wuchs, und er brauchte mehr Geld, deshalb ließ er sich mit dieser Clique ein.«

»Du hast mir noch immer nicht gesagt, weshalb du die Stadt verlassen hast«, drängte sie.

»Ich musste ihn da rausholen und ihm irgendwo einen neuen Start ermöglichen. Dann wollte ich zurückkommen. Ich hatte nicht vor, für immer wegzugehen. Aber dann kamen wir nach New York. Bill wurde clean … für eine Weile. Ich habe Gefallen an der Stadt gefunden, vor allem aber daran, dass niemand wusste, wer ich war«, gab er zu.

»Es hat dir gefallen, ohne mich?« Eden konnte kaum ertragen, wie armselig das klang.

»Nein. Ich wollte nie ohne dich sein, aber ich musste Bill retten …« Er machte eine lange Pause, und Eden schwieg. »Und ich glaube, ich musste auch mich retten. Außer dass ich ein Forbes war, wusste ich gar nichts über mich. Ich hatte keine Ahnung, was ich schaffen konnte, wenn ich auf mich allein gestellt war.«

»Und um das herauszufinden, musstest du weggehen.« Das war keine Frage.

»Ich habe es falsch gemacht. Ich fand eine Möglichkeit, Bill wegzubringen, ohne dass sie versuchten, uns aufzuhalten, und habe nicht nachgedacht. Ich versprach ihm, niemandem je zu erzählen, was er getan hatte. Er wäre nicht mitgegangen, wenn ich ihm das nicht versprochen hätte. Und du oder meine Familie, ihr hättet uns doch versucht aufzuhalten, wenn ich euch davon erzählt hätte. Das war mir klar. Also bin ich einfach abgehauen und habe es vermasselt.« Er verstummte, und Eden bemerkte, dass ihm Tränen über die Wangen liefen. Er sah sie nicht an, und sie war froh darüber.

»War es das wert?«, wollte sie wissen. Sie fühlte sich so verletzlich und hasste sich dafür.

»Bill war völlig fertig, als wir die Stadt verließen. Es hat mich Monate gekostet, ihn davon zu überzeugen, dass ich das Richtige getan hatte. Dann hat er mir damit gedroht, sich eine andere Familie zu suchen, falls ich ihn verlassen wollte, und mit Familie meinte er die ganz üblen Kreise. Damals dachte ich immer noch, er habe mir das Leben gerettet und sei deshalb zu dem Menschen geworden, der er war. Und dass es jetzt an mir sei, mich für ihn zu opfern.«

»Das erklärt aber nicht, weshalb du so lange weggeblieben bist«, sagte sie.

»Nach einiger Zeit schämte ich mich. Ich wusste, was ich dir und meiner Familie angetan hatte. Meine Brüder hatten mich schnell ausfindig gemacht, und sie waren wütend, respektierten jedoch meine Entscheidung. Sie sagten, es sei mir überlassen, welches Leben ich leben wolle, aber dass ich lieber nicht wieder vor ihnen davonlaufen solle. Ich gab ihnen mein Wort, kam aber nicht zurück, weil ich Angst hatte, ich würde dann bleiben, und ich war noch nicht bereit, Bill zurückzulassen.«

Eden schwieg. Sie wusste nicht, was sie dazu sagen sollte. Er hatte sie verlassen, und obwohl ihn wegen der Art und Weise, wie er es getan hatte, Schuldgefühle plagten, war er offensichtlich immer noch der Meinung, er habe das Richtige getan.

»Warum bist du jetzt hier?«, fragte sie. Glücklicherweise fühlte sie sich inzwischen wie benommen.

»Bill starb vor ein paar Jahren an einer Überdosis, und je länger ich weg war, desto mehr wusste ich, wohin ich gehörte. Ich vermisste meine Familie«, sagte er, dann wandte er sich zu ihr und wartete, bis sie ihn ansah. »Ich vermisste dich.«

Eden schwieg, während sie über alles nachdachte, was Owen ihr gerade erzählt hatte. Das war eine Menge. Er war nicht gegangen, weil er sie nicht geliebt hatte, sondern wegen seines besten Freundes. Er hatte sich für einen anderen geopfert, was für ihn nichts Neues war. Aber er war weggeblieben, weil er sich selbst hatte finden wollen.

»Weshalb bewahrst du immer noch sein Geheimnis?«

»Es fällt mir nicht leicht, ein Versprechen zu brechen. Ich habe ihm geschworen, es nie zu erzählen …« Er hielt inne und holte Luft. »Aber dir habe ich versprochen, dich nie zu verlassen. Sieht also so aus, als könnte ich doch nicht zu meinem Wort stehen.«

Er hatte sich damals entschieden, sie zu verlassen. Nur weil er sie jetzt zurückwollte, musste sie keineswegs ihre eigenen Pläne ändern. Es spielte keine Rolle, dass sie ihn immer noch liebte. Die Liebe schien ihr ein Leben lang nichts als Kummer zu bereiten.

»Deine Rückkehr ist nicht von allen begrüßt worden«, sagte sie schließlich.

Er zuckte mit den Schultern. »Eine Menge Leute haben mir die Art und Weise, wie ich gegangen bin, ziemlich übel genommen.«

»Dann verstehst du also, warum du bei den Brandermittlern als Verdächtiger gelten könntest?«, wollte sie von ihm wissen.

Er seufzte. »Nein, das verstehe ich nicht. Ich bin zwar von zu Hause weggelaufen, aber ich habe es nicht getan, weil ich dieser Stadt oder den Leuten gegenüber feindselig eingestellt war. Meine Familie lebt hier, und die Menschen, die mir am meisten auf dieser Welt bedeuten. Ich würde niemals etwas tun, was diesem Ort schaden könnte.« Seine Worte klangen aufrichtig.

Eden ließ die Schultern hängen. Sie war wütend auf ihn, aber sie wusste, dass es Zeitverschwendung war, weiter gegen ihn zu ermitteln, auch wenn sein Name auf der Liste stand. Es war also völlig berechtigt, einen Haken hinter seinen Namen zu machen und den Ermittlern zu raten, eine andere Spur zu verfolgen. Das hätte sie bereits nach ihrem ersten Gespräch mit ihm tun sollen.

Ihr Leben war nie einem einfachen Muster gefolgt, und das Schicksal würde es ihr auch diesmal nicht leicht machen. Es hasste sie, spielte viel lieber mit ihr, als ihr dabei zu helfen, sich zu befreien.

»Ich habe das nicht getan, Eden. Du musst es mir glauben«, sagte er leise. Sie starrte ihn lange an.

»Ich habe nie geglaubt, dass du schuldig bist«, gab sie schließlich zu.

Mit zusammengepressten Lippen schaute er sie an. »Du musst mit jeder Faser deines Seins wissen, dass ich zu so etwas nicht fähig wäre.«

»Das weiß ich auch, Owen. Ich war nur so verletzt und verbittert darüber, wie die Sache mit uns gelaufen ist, dass es mir auch ein bisschen Spaß gemacht hat, dich zu quälen. Und dann habe ich wegen unserer gemeinsamen Nacht vor sechs Monaten so viele Schuldgefühle mit mir herumgetragen. In der Nacht habe ich meinen Dad verloren, und ich habe mich seither immer gefragt, ob ich ihn hätte retten können. Vielleicht wollte ich zuerst sogar, dass du der Bösewicht bist, um mir etwas von meiner Schuld zu nehmen«, sagte sie und versuchte nicht, die Tränen zurückzuhalten.

»Es tut mir leid, dass du so sehr verletzt wurdest und ich einen so großen Anteil an deinem Schmerz hatte.« Seine Augen glühten, als er sie ansah. Und leise, aber unmissverständlich fuhr er fort: »Ich liebe dich wirklich.«

Sie schüttelte den Kopf. »Bitte nicht, Owen. Ich komme im Moment nicht damit klar«, bat sie ihn.

»Das verstehe ich.« Er griff nach ihrer Hand, und sie ließ es zu.

»Lass uns zusammen herausfinden, wer in unserer Stadt diese Zerstörung anrichtet.« Aus seiner Stimme klang solche Dringlichkeit, dass sie wusste, er brauchte genauso sehr wie sie Antworten.

Sie hatte genug davon, allein zu sein und alles mit sich selbst auszumachen. Dabei hatte sie es selbst so gewählt. Es gab zweifellos eine Menge Leute, die nicht zögern würden, an ihrer Seite zu sein, wenn sie sie darum bat. Doch der Einzige, den sie wirklich wollte, war Owen. Sie hatte es satt, dagegen anzukämpfen.

»Und was, wenn es jemand ist, der dir nahesteht?«, fragte sie.

Er sah verwirrt aus. »Hast du Namen?«

»Vielleicht, aber keinen, den ich dir im Moment nennen möchte.«

Er schwieg. »Ich nehme an, dass es jemand ist, den ich kenne, aber niemand, der mir nahesteht.«

»Aber sicher sein kannst du nicht«, beharrte sie.

»Doch, das kann ich«, gab er mit genauso viel Bestimmtheit zurück.

»Ich kann jederzeit von dem Fall abgezogen werden«, gestand sie.

»Warum denn das?« Es schien eine absurde Vorstellung für ihn zu sein, wodurch sie sich ein wenig besser fühlte.

»Weil du und ich eine Vorgeschichte haben und ich dich jetzt als Verdächtigen ausschließe. Das könnte mir das Genick brechen.«

»Dann lass uns tun, was wir können, solange wir es können«, schlug er vor.

Sie lächelte ihn halbherzig an. »Wir können versuchen, ein Team zu sein, aber vielleicht funktioniert es nicht«, sagte sie schließlich.

Er lächelte. Und obwohl Eden wusste, dass die Sache zwischen ihnen noch lange nicht in Ordnung war, fühlte sie sich so im Reinen mit sich wie schon ewig nicht mehr.

»Wir arbeiten zusammen. Das ist alles«, sagte sie und drückte noch einmal seine Hand, bevor sie sie losließ. »Und wir versuchen, Freunde zu sein.«

Als er sie jetzt ansah, hoben sich seine Mundwinkel noch mehr.

»Fürs Erste akzeptiere ich das.«

Sie wollte dagegenhalten, hatte aber keine Gelegenheit mehr dazu, denn sie wurden vom Klingeln seines Telefons unterbrochen.

Kapitel 21

Owen versteifte sich zusehends, während er der Stimme am anderen Ende lauschte, und sämtliche Farbe wich aus seinem Gesicht. Eden saß wartend da und wusste, dass es sich um schlechte Neuigkeiten handelte.

»Wer?«, fragte Owen schließlich mit leiser Stimme.

Etwas Furchtbares musste passiert sein, dass es Owen derart aus der Fassung brachte. Es war jemand aus seiner Mannschaft, dachte sie. Jemand war verletzt worden.

»Du hast Benzin gerochen? Bist du sicher?«, fragte er. Seine Stimme wurde immer leiser. »Ich bin auf dem Weg.« Er beendete das Gespräch und legte den Gang ein.

»Owen?« Er schien ihre Anwesenheit völlig vergessen zu haben.

Sein Körper war angespannt und seine Kiefer mahlten, so sehr biss er die Zähne zusammen. Er konnte die Wut und das Leid, das er fühlte, kaum verbergen. Etwas Schlimmes war geschehen. Etwas richtig Schlimmes.

»Bei diesem Feuer sind die Winde unvorhersehbar, und die Lage spitzt sich zu. Die Männer haben auf einer Linie ein Feuer entzündet, um ein Baugebiet zu schützen, auf das sich der

Brand zubewegte. Es gab eine Explosion«, sagte er und erstickte fast an den letzten Worten.

»Hast du etwas von Benzin gesagt?«, fragte sie.

Sein Kiefer verkrampfte sich, ein Augenlid zuckte. Er stand kurz vor einem Zusammenbruch. Sie musste sich festhalten, als er eine Kurve viel zu schnell nahm und der Pick-up ins Schleudern geriet. Erst als sie gegen die Tür gedrückt wurde, nahm er ein wenig den Fuß vom Gaspedal.

»Tut mir leid«, sagte er.

»Du brauchst dich nicht zu entschuldigen. Erzähl mir einfach, was los ist«, drängte sie.

»Jemand hatte seine Finger im Spiel. Jemand hat Benzin auf den Boden geschüttet, weil er wusste, was wir als Nächstes tun würden.« Owen konnte seine Wut kaum im Zaum halten. »Diesmal hat es Ben erwischt. Er stand mitten auf einer benzingetränkten Grasfläche, als ein Funke vom Waldbrand herübergeweht wurde, der ihn sofort in Brand gesteckt hat. Er hatte keine Chance, aber sie haben ihn trotzdem ins Krankenhaus gebracht.«

Owen klang, als wäre er den Tränen nahe. Eden wusste, dass es auch mit der Enttäuschung darüber zusammenhing, dass er nicht da draußen gewesen war, dass er nicht hatte helfen können.

»Du hättest es nicht verhindern können«, tröstete sie ihn und wagte nicht, ihn zu berühren. Er war so angespannt, dass der Pick-up womöglich im Graben gelandet wäre, hätte sie ihn durch eine Berührung erschreckt.

»Dann hätte es vielleicht mich erwischt und nicht ihn«, sagte er und schlug mit den Händen aufs Lenkrad.

Eden schauderte bei dem Gedanken. »Das hilft uns nicht, Owen. Wir müssen diesen Fall lösen, damit das aufhört«, versuchte sie zu argumentieren.

»Wer auch immer dahintersteckt, er ist uns ständig einen Schritt voraus.« Er hob die Stimme.

»Wir werden ihn finden. Das verspreche ich dir«, beharrte sie.

»Vielleicht ist es gar kein *er*«, gab er zu bedenken.

»Schon möglich, aber die meisten Brandstifter sind männlich.«

»Auf Statistiken pfeife ich. Ich will einfach, dass dieser Fall aufgeklärt und der Mistkerl gefasst wird.« Sie bogen in die Einfahrt zur Notaufnahme ein. Owen hielt schräg vor dem Eingang und riss die Tür auf, bevor der Pick-up richtig zum Stehen gekommen war.

Eden war dicht hinter ihm, als sie das Gebäude betraten.

Die Schreie waren das Erste, was sie hörten. Der Geruch von verbranntem Fleisch das Zweite. Eden gab ihr Bestes, um sich nicht auf den makellosen Boden zu übergeben.

Um sie herum herrschte Hochbetrieb, denn die Ärzte kämpften um das Leben des Feuerwehrneulings, dem nichts passiert wäre, hätte er nicht inmitten einer benzingetränkten Grasfläche gestanden. Wer war zu so etwas fähig? Wer konnte dabei zusehen, wie jemand auf die qualvollste Weise ums Leben kam?

Owen ging zu seinem Chef und sprach mit ihm. Beide hielten die Köpfe gesenkt. Eine kleine Brünette stand in der Ecke und weinte. Sie wurde von einem Feuerwehrmann gestützt, der ihr tröstende Worte zuflüsterte. Ansonsten herrschte Stille in dem großen Raum. Alle wussten, dass der junge Mann nicht überleben würde. Und wenn er es doch tat, würde er sich später wünschen, er wäre gestorben. Die Schmerzen waren so heftig, dass er lange Zeit im Koma liegen würde, denn sie waren nicht auszuhalten.

Eden fühlte sich in diesem intimen Moment wie ein Eindringling. Sie war es gewesen, die die Nachricht von Owens

Suspendierung überbracht und ihnen einen Mann genommen hatte. Sie war es, die in ihren Reihen nach dem Verräter suchte. Und der Verräter musste nicht unbedingt ein Feuerwehrmann sein. Eden begann zu bezweifeln, dass es einer war. Keiner der Männer war in der Lage, einem Kameraden eine solche Falle zu stellen und dabei zuzusehen, wie er bei lebendigem Leibe verbrannte.

Endlich verstummten die Schreie, und Eden wurde bewusst, dass ihr Tränen über die Wangen liefen. Der Mann hatte entweder das Bewusstsein verloren oder sie hatten ihn narkotisiert. Sie weigerte sich, anzunehmen, dass er seinen Verletzungen erlegen war. Er musste kämpfen, und in diesem Raum gab es offensichtlich viele Leute, die für ihn beteten.

Owen kam schließlich zu ihr, und sie sträubte sich nicht, als er sie in seine Arme zog. Sie wusste, dass er jetzt mehr Trost brauchte als sie, und es war das Mindeste, was sie tun konnte.

»Mehr als achtzig Prozent seines Körpers sind verbrannt«, flüsterte er.

»Oh, Owen, es tut mir so leid.« Sie strich ihm tröstend über den Rücken. Er drückte sie fest an sich, und sie versuchte, etwas von ihrer wenigen Kraft auf ihn übergehen zu lassen.

»Wir müssen den Täter finden. Er muss bestraft werden«, flüsterte Owen.

»Das werden wir, ich schwöre es. Wir werden nicht ruhen, bis der Verantwortliche hinter Schloss und Riegel sitzt«, versprach Eden, und die Wut war deutlich in ihrer Stimme zu hören.

Lange standen sie so da. Owen dachte an die Leute, die bei diesem Feuer verletzt worden waren, und Eden wusste nicht, was sie tun sollte. Das Merkwürdige war allerdings, dass sie sich genau dort, wo sie gerade war, sicher fühlte. Dieses Gefühl hatte sie immer, wenn sie Owens Arme um sich spürte. Und wahrscheinlich würde das immer so bleiben.

»Es tut mir so leid, Owen«, wiederholte sie und wünschte, sie könnte ihm mehr bieten als tröstende Worte.

»Mir auch.«

Eden fragte sich, ob ihnen nicht noch mehr leidtat als die gegenwärtige Situation. Vielleicht konnten sie das beide herausfinden, wenn die ganze Sache vorbei war.

»Wir können nicht hierbleiben. In der nächsten Zeit werden wir sowieso nichts erfahren.«

»Was hast du vor?«, wollte sie wissen.

Er schüttelte den Kopf, und sie sah die wachsende Entschlossenheit in seinem Blick. Für einen kurzen Moment hatte er sich an sie gelehnt, und jetzt zog er sich wieder zurück und sammelte Kraft. Sein Bedürfnis, der Retter zu sein, derjenige, der sich opferte, war in ihm so tief verwurzelt, dass er sich um sie kümmern wollte und nicht zuließ, dass es andersherum geschah.

Und Eden verabscheute sich dafür, dass sie es genau so wollte.

Der Hauptmann kam auf sie zu. »Sie wollen, dass wir aus der Notaufnahme verschwinden. Es sind zu viele von uns. Wollt ihr beiden nicht einfach gehen? Ich verspreche, dass ich euch über alle Neuigkeiten informiere«, sagte Eric.

»Aber ich fühle mich wie ein Verräter, wenn ich gehe«, gestand Owen.

»Holt euch was zu essen. Du musst bei Kräften bleiben, Owen. Wir werden dich noch brauchen.« Owen schwieg, und Eden merkte, wie es ihr beim Gedanken an Essen den Magen umdrehte.

»Ich glaube nicht, dass ich etwas essen kann«, sagte sie. Besonders, nachdem sie verbranntes Fleisch gerochen hatte. Mit der Übelkeit kam auch das Zittern zurück.

Eric schien Mitleid mit ihr zu haben, aber sie wusste, dass Owen hier rausmusste, und er würde nur gehen, wenn es ihretwegen geschah.

»Ich werde nichts essen, wenn du es nicht tust, und ich hoffe, dass ich bald wieder zurück auf den Berg kann. Dazu brauche ich Kraft«, meinte er. Es war klar, dass er versuchte, sie zu erpressen. Es funktionierte. Offenbar waren sie beide am Wohlergehen des anderen interessiert.

»Gut, gehen wir«, willigte Eden ein. Sie ließ es zu, dass er auf dem Weg nach draußen ihre Hand nahm. Fast war sie dankbar für die rauchgeschwängerte Luft, die sie außerhalb der trostlosen Notfallambulanz einatmete. Zwar reizte der Rauch ihre Kehle, aber er war tausendmal besser als der Geruch im Krankenhaus.

Es würde ihre letzte Brandermittlung sein. Das war so sicher wie das Amen in der Kirche. Das Ganze wühlte sie viel zu sehr auf, und das Maß dessen, was sie verkraften konnte, war definitiv voll. Sie wusste, wann sie eine Pause dringend nötig hatte.

Owen hielt ihr die Tür des Pick-ups auf. Sie waren so in Gedanken versunken, dass sie den Rückweg schweigend und um einiges langsamer zurücklegten. Eden musste an die Frau denken, die in der Notaufnahme geweint hatte.

Das musste die Ehefrau des jungen Feuerwehrmanns gewesen sein. Höchstwahrscheinlich würde sie ihren Mann verlieren. Eden konnte sich nicht vorstellen, wie sich die Frau fühlte. Sie blickte Owen von der Seite an.

Eden wusste ohne den geringsten Zweifel, dass sie einen weiteren Verlust in ihrem Leben nicht verkraften würde. Was hätte sie getan, wenn Owen auf diesem Tisch gelegen hätte? Ihr schauderte.

Sie war gewillt gewesen, ihn gehen zu lassen, als ihr klar geworden war, dass er nicht zu ihr zurückkommen würde. Es hatte sie fast umgebracht, aber sie hatte keine andere Wahl gehabt. Konnte sie ihn – auch auf die Gefahr hin, ihn wieder zu verlieren – erneut in ihr Leben lassen?

Sie schloss die Augen und wusste, dass sie einen erneuten Verlust nicht verkraften würde. Bis zu einem gewissen Grad konnte man einiges aushalten, doch sie hatte ihre persönliche Grenze bereits vor langer Zeit erreicht.

Sosehr sie diesen Mann auch liebte, der Abstand zwischen ihnen gab ihr ein Gefühl von Schutz inmitten ihrer zerbrechlichen Gefühle. Sie hatte Angst, die sie umgebenden Glaswände könnten in eine Million Teile zersplittern, wenn sie ihn wieder ganz an sich heranließ. Dann wäre sie nie wieder dieselbe.

Es war an der Zeit, ein paar grundlegende Entscheidungen in ihrem Leben zu treffen. Nur wie die aussehen sollten, wusste sie nicht.

KAPITEL 22

Owen machte einen traurigen Eindruck, als er mit Eden zu einem kleinen Diner in der Stadt fuhr. Nach dem, was er im Krankenhaus gesehen hatte, war Essen zwar das Letzte, wonach ihm der Sinn stand, aber er musste sich um Eden kümmern. Im Moment waren sie beide ziemlich am Ende.

Owen parkte den Pick-up und war froh, als Eden wartete, bis er zur Beifahrerseite kam und ihr die Tür öffnete. Er war sich nicht sicher, ob sie ihm einfach gestattete, Gentleman zu sein, oder ob sie derart müde und kraftlos war, dass sie nicht mehr die Energie aufbrachte, selbst die Tür aufzudrücken. Er hatte das schon immer für sie getan, nachdem seine Mutter ihm eingetrichtert hatte, wie wichtig diese Geste war, wenn er sich den Respekt einer Frau verdienen wollte. Jetzt half sie ihm, den Boden unter den Füßen nicht zu verlieren.

Sie betraten den Diner, in dem nicht viel los war, weil der Mittagsansturm bereits vorbei und es noch nicht Zeit fürs Abendessen war. Owen war froh darüber. Er wollte nicht auf Leute treffen, die ihn kannten, und das war in einer Kleinstadt gar nicht so einfach. Die Kellnerin war noch nirgends zu sehen, deshalb führte er Eden zu einem Tisch in der Ecke, wo ein großes Fenster einen Ausblick auf die Berge bot.

»Es hat sich so viel verändert, seit ich damals weggegangen bin«, sagte Owen. Er fragte sich, ob er lieber nicht über seinen Weggang reden sollte, aber was würde es bringen, wenn sie beide so taten, als wäre er nicht geschehen? Vermutlich war es besser, sich damit auseinanderzusetzen, darüber zu reden und zu schauen, ob sie beide noch eine Zukunft hatten. Ihr vorheriges Gespräch war besser verlaufen, als Owen erwartet hatte. Er wusste, dass sie erst verarbeiten musste, was er ihr erzählt hatte, aber immerhin hatte er die Dinge offengelegt. Durch die Wolken, die viel zu lange über ihnen gehangen hatten, schien jetzt zumindest ein wenig Licht.

»Eigentlich hat sich gar nicht so viel verändert«, sagte sie. »Vielleicht ist das Äußere der Stadt ein wenig attraktiver geworden, und vielleicht haben sich ein paar neue Firmen angesiedelt, aber letztlich ist es immer noch Edmonds. Ein netter Ort für Familien.«

Ihre Stimme klang ein wenig brüchig, und er fragte sich, ob sie an die Träume dachte, die sie beide einmal gehabt hatten, Träume von einer gemeinsamen Zukunft, von Kindern, die sie hier großziehen wollten. Damals waren sie beide jung und naiv gewesen. Andere Pläne hatten sie nicht gemacht, nur dass sie zusammen sein und eine Familie gründen wollten.

Dieser Traum schien ihm geradezu perfekt.

Angela Lincoln kam mit einem strahlenden Lächeln an ihren Tisch. »Owen, wie schön, dich zu sehen«, sagte sie, bevor sie sich an Eden wandte und sie betont durchdringend ansah. »Du hast mich gemieden«, beschwerte sie sich.

Angela arbeitete in Teilzeit bei Arden und offensichtlich auch in diesem Diner. Owen wusste, dass sein Bruder ihr eine Gehaltserhöhung angeboten hatte, aber sie war eine Frau, die sich unbedingt beweisen wollte, besonders als Alleinerziehende. Sie hatte Arden außerdem wissen lassen, dass sie Gehaltserhöhungen nur in angemessener Höhe akzeptiere und dass ihr Sohn jetzt zur Schule gehe, weshalb sie zwei Jobs stemmen könne. Die Brüder amüsierten sich köstlich darüber, wie sehr ihre Dickköpfigkeit Declan, den ältesten von ihnen, zu ärgern schien. Owen wartete nur darauf, dass bei den beiden der Blitz einschlug, und er hatte das Gefühl, darauf nicht mehr lange warten zu müssen.

»Tut mir leid«, sagte Eden. »Ich habe mich in letzter Zeit ein bisschen zurückgezogen.«

»Ein bisschen?« Angela hob eine Augenbraue.

»Na gut, sehr zurückgezogen …«, gab sie zu. »Aber jetzt bin ich wieder aus meinem Loch gekrochen«, fügte sie mit einem Lächeln hinzu und hoffte, dass alles vergeben sein würde.

»Ich vermisse dich«, gestand Angela. Owen fiel auf, wie gestresst sie aussah. Vielleicht sollte er mit seinem Bruder reden, um herauszufinden, ob mit ihr alles in Ordnung war. Angela war ein guter Mensch, und sie arbeitete für ein Familienmitglied, was bedeutete, dass sie ein Auge auf die Frau hatten. Zumal es auch etwas gab, wovor sie davongerannt war – wo auch immer sie vorher gelebt hatte.

»Tut mir wirklich leid«, sagte Eden, und es war deutlich, dass sie es auch meinte. »Ich habe mit so vielem fertigwerden müssen und dachte, mich zurückzuziehen wäre das Beste.«

Angela schüttelte den Kopf. »Glaub mir, ich verstehe das«, erwiderte sie mit einem wissenden Ausdruck in den Augen. »Aber unterschätze deine Freunde nicht.«

Owen fragte sich, ob ihr klar war, dass sie den gleichen Rat auch auf sich anwenden sollte. Doch er beschloss, ihr das später zu sagen. Jetzt war nicht der richtige Zeitpunkt.

Die Türglocke ging, und eine Gruppe von Männern kam herein, deren Lachen ihnen vorauseilte.

»Dann nehme ich wohl besser schnell eure Bestellung auf. Diese Typen kommen jeden Freitag und haben großen Hunger«, warnte Angela sie.

»Für mich Fisch und Chips, bitte«, sagte Owen.

»Und für mich die Muschelsuppe«, entschied sich Eden.

»Perfekt.« Angela ging und schob die Bestellung dem Koch zu, bevor sie die neue Gruppe begrüßte.

Eden schwieg, während sie Angela dabei beobachtete, wie sie mit den Männern umging. Owen genoss es, einfach nur bei Eden zu sitzen und herauszufinden, was ihr durch den Kopf ging.

»Du hast aber gerade irgendwie in der Klemme gesessen«, stellte er nach einer Weile fest.

Sie schaute ihn an und verzog leicht den Mund. »Ja, sieht so aus«, sagte sie.

»Ich bin also nicht der Einzige, den du dir vom Leib hältst.«

»Ich denke, nicht.« Sie zuckte mit den Schultern und schwieg wieder.

»Angela ist ziemlich stur. Ich weiß nicht, warum sie zwei Arbeitsstellen hat, wenn mein Bruder ihr anbietet, ihr Gehalt zu erhöhen«, murrte Owen.

Er musste etwas Falsches gesagt haben, denn Eden straffte die Schultern, und ihre Augen verengten sich. Sie trank einen Schluck Wasser, ehe sie antwortete. Und er beschloss, einfach abzuwarten, was sie zu sagen hatte.

»Nicht alle Frauen sind hilflos und wollen gerettet werden. Vielleicht wollen sich einige von uns auch selbst retten«, sagte sie schließlich.

»Und vielleicht ist es manchmal auch ein Zeichen von Stärke, zuzugeben, dass man es nicht allein schafft«, entgegnete er schnell.

Es stand unentschieden, und keiner wollte nachgeben. Was war falsch daran, jemandem helfen zu wollen, den man gernhatte? Owen verstand das nicht. Doch bevor er den Mund öffnen konnte, um sich selbigen zu verbrennen, bimmelte wieder die Türglocke, und Owen drehte sich automatisch um. Es war Eric.

Er entdeckte sie und schlängelte sich zwischen den Tischen zu ihnen durch. Der Mann sah aus, als wäre er in den letzten zwei Wochen um zehn Jahre gealtert. Er hatte nicht nur Männer verloren, sondern seine Stadt lief Gefahr, dem Feuer zum Opfer zu fallen. Doch er war kein Mann, der kampflos aufgab, sondern der Kapitän, der als Letzter vom Schiff ging.

»Wie gut, dass ich euch hier finde«, sagte Eric, zog einen Stuhl vor und setzte sich.

»Hast du schon gegessen?«, fragte Owen.

Er winkte ab, als könnte er sich so etwas Profanes wie Essen gerade gar nicht vorstellen. Bei seinen Männern sorgte Eric immer dafür, dass es ihnen gut ging, aber um sich selbst war er offensichtlich weniger besorgt. Vielleicht mussten die Jungs eingreifen, bevor er sich zu sehr vernachlässigte. Wie es aussah, war er auf dem besten Weg dazu.

»Ich habe Neuigkeiten«, verkündete Eric, bevor sie ihn dazu überreden konnten, etwas zu bestellen.

Owen verkrampfte sich. »Was für Neuigkeiten?«

In diesem Moment erschien Angela mit dem Essen. Sie stellte auch ein Sandwich und Pommes frites vor Eric, und er blickte sie verwirrt an.

»Ich habe Sie hereinkommen sehen und das hier von den Jungs stibitzt. Ich weiß doch, dass Sie Klubsandwiches am liebsten mögen, und die Gruppe da drüben kann warten. Sie sehen aus, als könnte eine steife Brise Sie jederzeit umwehen«, sagte sie mit fester Stimme.

Eric schaute auf das Essen und räusperte sich, bevor er Angela mit einem liebevollen Lächeln bedachte, das Owen schockierte. Der Hauptmann lächelte nie.

»Ich weiß gar nicht, womit unsere Stadt Sie und Ihren süßen kleinen Jungen verdient hat«, schwärmte Eric, als er ein

Pommesstäbchen nahm und davon abbiss. Es schien, als müsste nur eine hübsche Frau Essen anbieten, damit der Hauptmann zugriff. Owen musste sich das für später merken.

»Einen, der Hilfe braucht, erkenne ich schon von Weitem«, erklärte Angela mit einem Lächeln. »Und jetzt lasse ich euch in Ruhe essen.« Sie verschwand, bevor sie sie dazu überreden konnten, sich zu ihnen zu setzen.

Owen wandte sich wieder an seinen Chef. »Und was willst du uns nun mitteilen?«

Der Hauptmann hielt sein Sandwich in der Hand, ohne es richtig wahrzunehmen, biss ab und sah aus, als schmeckte er gar nichts. Er spülte es mit Wasser hinunter, bevor er antwortete.

»Wir haben am Explosionsort ein paar Tests gemacht«, erzählte Eric und wurde sogar noch blasser. »Und wir haben herausgefunden, dass ein besonderer Dünger verwendet wurde.« Er schüttelte den Kopf und schien direkt vor ihren Augen noch um ein paar Jahre zu altern.

»Das ist gut. Es wird uns dabei helfen, die Liste der Verdächtigen einzuschränken«, redete Eden dazwischen.

Owen betrachtete seinen Chef genau und bekam es mit der Angst. Er kannte Eric schon sein ganzes Leben lang und wusste, dass er immer schnell mit allem herausrückte. Aber der Hauptmann wollte die Neuigkeit nur ungern mit Eden teilen, was nur eines bedeuten konnte …

»Sag's schon, Eric«, erteilte Owen ihm die Erlaubnis. Eden sah verwirrt aus.

»Was ist los«, wollte sie wissen und legte ihren Löffel beiseite. Es schien, als hätten sie alle den Appetit verloren.

»Die Forbes verwenden auf ihren Feldern eine besondere Mischung …« Erics Stimme verlor sich. Owen beobachtete Edens Gesichtsausdruck. Sie brauchte nicht lange, um zu verstehen, was gerade nicht gesagt worden war.

»Und die Tests zeigen, dass die Explosion im Wesentlichen auf Benzin und den besagten Dünger zurückzuführen ist«, schlussfolgerte Eden. Wenn man Dünger mit Benzin mischte, war das hochexplosiv.

»So ist es«, sagte der Hauptmann. Er sah geknickt aus. »Ich weiß, dass es für Owen, der auf deiner Liste der Verdächtigen steht, nicht gut aussieht, aber du musst wissen, dass es meine Männer sind, die da draußen den Kopf hinhalten, und ich würde diesem Mann hier mein Leben und das aller Feuerwehrleute der Wache anvertrauen. Jemand versucht, ihm eine Falle zu stellen.« Eric schlug mit der Faust auf den Tisch.

Eden schaute Owen auf eine Weise an, die ihm keinen Aufschluss darüber gab, was sie gerade dachte. Er wusste lediglich, dass da draußen jemand war, der es auf ihn abgesehen hatte. Jemand versuchte, dafür zu sorgen, dass er den Rest seines Lebens hinter Gittern verbrachte.

Er lief nicht nur Gefahr, diese Frau zu verlieren, sondern auch seine Freiheit.

KAPITEL 23

Eden verlor auch noch den Rest ihres ohnehin spärlichen Appetits, als Erics Worte in ihr Bewusstsein vordrangen. Es gab jetzt Indizien, die auf die Familie Forbes hindeuteten. Sie hatte jedoch keinen Zweifel, dass Owen unschuldig war.

Jemand war hinter ihm her. Viel Zeit blieb ihr nicht mehr für diesen Fall, und was sollte werden, wenn ein anderer Ermittler nicht genau genug hinschaute und Owen für eine Tat verurteilt würde, die er gar nicht begangen hatte? Eden war frustriert.

»Ich habe keinen Hunger mehr«, sagte sie und schob den Teller von sich. Sie hatte das Gefühl, nie wieder Appetit haben zu können.

»Vielleicht sollten wir von alldem mal eine Pause einlegen«, schlug Owen vor. Eden fiel auf, dass er ihr gegenüber misstrauisch zu sein schien.

»Ich glaube nicht, dass du es getan hast«, versicherte sie ihm. Sie musste ihn einfach beruhigen.

»Danke«, stieß er hastig hervor.

»Gutes Mädchen«, lobte Eric. Er stand auf, von seinem Essen war nichts mehr übrig. Er war weitaus hungriger gewesen, als er hatte zugeben wollen. Dann warf er einen

Zwanzigdollarschein auf den Tisch, verabschiedete sich und verschwand so schnell, wie er gekommen war. Schließlich musste er ein Feuer bekämpfen.

»Es war dumm von mir, etwas anderes zu denken«, beteuerte Eden.

»Wir haben einen Waffenstillstand vereinbart«, erinnerte er sie. »Ich brauche einige Sachen von zu Hause, und du bist auf meinen Pick-up angewiesen. Also lass uns fahren. Hoffentlich wird es diesmal nicht so stressig.«

Eden hatte Angst davor, mit ihm zu ihm zu fahren, Angst vor sich selbst und davor, einen Blick in die Küche zu werfen und dann entweder die Fassung zu verlieren oder über ihn herzufallen. Keine der beiden Möglichkeiten war akzeptabel. Aber natürlich konnte sie die verdammte Küche auch meiden.

»Weshalb setzt du mich nicht bei meinem Auto ab?«, fragte sie. Er schüttelte den Kopf, bevor sie fortfahren konnte.

»Da draußen ist jemand, der dein Haus angezündet hat und der offensichtlich einen Rachefeldzug gegen mich führt. Es geht mir besser, wenn ich dich bei mir habe«, sagte er. Sie öffnete den Mund, um dagegenzuhalten, aber er hob die Hand. »Erinnere dich daran, dass wir alle zu bestimmten Zeiten in unserem Leben jemanden brauchen. Aber wenn du schon nicht zugeben kannst, dass du mich gerade brauchst, dann kannst du vielleicht einfach akzeptieren, dass ich dich brauche.«

Seine Worte trafen ins Schwarze. Ihr gefiel es, dass er immer der Held war und mehr als gewillt, jeden zu retten, der Hilfe brauchte. Aber er, der nie jemanden um Hilfe bat, gab ihr die Möglichkeit, ihn zu retten, wenn auch nur für einen kurzen Augenblick. Dem konnte sie unmöglich widerstehen.

»Ich werde mit dir fahren, aber nur, weil ich mich nicht daran erinnern kann, dass du mich jemals um Hilfe gebeten hast«, willigte sie schließlich ein. Sie zog ihr Portemonnaie hervor und legte zwei weitere Zwanzigdollarscheine auf den Tisch.

Sie starrte Owen an und forderte ihn geradezu heraus. Sie genoss es, zu sehen, wie peinlich es ihm war, dass sie sein Essen bezahlte. Das verbesserte ihre Laune merklich.

Er stand da, als wüsste er nicht, was er tun sollte, und Eden fragte sich, ob jemals eine Frau für ihn bezahlt hatte. Sie bezweifelte es stark.

Sie stand auf und wartete, wollte sichergehen, dass er nicht versuchte, das Geld zu nehmen und heimlich in ihre Tasche zu stecken, um mit seinem eigenen zu bezahlen. Doch er drehte sich schweigend um und stapfte aus dem Diner. Er wirkte wie ein Kleinkind, das seinen Willen nicht bekommen hatte.

Eden lächelte – ein echtes Lächeln –, eines, das sie von jeher nur gezeigt hatte, wenn sie mit Owen zusammen war.

Das Schweigen dauerte noch an, als Owen ihr die Tür des Pick-ups aufhielt und wartete, dass sie einstieg. Sie nahm sich Zeit, wollte ihre Macht genießen. Sie wusste, dass er ihr auf den Hintern schauen würde, wenn sie sich vorbeugte und den Staub vom Sitz wischte, bevor sie einstieg.

In dieser Gegend gab es schon zu viel Feuer, und sie spielte zweifellos damit, aber das war ihr egal. Es lenkte sie von ihren Sorgen, dem Stress und allem anderen ab.

Auf der Fahrt zu seinem Haus hörten sie Musik, und Eden fühlte sich wohl. Es machte ihr nichts aus, mit Owen zu schweigen. Vielleicht gab ihr das zu viel Zeit, sich in Tagträumen zu verlieren, aber früher hatte ihr das sogar gefallen.

Doch sie wollte sich kein Happy End mehr mit diesem Mann erträumen. Das hatte sie früher getan. Jetzt war es an der Zeit, nach vorne zu blicken, aber vielleicht konnten sie Freunde bleiben. So hatte es mit ihnen angefangen, und vielleicht sollte es auch so mit ihnen enden.

Sie kamen zu seinem Haus, und beim Anblick des riesigen Gebäudes wurde sie wieder nervös. Sie wären dort völlig allein. Natürlich fuhr er auch noch zur Rückseite, wo sie das Haus durch die Hintertür betreten würden, die direkt in die Küche führte.

Sie folgte ihm zögernd, als er die Tür aufschloss und hineinging. Eden warf einen Blick auf die Kücheninsel, und lebhafte Erinnerungen an ihre ineinander verschlungenen, schweißbedeckten Körper, wild schlagende Herzen und lustvolle Schreie wurden wieder wach. Sie war sofort erregt.

Mit einem Blick auf Owen fragte sie sich, warum um alles in der Welt sie dagegen ankämpfte. Es war sinnlos. Die Verbindung zwischen ihnen war zu stark, um sie zu leugnen. Und sie wollte den Kummer vergessen, der auf ihr lastete. Sie wollte alles vergessen, außer ihm und den Gefühlen, die er in ihr weckte.

Eden wusste, dass sich ihre Gedanken in ihren Augen widerspiegelten, denn sein Körper spannte sich an, als hätte er ein unausgesprochenes Angebot angenommen. Vielleicht war es im Moment das Trauma ihrer beider Leben. Ihr war das egal.

Sie wollte nur ihn.

Freunde mit gewissen Vorzügen? Diesen Ausdruck gab es nicht umsonst. Vielleicht war die Idee dahinter gar nicht so schlecht. Sie war bereit, diese Situation mit allen Mitteln zu rechtfertigen, denn sie wollte unbedingt etwas anderes fühlen als Traurigkeit oder Verwirrung.

Und nur Owen konnte ihr den Genuss verschaffen, den sie so dringend brauchte.

KAPITEL 24

Owen rechnete es sich hoch an, Eden nicht geradewegs auf die glatte Granitarbeitsfläche gesetzt und ihr die Kleider vom Leib gerissen zu haben. Dafür, dass er nicht die Beherrschung verloren hatte, als sie zuerst die Arbeitsfläche und dann ihn angeschaut hatte, gebührte ihm zweifellos eine Medaille.

»Owen …« Er merkte, dass sie einem inneren Kampf nachgab, den sie ausgefochten hatte. Sie wollte ihn genauso verzweifelt, wie er sie schon immer wollte.

»Sag einfach das Zauberwort, und ich werde uns beide aus dem Elend befreien«, versprach er. Er riss fast die Lehne eines Stuhls ab, um sich nicht sofort auf sie zu stürzen.

Ja, er genoss ihre Gesellschaft, und ja, diese Frau bot so viel mehr als ein simples Schäferstündchen. Aber er hatte so lange so wenig von ihr gehabt. Wenn sie ihre gegenseitigen Bedürfnisse befriedigen konnten, dann würde er viel besser mit seinem Herzen und seinem Verstand denken können als mit anderen Körperteilen. Im Moment konnte er sie nicht anschauen, ohne sie zu wollen, und seine Gedanken drehten sich ausschließlich um sie. In Anbetracht der Tatsache, dass sie vom Feuer bedroht waren und ganz offensichtlich von jemandem, der sie zerstören wollte, bedeutete das eine Menge.

»Hier zu sein, ist nicht ganz leicht«, sagte sie. Owen wollte unbedingt, dass sie zugab, ihn genauso zu begehren wie er sie. Er wollte, dass sie von sich aus blieb und nicht nur, um sich von ihm befriedigen zu lassen und dann zu verschwinden, als hätte es ihn nie gegeben.

»Ich kann nicht weiter Spielchen spielen, Eden. Wir müssen nicht unsere ganze Zukunft planen, aber lass uns aufhören, so zu tun, als fühlten wir nichts und bräuchten einander nicht. Warum gegen das Unvermeidliche ankämpfen?«

»Ich fühle mich schuldig«, sagte sie.

»Weshalb?«

»Weil ich dich will, obwohl du mir wehgetan hast. Ich habe Angst, du könntest es wieder tun«, erklärte sie. Das traf ihn hart. »Und ich habe das Gefühl, meinen Dad zu betrügen, weil er mich brauchte und ich dich vorgezogen habe.«

Sämtliche Kampfeslust verließ ihn, als sich ihre tieftraurigen Worte in seine Seele brannten. Er hätte alles gegeben, um sie von diesem Schmerz zu befreien. Aber das stand nicht in seiner Macht. Er konnte ihr höchstens sagen, was ihr Vater mit Sicherheit nicht gewollt hätte.

»Nie hätte er gewollt, dass du dir die Schuld an seinem Tod gibst«, versicherte Owen ihr. »Und ich weiß, dass ich dich verletzt habe, aber ich verspreche dir, ich will dir nie wieder wehtun.« Sie wollte etwas sagen, aber er hob die Hand. »Ich weiß, dass du keine Versprechungen von mir hören willst und dass du mir noch nicht vertrauen kannst, aber es scheint, als könnten wir uns nicht voneinander fernhalten. Also warum vergessen wir nicht die Vergangenheit, bis diese Sache geklärt ist?«

»Ich bin mir nicht sicher, ob ich das kann«, sagte sie.

»Dann lass uns für eine Nacht eine Pause einlegen. Ich brauche dich, Eden.« Er zeigte ihr seine ganze Verletzlichkeit. Owen war gebrochen, und nur dieser Frau gegenüber wollte er zeigen, wie sehr.

Sie öffnete den Mund, um etwas zu sagen, als von draußen ein Geräusch zu hören war. Owen war sofort hellwach, und die Härchen auf seinem Arm richteten sich auf. Er wusste, dass etwas nicht stimmte – ganz und gar nicht stimmte.

»Runter, Eden!«, rief er aufgebracht.

Sie sah ihn an, als hätte er gerade von ihr verlangt, sich nackt auszuziehen.

Das Geräusch berstenden Glases und einer explodierenden Wand rissen ihn aus seiner Starre, und er stürzte sich auf Eden, die kaum Zeit hatte, sich der Gefahr bewusst zu werden, bevor ihre Körper durch die Küche flogen.

Er versuchte, sich mit ihr zu drehen, um den Aufprall abzufedern, doch es gelang ihm nicht, sodass sie beide hart auf dem Fliesenboden aufkamen und ihnen die Luft aus den Lungen gepresst wurde. Owen starrte sie an, als ihr Kopf aufschlug und sie sofort die Augen verdrehte.

Jemand hatte einen Schuss auf sein Haus abgefeuert.

Er hielt sie fest, als er hörte, wie drei weitere Schüsse seine Fenster und Wände zertrümmerten. Doch das Haus war ihm egal. Seine einzige Sorge war, dass er Eden womöglich mehr Schaden zugefügt hatte, als der Schütze beabsichtigt hatte.

Sie war zu hart auf dem Boden aufgekommen, und ihm blieb fast das Herz stehen, als er sah, wie ihr ein Rinnsal Blut übers Gesicht lief. Er wusste nicht, ob sie von herumfliegenden Trümmern getroffen worden war oder ob die Kopfverletzung vom harten Aufprall auf den Boden kam. So oder so würde er es sich nie verzeihen, sollte es sich um eine schwere Verletzung handeln.

»Eden!«, rief er und rüttelte sie an den Schultern. Es schien keine weiteren Schüsse zu geben, aber der Schütze konnte sich noch in der Nähe befinden. Ein Stöhnen entwich ihren halb geöffneten Lippen, und ihr Körper begann zu zittern. Er drückte sie noch fester an sich, als er mit ihr auf dem Boden zurückrutschte, damit die Kücheninsel sie vor Blicken durchs Fenster schützte.

»Eden, geht es dir gut?« *Bitte mach, dass es ihr gut geht!* Es war alles zu schnell gegangen. Er hatte keine Zeit gehabt, sie vor dem Aufprall auf den Boden zu schützen. Er strich ihr mit den Händen über den Rücken und war froh, dass er nichts Klebriges spürte. »Ich muss wissen, ob du angeschossen wurdest. Ich muss dich anschauen«, sagte er und versuchte, sich aus ihrer Umklammerung zu lösen. Aber Eden wollte ihn nicht loslassen.

»Nein, nicht weggehen«, stöhnte sie. Er war so hilflos und konnte nur tun, worum sie ihn bat. Er hielt sie fest an seine Brust gedrückt, hatte einen Arm schützend um sie gelegt und griff mit der anderen Hand nach dem Handy in seiner Hosentasche. Sie sagte kein Wort, während er den Angriff meldete. Schon bald würde es hier von Menschen wimmeln.

»Was ist passiert?«, wollte sie wissen, während sie sich langsam beruhigte.

»Jemand ist hinter mir oder uns oder dieser ganzen Stadt oder allem zusammen her«, sagte Owen. Er war wütend auf sich selbst, weil er wieder zugelassen hatte, dass die Gefahr so nah an sie herangekommen war.

Kurz herrschte Schweigen. Draußen war alles ruhig. Der Schütze musste gewusst haben, dass Owen um Hilfe rufen und sein Bruder Declan ihn in Sekunden fassen würde, wenn er nicht abhaute.

»Ich glaube, er ist weg«, mutmaßte Owen. Eden wich ein kleines Stück von ihm zurück, damit sie ihn anschauen konnte, und er war überrascht über die Tapferkeit in ihrem Blick.

»Tut mir leid, dass ich so zusammengebrochen bin«, sagte sie.

Er sah sie ungläubig an. »Wovon redest du?«

»Ich war wie versteinert.«

»Eden, das würde jedem so gehen. Ich war doch auch wie gelähmt.«

»Aber nicht so lange. Hätte ich uns aus der Schusslinie bringen müssen, wären wir jetzt erledigt.« Sie legte ihm ihre zierliche Hand auf die Wange. Owen fühlte sich, als wäre er gestorben und in den Himmel gekommen. In ihrem Blick lagen so viel Vertrauen und Liebe. Er betete, er würde nicht nur das sehen, was er unbedingt sehen wollte.

»Wir wissen nicht, wozu wir in der Lage sind, bis wir mit unseren größten Ängsten konfrontiert werden. Es ist einfach, zu spekulieren, wie man reagieren würde, aber ich kenne dich, Eden, und ich weiß, dass du stärker bist, als du denkst.« Ihre Augen strahlten, während er sprach, und sie beugte sich vor und legte ihre Stirn an seine.

Verdammt, er liebte sie, liebte sie so sehr, dass er sich kaum zurückhalten konnte, so mächtig war diese Liebe. Er würde nicht ohne sie leben können. Sie waren schon viel zu lange getrennt.

»Du hast gerade jeden Quadratzentimeter meines Körpers mit deinen Händen abgetastet.« Sie kicherte, als er mit der Hand über ihre Wade strich. Owen schaute auf.

»Ich hab dich doch … einfach nur gestreichelt«, sagte er langsam.

Sie lachte, was ihn noch mehr schockierte. »Na ja, du hast mich eher wie ein Arzt untersucht«, konterte sie.

»Ich muss doch sicherstellen, dass es dir gut geht.« Er fuhr mit der Hand wieder nach oben und legte sie ihr aufs Kreuz.

»Und du?«, fragte sie.

»Was soll mit mir sein?«

»Vielleicht muss ich dich auch überall abtasten, um sicherzugehen, dass du keine Verletzungen hast.« Sie nahm die Hand von seiner Wange und strich ihm über Schulter und Arm.

Owen drehte sich so schnell auf den Rücken, dass sie wieder kichern musste.

»Untersuch mich. Ich habe auf alle Fälle einen stechenden Schmerz direkt am Reißverschluss meiner Hose.« Sämtliche Gedanken an den Überfall waren wie ausgelöscht.

Eden lachte, diesmal lauthals, als sie mit den Fingern über seine Handfläche strich, die Innenseite seines Arms hinauf und über den Brustkorb wieder hinunter. Owen hielt die Luft an, als sie sich der Ausbuchtung näherte, die er gerade erwähnt hatte. Aber ihre Fingerspitzen tanzten einfach auf der anderen Seite des Schmerzes entlang, strichen über seinen Oberschenkel und ließen Owen zusammenzucken.

Er wollte gerade nach ihrer Hand greifen und sie genau dorthin legen, wo er sie haben wollte, da hörte er das Knirschen des Kieses, als ein Auto die Einfahrt heraufgeschossen kam. Bremsen quietschten, und innerhalb von drei Sekunden war seine Haustür eingetreten und somit demoliert.

Eden wurde weiß wie die Wand und klammerte sich an ihm fest. Sämtliche Gedanken an das Vorspiel waren vergessen. Jetzt würde jemand umgebracht werden – ein gewisser Jemand.

»Owen«, flüsterte Eden heiser. Er hob die Hand und brachte sie zum Schweigen.

»Mein Bruder ist hier«, brummte er. »Perfektes Timing wie immer.« Kurz darauf war Declan auch schon bei ihnen.

»Ist mit euch beiden alles in Ordnung?«, fragte er.

»Ein paar Prellungen«, antwortete Owen, als Eden nichts sagte. »Uns geht's gut hier. Du kannst abhauen. Aber danke fürs schnelle Kommen.«

Declan verstand den Wink nicht. »Beweg deinen Hintern und lass uns draußen nachschauen«, forderte er.

Owen stieß einen frustrierten Seufzer aus. Eden würde einen Rückzieher machen, sobald er sie losließ. Doch Declan bewegte sich nicht. Also gab Owen auf und löste sich widerwillig aus Edens Armen.

»Ich bin gleich zurück«, versprach er ihr mit leiser, heiserer Stimme. Er war sprachlos, als sie ihn zaghaft anlächelte und ihm dann … zuzwinkerte.

»Ich warte.«

Declan zog seinen Bruder vom Boden hoch und zerrte ihn praktisch hinter sich her. Owen lächelte, als ihm klar wurde, dass Eden tatsächlich auf ihn warten würde. Ihre Nacht hatte gerade erst begonnen.

Kapitel 25

Declan mochte zwar der Erste sein, der eingetroffen war, aber als die beiden Brüder aus dem Haus traten, hörte Owen ein weiteres Auto, das die Einfahrt heraufkam. Mit quietschenden Bremsen kam es zum Stehen. Fahrer- und Beifahrertür wurden aufgerissen, und Kian und Arden sprangen mit wildem Blick heraus.

»Was zum Teufel ist hier los?«, rief Arden.

Er musterte Owen von Kopf bis Fuß und schien zufrieden zu sein mit dem, was er sah.

»Lass dich mal anschauen.« Kian trat näher an Owen heran und checkte ihn kurz durch, wollte es aber nicht dabei bewenden lassen. Doch Owen ließ eine Untersuchung durch seinen Bruder nicht zu.

»Mir geht's gut«, behauptete er.

Sein Handy klingelte, und eigentlich wollte er den Anruf ignorieren, aber dann überlegte er es sich doch anders. Er brauchte erst gar nicht aufs Display zu schauen, um zu wissen, wer es war.

»Hallo, Schwesterherz.«

»Jemand hat auf dich geschossen!«, schrie Dakota. Owen hielt das Handy vom Ohr weg. Sie hatte es verdammt schnell herausgefunden.

»Neuigkeiten verbreiten sich schnell, ob man es möchte oder nicht«, entgegnete er mit einem, wie er hoffte, ungezwungenen Lachen.

»Das ist nicht lustig, Owen. Was zum Teufel ist in meiner schönen Heimat los?«, wollte sie wissen. »Ace und ich sind jetzt auf dem Weg.«

»Ich dachte, Ace ist schon in der Stadt und hilft bei der Brandbekämpfung.«

»Er war am Nachmittag für die Löschflüge eingesetzt, deshalb war er zum Glück zu Hause. Ich glaube nämlich nicht, dass ich im Moment fahren könnte, so verdammt aufgebracht, wie ich bin.« Owens Schwester neigte eigentlich nicht zur Dramatisierung. Als er jetzt ihre tränenerstickte Stimme hörte, fühlte er sich unangenehm berührt.

»Ich schwöre, mir geht's gut. Ich weiß nicht, was passiert ist, aber unsere Brüder sind hier, und wir werden es herausfinden«, versicherte er ihr.

»Ich habe Angst, Owen. Es ist doch offensichtlich, dass dich jemand direkt ins Visier genommen hat.«

»Und Eden«, fügte er hinzu. »Aber ich bin vorsichtig. Das verspreche ich dir. Und ich passe auf sie auf.«

»Pass lieber auf euch beide auf. Ich liebe dich, und wenn dir etwas passiert, dann würde ich ...« Dakota brach ab und schluchzte laut.

»Ich liebe dich auch, Schwesterchen«, versicherte Owen ihr. »Keinem von uns wird etwas passieren. Aber wir werden diese Mistkerle schnappen, und dann werden sie bezahlen.«

»Mir wird's erst besser gehen, wenn ich bei dir bin«, sagte sie. »Ich muss mit eigenen Augen sehen, dass es dir gut geht.«

»Ich weiß.«

»Rühr dich nicht vom Fleck. Wir werden in vierzig Minuten da sein.« Es dauerte noch ein paar Minuten, bis Owen seine Schwester endlich dazu brachte, aufzulegen. Dann drehte er sich um und blickte zu Kian, Arden und Declan, die alle ebenso besorgt aussahen, wie Dakota geklungen hatte.

»Weshalb haben sie es auf dich abgesehen?«, fragte Kian.

»Ich weiß es nicht. Vielleicht weil Eden mit der Brandermittlung beauftragt ist.«

Zusammen suchten sie das Grundstück ab, fanden jedoch nichts. Dann erweiterten sie den Radius und hielten nach kleinsten Hinweisen Ausschau.

»Ich glaube, hinter der Sache steckt viel mehr als nur Eden«, vermutete Arden.

»Ja, denn sie versuchen bewusst, dir eine Falle zu stellen. Aber die Schießerei zeigt, dass sie zunehmend ungeduldig werden. Sie versuchen nicht einmal, zu verbergen, dass sie dich aus dem Weg haben wollen. Das macht mir doch ziemlich Angst«, bemerkte Kian.

»Das sollte es auch. Verzweifelte Kriminelle sind unberechenbar«, schaltete sich Declan ein. Er schaute in die Ferne, und Owen war sich sicher, dass sein Bruder etwas entdeckt hatte.

Sie folgten Declan und fanden tatsächlich Hülsen von Gewehrkugeln.

»Sie benutzen Gewehre mit großer Reichweite. Das sind keine Amateure.« Declan zog eine Plastiktüte aus der Tasche, ließ die Hülsen vorsichtig hineinfallen und betrachtete sie durch die Folie.

»Bald werden sie zwangsläufig einen Fehler machen, und dann haben wir sie«, war sich Owen sicher.

»Ich weiß, aber ich will nicht, dass es dann zu spät ist.« Declan war offensichtlich frustriert, dass er den Fall noch nicht gelöst hatte.

»Zu spät ist es doch schon. Es hat Männern das Leben gekostet«, entgegnete Owen.

»Ich weiß, Bruder, aber im Moment zählt dein Leben für mich am meisten«, gestand Declan.

»Wir sind eine Familie, und wir kümmern uns umeinander«, bekräftigte Arden.

»Ich habe schon zu viele Tote gesehen und will dich auch nicht wieder in meiner Notaufnahme antreffen«, sagte Kian.

»Dann lasst uns die Mistkerle schnappen«, forderte Owen.

»Glaubst du, es ist mehr als einer?«, fragte Kian.

»Ja, ich glaube, es ist ein ganzer Haufen.«

»Wenn wir den Anführer kriegen, haben wir sie alle«, meinte Declan.

»Dann machen wir das doch.« Arden war bereit.

»Ich werde den Kerl finden. Von meinen Männern wurden schon genug verletzt. Ich kann mich nicht zurücklehnen und zulassen, dass noch mehr passiert«, beharrte Owen.

»Du musst die Welt nicht immer allein retten«, gab Arden zu bedenken. »Du hast eine Familie, die alles für dich tun würde. Lass uns dir helfen. Überlasse die Rolle des Helden diesmal einem anderen. Du solltest Eden einpacken und so schnell wie möglich die Stadt verlassen.«

»Ich bin mir nicht sicher, ob ich weiß, wie man sich zurücklehnt und Hilfe annimmt«, gab Owen zu. »Aber eins weiß ich sicher: Ich werde nicht davonrennen.« Seine Brüder nickten. Sie wussten, dass das nicht infrage kam. Keiner von ihnen ging einem Kampf aus dem Weg.

Kian lächelte, als er auf Owens Haus schaute. Sie hatten das ganze Gelände abgesucht und standen nun wieder dort, wo sie begonnen hatten.

»Vielleicht sollten wir erst mal die Tür reparieren. Die sieht ziemlich übel aus«, schlug Kian vor.

»Das waren allerdings nicht die Mistkerle, sondern unser allerliebster Bruder.« Owen grinste schief in Declans Richtung.

»Ich konnte ja nicht wissen, ob sie eine Bresche in dein Haus geschossen hatten, und ich wollte nicht dastehen und an die Haustür klopfen.« Declan trat von einem Fuß auf den anderen.

»Schon gut, ich hätte das Gleiche getan, wenn man auf dich geschossen hätte«, gab Owen zu.

Declan lachte. »Aber meine Tür hättest du nicht so einfach einschlagen können.« Arroganz sprach aus seinem Blick. »Mein Haus ist nämlich eine verdammte Festung.«

»Oh, wir wären schon reingekommen.« Arden lachte.

»Nicht so einfach wie ich hier«, hielt Declan dagegen.

»Ich hatte noch nie das Gefühl, eine Festung zu brauchen. Es ist furchtbar, was aus unserer Stadt geworden ist«, beklagte sich Owen.

»Das bekommen wir schon wieder hin«, versprach Kian. »Wir alle zusammen.«

Owen fiel es schwer, dieses Hilfsangebot anzunehmen, aber er wusste, dass er seine Brüder mehr liebte als sich selbst. Seine Familie bedeutete ihm alles. Und Eden zählte für ihn zur Familie.

Sie würden der Sache auf den Grund gehen, und vielleicht würde er am Ende sogar Hilfe annehmen. Aber sicher war er sich nicht. Dass er bei der Reparatur seiner Haustür Hilfe brauchte, wusste er allerdings sicher. Eine Frau wartete auf ihn, und je eher die Tür repariert war und er seiner Familie versichern konnte, dass alles in Ordnung war, desto schneller konnten Eden und er fortführen, was sie begonnen hatten, bevor sie so unsanft unterbrochen worden waren.

Dieser Gedanke zauberte ihm sogar inmitten dieses Durcheinanders ein Lächeln ins Gesicht. Und das bewies ihm, wie richtig es war, mit Eden zusammen zu sein. Sie war wirklich ein Sonnenstrahl in dieser ganzen Finsternis.

Er war schon einmal ein Narr gewesen. Das reichte.

KAPITEL 26

Edens Angst war schnell verflogen. Aber sie wusste jetzt, dass sie keineswegs sicher waren. Jemand war hinter ihnen her, und vielleicht gab es für sie kein Morgen mehr. Bei diesem Gedanken wuchs ihr Wunsch, wieder mit Owen zusammen zu sein. Es mochte dumm sein, und vielleicht würde sie wieder enttäuscht werden, aber sie brauchte ihn, damit dieser Schmerz und diese Angst verschwanden.

Sie räumte die Küche auf, während sie darauf wartete, dass er und seine Brüder mit der Reparatur der Haustür fertig wurden. Genau in dem Moment, in dem sie sich rittlings auf Owen hatte setzen wollen, war Declan hereingeplatzt. Eden war allerdings froh über diese Unterbrechung, denn so hatte sie genug Zeit gehabt, sich darüber klar zu werden, dass sie genau das wollte.

Sie würde nicht mit ihm schlafen, weil sie Angst hatte oder ihr Adrenalin außer Kontrolle geraten war, sondern sie würde es bei klarem Verstand und mit reinem Gewissen tun. Vorher hatte sie gedacht, sie würde sterben, und obwohl sie furchtbare Angst gehabt hatte, war sie dankbar gewesen, dass es in Owens Armen geschah.

Nachdem sie die Küche so weit es ging aufgeräumt hatte, machte sie sich eine Tasse Kaffee, ging hinüber ins Wohnzimmer und wartete. Je länger Owen und seine Brüder mit der Tür beschäftigt waren, desto ruhiger wurde sie. Ja, sie spürte einen Anflug von Panik, weil sie jetzt sicher wusste, dass sie noch in Owen verliebt war, aber das spielte im Moment keine Rolle. Wichtig war, dass sie beide noch lebten. Und es wurde Zeit für ein gutes, reines und magisches Gefühl.

»Du siehst atemberaubend aus«, erklang Owens Stimme hinter ihr.

Eden drehte sich lächelnd zu ihm um. Sie hatte gespürt, dass er den Raum betrat. Es war eigenartig, wie sehr sie schon immer aufeinander abgestimmt gewesen waren, wenn sie nicht mit einem Gefühl von Wut oder Bitterkeit zu kämpfen hatten. Es schien so einfach, wieder in das Muster von damals zu verfallen.

»Seid ihr fertig?«, fragte Eden.

Er nickte. »Meine Schwester war da und wollte reinkommen, aber ich konnte sie beruhigen und zum Haus meiner Eltern schicken. Declan hat geholfen, die Haustür zuzukleben, die er demoliert hat. Bis morgen wird es so gehen, dann lasse ich sie austauschen. Jetzt sind alle weg.« In seinem Blick lag eine Dringlichkeit, die garantiert auch in ihren Augen zu sehen war.

Eden stellte ihre Tasse ab, stand auf und ging zielstrebig auf Owen zu. Sie fühlte sich so selbstbewusst wie schon lange nicht mehr. Ihre Welt drehte sich mit atemberaubender Geschwindigkeit, und es war an der Zeit, dass ihr aus einem besonders guten Grund schwindelig wurde. Sie schlang die Arme um ihn und klammerte sich an ihm fest, als sie die Leidenschaft in seinem Blick lodern sah. Sie fühlte sich gewollt ... gebraucht ... geschätzt.

Sie strich über die raue Haut in seinem Nacken, stand einfach da und sah ihm in die Augen. Angst hatte sie keine. Sie fühlte sich zufrieden. Dieser Augenblick war richtig.

Vielleicht lag es daran, dass sie nicht wusste, ob es ein Morgen für sie geben würde. Vielleicht auch daran, dass es einfach zu viel Böses auf dieser Welt gab oder ihr klar geworden war, dass dieser Mann immer ihr sicherer Hafen gewesen war.

Als er den Kopf in den Nacken legte, um seine Lippen ihren zu nähern, war daran nichts Hektisches, kein Drang, ihrer beider Verlangen zu befriedigen. Es war ein süßes Kosten, eine Verschmelzung ihrer Leidenschaft auf zarteste Weise. Sie seufzte, und ihre Lippen zitterten, als er mit seiner Zunge von ihr kostete.

Der Kuss dauerte an und Eden drängte sich gegen ihn, genoss es, wie seine Erektion gegen ihre Weiblichkeit drückte, wie ihre Körper perfekt zusammenpassten. Er schob sie gegen die Arbeitsplatte, und Eden unterbrach den Kuss und kicherte. Owen schaute sie verwirrt an.

»Was hat deine Küche nur an sich?«, fragte sie.

Seine Verwirrung verschwand, und er lächelte. Dann hob er sie hoch und trug sie auf seinen Armen durch das große Haus. Sie küsste ihn, knabberte an seinem Hals und genoss das Stöhnen, das er von sich gab. Ein Beweis dafür, dass er ihretwegen die Kontrolle verlor.

Sie schafften es bis ins Schlafzimmer und fielen zusammen aufs Bett. Sein muskulöser Körper lag auf ihrem, und sie wand sich unter ihm und verwünschte die Kleidung zwischen ihnen. Als er sie erneut küsste, war sämtliche Sanftmut verschwunden. Der Kuss war voller Leidenschaft und Dringlichkeit. Jetzt war es vorbei mit der Spielerei.

Owen unterbrach den Kuss, und Eden wimmerte, stöhnte jedoch sogleich, als er mit den Lippen über ihr Kinn strich und dann an der Haut ihres Halses sog. Auf diese Weise setzte er seinen Weg nach unten fort und ließ ihren Körper erbeben.

Sie liebte ihn. Sie hatte versucht, nicht wieder in diesen Zustand zurückzufallen, aber das war bei seinen Händen und Lippen, die ihren Körper liebkosten, unmöglich. Sie liebte ihn wirklich, und mit ihm zusammen zu sein, war immer magisch gewesen. Es war nie ein Akt der Gefälligkeit gewesen.

Er knöpfte ihr die Bluse auf, und seine Lippen folgten der freigelegten Haut. Eden wand sich unter ihm, und ihre Bewegungen halfen ihm dabei, ihr mit ein paar geschickten Handgriffen die Kleidung abzustreifen. Seine Zunge leckte über ihre Brüste, während sie spürte, wie sich wunderbare Wogen der Erregung über sie ergossen.

Sie wollte ihm beim Ausziehen helfen, doch mit ihren zittrigen Fingern war das kaum möglich. Deshalb riss sich Owen selbst die Kleider vom Leib, und das Geräusch reißenden Stoffs hing schwer in der Luft.

Dann lag er wieder auf ihr – glühende Haut auf glühender Haut – und sie spürte seine Erektion zwischen ihren Schenkeln. Dieser Moment war absolut perfekt. Eden hatte das Gefühl, nie von Owen getrennt gewesen zu sein. Sie waren einfach füreinander geschaffen.

Er versuchte, sich von ihrem Kuss loszureißen, aber sie hielt ihn fest. »Ich habe jetzt genug vom Vorspiel«, sagte sie und schlang die Beine um seine festen Hüften. »Ich muss dich in mir spüren.«

Das letzte Wort stöhnte sie, denn er stieß in ihre feuchte Mitte. Er spürte keinen Widerstand. Sie war mehr als bereit für ihn – immer bereit. Ihr Innerstes hielt ihn fest umklammert, und sie wollte nicht, dass dieser Moment je vorbeiging.

»Angekommen. Ich bin angekommen«, sagte er, als seine Lippen über ihre strichen und sein Druck zunahm. Er begann, die Hüften zu bewegen, sich fast in voller Länge zurückzuziehen und dann wieder in sie zu gleiten. Ihre Körper trafen in perfekter Harmonie aufeinander.

»Ja!«, rief sie und wusste nicht, ob sie ihm zustimmte oder mehr verlangte. Ihr Orgasmus baute sich auf, und sie lechzte nach Erlösung. Sie spürte, wie Owens Erektion weiter anschwoll und sie völlig ausfüllte. Er erhöhte das Tempo, und sie kam ihm bei jedem köstlichen Stoß entgegen.

Ihr Körper zitterte unter seinem, als sie kurz vor der Erlösung stand. Und dann entfuhr ihr ein Schrei, in den er alsbald einstimmte, vereint in einem wunderbaren Orgasmus.

Owen ließ sich auf sie sinken und versuchte dann, sich auf die Seite zu rollen, aber sie umschlag ihn noch immer mit den Beinen, hielt ihn fest, fühlte sich durch sein Gewicht auf ihr beruhigt. Eden merkte, wie sie müde wurde, wusste aber, dass sie nicht bleiben sollte, dass sie das hier nicht zu mehr als Sex werden lassen durfte. Allerdings wusste sie auch, dass sie längst nicht mehr zu solchen Gedanken in der Lage war.

Ihre Müdigkeit machte sie schwach, und Owen drehte sich auf den Rücken und zog sich aus ihr zurück. Unsagbare Traurigkeit überkam sie, als sie sich nicht mehr mit ihm zu einer Einheit verbunden fühlte. Doch er ließ sie nicht los, sondern zog sie zu sich heran und umschlang sie mit den Armen. Ihr Kopf ruhte an seiner Brust, wo sein Herz in einem gleichmäßigen, tröstenden Rhythmus schlug.

»Ich sollte gehen«, sagte sie und gähnte.

»Nein.« Es war ein einfaches Wort, freundlich, aber bestimmt ausgesprochen. Mehr sagte er nicht, er zog nur die Bettdecke über sie beide. Eden war nicht gewillt, mit ihm darüber zu streiten. Sie kuschelte sich noch enger an ihn und fiel in einen äußerst geruhsamen Schlaf.

Das hier war zu Hause. Hierher hatte sie schon immer gehört. Vielleicht würde sie es einfach akzeptieren, solange dieses Gefühl anhielt.

Kapitel 27

Eden schlug die Augen auf und schloss sie sofort wieder. Sie versuchte es erneut, doch ihr gelang nur ein Blinzeln. Die Vorhänge waren zurückgezogen, und die Sonne stand für einen frühen Morgen zu hoch am Himmel.

Sie lagen noch enger umschlungen als vor dem Einschlafen, wenn das überhaupt möglich war. Sie lag praktisch auf ihm. Als sie sich bewegte, merkte sie, wie sich der Druck seines Arms verstärkte, dann griff er nach ihren Hüften und zog sie ganz auf sich.

Sie spürte seine Erektion zwischen ihren Beinen. Sogleich wurde ihr heiß und die Stelle zwischen ihren Schenkeln feucht. Sie schaute hinunter in sein munteres Gesicht und wusste, dass er schon einige Zeit wach war.

»Morgen«, murmelte sie und fühlte sich aus irgendeinem Grund gehemmt. Am liebsten hätte sie sich bedeckt. Als hätte er ihre Gedanken gelesen, wanderten seine Hände von ihren Hüften zum Po, umfassten ihn und drückten zu, was ihre Erregung verstärkte. Sie schlängelte sich gegen seine Erektion, obwohl sie sich vornahm, von ihm herunterzuklettern.

»Du schnarchst«, sagte er mit einem Lächeln, während er ihre prallen Pobacken knetete. Sie musste sich auf die Lippe beißen, um nicht aufzuschreien.

»Tu ich nicht«, empörte sie sich.

»Na gut«, lenkte er mit einem Lächeln ein, das ausdrücken sollte, dass er mehr wusste als sie. Sie wollte gerade von ihm heruntersteigen, da packte er mit einer Hand ihre Hüfte, verlagerte ihren Körper und stieß in sie. Und auf einmal hatte sie vergessen, weshalb sie überhaupt gehen wollte.

Er hatte keine Eile, während er mit kleinen Stößen seine Hüfte bewegte. Als sie sich von seiner Brust hochstemmte, kniff er sie in die Brustwarzen. Stöhnend blickte sie auf ihn hinunter. Seine Augen funkelten, aber sein Ausdruck war gelassen.

»Wir sollten jetzt aufhören«, sagte sie, doch ihren Worten fehlte die Energie, denn Aufhören war das Letzte, was sie wollte.

»Wir tun, was wir schon immer hätten tun sollen«, entgegnete er und ließ ihre Brüste los, damit er ihre Hüften mit beiden Händen greifen und ein bisschen stärker in sie stoßen konnte. Sie umklammerte seine Erektion, und ihr Körper stand in Flammen. Dann ließ sie die Hüften rotieren und sank auf ihn, was ihm ein Stöhnen entlockte.

»Wir sind kein Paar mehr, Owen«, sagte sie mit heiserer Stimme.

»Wenn es dir guttut, das zu sagen …«, entgegnete er. »Aber du gehörst mir.«

Er sagte das mit solchem Besitzanspruch, dass sich eine weitere Woge der Lust über sie ergoss.

»Oh, hör auf zu reden«, keuchte sie. Dann legte sie ihre gespreizten Hände auf seine starke Brust und zwickte ihn in die Brustwarze. Überrascht, aber vielleicht auch ein wenig vor Schmerz, schrie er auf. Eden lächelte und übernahm die Führung.

Mit zurückgeworfenem Kopf und in Flammen stehendem Körper ritt sie ihn. Als sie ihn umklammerte, schrie sie auf und spürte, wie sein Körper erstarrte, und er sich tief in ihr ergoss. Und als sie sich erneut auf seinen erhitzten Körper fallen ließ, wurde ihr bewusst, dass ihr anfänglicher Protest nicht der Wahrheit entsprochen hatte. Sie war genau dort, wo sie hingehörte.

Aber …

»Ich spüre es, wenn du dich in etwas verrennst«, sagte Owen, als er mit den Händen über ihre gerötete Haut strich. »Hör auf, das hier vernünftig erklären zu wollen. Hör auf, an Flucht zu denken. Wir sind erwachsen und tun, was wir tun müssen. Genieß den Moment.«

»Ich glaube nicht, dass ich jemals für den Augenblick gelebt habe«, gestand Eden.

»Ich weiß. Das ist auch etwas, was ich immer an dir geliebt habe. Aber manchmal sind wir so damit beschäftigt, darüber nachzudenken, was wir tun sollten und was andere von uns erwarten, dass wir aufhören, zu leben. Lass uns einfach leben und uns nicht schuldig fühlen«, flehte er sie förmlich an.

Sie dachte darüber nach, was er gesagt hatte, und fragte sich, ob sie je diese Frau sein konnte, die lebte, ohne sich über die Konsequenzen Gedanken zu machen. Sie glaubte es nicht. Sich das vorzustellen, war fast unmöglich.

»Wir sind verschieden, Owen. Du lebst für den Nervenkitzel, und ich mag es geordnet«, behauptete sie. »An beidem ist nichts Schlechtes.«

»Und es ist auch nicht verkehrt, sich verschiedenen Situationen anzupassen«, hielt er dagegen.

Darüber dachte sie nach. »Aber ist es nicht klüger, sich nicht immer an derselben Backsteinmauer den Kopf anzustoßen?«, fragte sie.

»Wenn du unsere Beziehung mit einer Backsteinmauer vergleichst, bin ich ein bisschen enttäuscht.« Owen kicherte. »Da hätte dir aber schon etwas Besseres einfallen können, zum Beispiel, *sich nicht immer auf denselben lahmen Gaul setzen.*«

»Nimmst du jemals etwas ernst?« Eden wollte vor ihm zurückweichen, aber er hob ihr Kinn an und zwang sie, ihm in die Augen zu schauen.

»Ich nehme uns sehr ernst. Wir sind zu wichtig, um es nicht zu tun. Ich war einmal jung und dumm und hätte dich deshalb fast für immer verloren. Aber ich sehe den Ausdruck in deinen Augen. Das mit uns ist nicht vorbei, Eden, niemals.« Und das sagte er mit einer solchen Überzeugung, dass sie ihm einfach glauben musste.

»Wir bekommen im Leben nicht immer, was wir wollen, und manchmal glauben wir, dass wir etwas wollen, merken aber später, dass es ein Segen war, es nicht bekommen zu haben«, erklärte sie ihm, aber es tat weh, diese Worte auszusprechen.

»Und manchmal …«, sagte er leise und hielt liebevoll ihr Kinn. Er küsste sie so zärtlich, dass sich Tränen in ihren Augen sammelten. Dennoch ließ er nicht zu, dass sie den Blick abwandte und wieder den Schutzwall um sich errichtete. »Manchmal merken wir nicht, was direkt vor uns ist, und wir lassen es los, obwohl es gar nicht losgelassen werden will. Ich werde nie wieder so dumm sein.«

Eden konnte nicht antworten. Ihr Hals war wie zugeschnürt. Stattdessen vertiefte sie den Kuss. In diesem Augenblick wollte sie nicht stark sein. Sie wollte einfach nur bei ihm sein. Er drehte sie auf den Rücken und schlief noch einmal mit ihr. Und diesmal fehlte ihr die Kraft, ihr Herz zu schützen. Sie gehörte ihm, wie er ihr gehörte.

Sie wusste nur nicht, was das bedeutete.

Kapitel 28

Nach ausgiebigem Protest setzte Owen Eden bei ihrem Auto ab. Er machte sich immer noch Sorgen, jemand könnte sie verfolgen. Sie musste ihn darauf hinweisen, dass helllichter Tag war und sie nicht so bald vorhatte, im Wald wandern zu gehen.

Sie wollte weitere Ermittlungen anstellen, bevor sie von dem Fall abgezogen wurde. Es war Dienstagmorgen, und sie war sich bewusst, dass jederzeit jemand auftauchen und sie auffordern konnte, alle Unterlagen zu übergeben. Wenn sie dann alles in trockenen Tüchern hatte, konnte sie gefahrlos tun, was sie wollte und wann sie es wollte.

Sobald diese Sache geklärt wäre, würde ihr Leben wieder in normalen Bahnen verlaufen, nahm sie an. Owen und sie wären nicht mehr in Gefahr, und es gäbe keine Notwendigkeit mehr für sie beide, so eng zusammenzukleben. Dieser Gedanke war lange nicht so angenehm wie ihre anderen. Aber das war die Realität. Auch wenn sie sich tatsächlich liebten – und sie gab gerne zu, dass es zwischen ihnen noch Liebe gab –, bedeutete das nicht, dass damit ihre Probleme gelöst waren. Die Vergangenheit blieb davon unberührt.

Doch bevor Eden irgendetwas tat, brauchte sie erst einmal einen Kaffee. Sie schlich sich in die Küche und hoffte, dass Roxie nicht zu Hause war. Natürlich liebte sie ihre beste Freundin, aber die würde in ihr lesen können wie in einem offenen Buch. Und Eden war sich nicht sicher, ob sie über das reden konnte, was ihr durch den Kopf ging, denn sie hatte noch keinen richtigen Plan.

Aber sie hatte kein Glück.

»Also weißt du, du hättest auch mal anrufen können, wenn du die ganze Nacht wegbleibst. Ich habe mir schreckliche Sorgen gemacht, bis Kian nach Hause kam und sagte, du seist bei Owen«, beschwerte sich Roxie. Sie lehnte am Türrahmen und wippte mit dem Fuß, grinste Eden jedoch breit an.

»Nachrichten verbreiten sich in einer Kleinstadt wie ein Lauffeuer«, stöhnte Eden und war überrascht, dass sie rot wurde. Wenn jemand von ihrer Vergangenheit mit Owen Forbes wusste, dann war es Roxie. Sie beide waren in die Brüder verliebt gewesen, seit sie wussten, was Liebe war.

»Ich werde dich nicht zwingen, mit mir zu reden, aber du warst für mich da, als ich durch die Hölle gegangen bin und versucht habe, dich und alle anderen wegzustoßen. Bis mir klar wurde, dass ich das eigentlich gar nicht wollte. Du solltest wissen, dass ich jetzt für dich da bin«, sagte Roxie. Sie goss sich eine Tasse Kaffee ein und setzte sich an die Private.

Eden war hin- und hergerissen. Am liebsten hätte sie Roxie ihr Herz ausgeschüttet, aber sie wusste auch, dass sie keinen vernünftigen Satz herausbringen würde, weil sie sich über ihre Gefühle nicht im Klaren war. In ihr tobte ein einziges Gefühlschaos, das sie nicht entwirren konnte.

»Ich glaube, ich bin noch nicht bereit dazu«, sagte Eden schließlich.

Sie sah Roxie an und war erleichtert, dass ihre Freundin nicht enttäuscht zu sein schien, sondern ihr aufmunternd zulächelte. »Warum erzählst du mir nicht von den Ermittlungen?«, schlug Roxie vor. »Landet mein Schwager nun im Gefängnis?«

Sie sagte das, als würde sie Eden bitten, ihr einen Donut zu reichen. Eden musste lachen. Und als sie erst einmal angefangen hatte, konnte sie nicht mehr aufhören. Roxie schlürfte lächelnd ihren Kaffee und wartete darauf, dass Edens Lachanfall vorüberging.

»Ja, ich weiß, dass Owen keine Schuld trifft. Ich habe die Ermittler angerufen, und sie werden die Suspendierung vom Dienst aufheben«, berichtete Eden schließlich. »Ich weiß auch nicht, wie ich ihn je für einen Kriminellen halten konnte. Vielleicht war das leichter, als zuzugeben, dass er mich verlassen hatte. Dass ich nicht gut genug war, um ihn zu halten.« Plötzlich war das Bedürfnis zu lachen verschwunden.

»Aber du weißt schon, dass dem nicht so war, oder? Es steckt immer mehr hinter den Dingen, als man annimmt«, gab Roxie zu bedenken.

»Ja, ich weiß, aber es hat so wehgetan, als er gegangen ist. Mich haben einfach schon zu viele Menschen verlassen. Warum ist es denn so schwer, einfach zu bleiben?« Eden musste sich zusammenreißen, um nicht die Fassung zu verlieren. »Meine Mutter war die Erste, aber nicht die Letzte.«

Roxie schwieg einige Zeit, als versuchte sie das, was sie sagen wollte, vorsichtig zu formulieren. Eden schätzte das. Sie wollte von ihrer Freundin keine leeren Worte hören.

»Ich habe das Gleiche mit Kian gemacht. Ich ging, weil ich mit Dämonen kämpfte, über die ich nicht sprechen konnte. Und habe ihm damit wehgetan.« Sie zuckte zusammen, als sie das sagte. »Aber das Schicksal ist komisch, und obwohl ich mir wünsche, alles wäre anders gelaufen, würde ich das, was letztlich dabei herausgekommen ist, um nichts in der Welt ändern wollen.«

»Ihr beide gehört einfach zusammen«, sagte Eden aus tiefster Seele.

»Genauso wie du und Owen«, betonte Roxie.

»Bei uns ist das etwas anderes«, widersprach Eden.

»Unsinn! Wir sagen alles Mögliche, um das zu rechtfertigen, was wir tun. Aber letztlich geschieht, was geschehen soll. Ob es uns gefällt oder nicht«, versicherte Roxie ihr.

»Im Moment bin ich kein großer Fan des Schicksals.« Edens Augen verengten sich.

»Ja, das verstehe ich. Du hast ein schlimmes Jahr hinter dir.« Roxie tätschelte Edens Arm.

»Ich habe beschlossen, dass niemand für mein Schicksal verantwortlich ist, dass die Entscheidung in meinen Händen liegt, und zwar *nur* in meinen.« Eden sagte das mit so viel Nachdruck, als versuchte sie, nicht nur ihre Freundin, sondern auch sich selbst davon zu überzeugen.

»Gut. Frauenpower«, lobte Roxie und hielt Eden die Faust hin, die mit ihrer leicht dagegen tippte und lächelte.

»Okay, okay, du kannst jetzt aufhören, dich über mich lustig zu machen«, bat Eden.

»Das würde ich doch niemals tun.« Roxie kicherte.

»Es ist nur einfach so, dass man, selbst wenn man glaubt, am absoluten Tiefpunkt angekommen zu sein, immer noch tiefer fallen kann«, sagte Eden.

»Als ob ich das nicht wüsste«, sagte Roxie.

»Glaubst du nicht, dass wir daran etwas ändern können? Sollten wir nicht unser eigenes Schicksal bestimmen dürfen?«

Roxie blickte ihre Freundin einen Moment lang schweigend an.

»Nein, ich glaube, wir können viele Wege einschlagen, aber am Ende wird es so kommen, wie es kommen muss, und wir erreichen dasselbe Ziel, egal, welchen Weg wir gewählt haben«, behauptete Roxie.

»Das ist aber überhaupt nicht, was ich hören will. Du bist gerade eine furchtbare Freundin«, beschwerte sich Eden, doch das Lächeln auf ihren Lippen nahm ihren Worten die Schärfe.

»Ich versuche nur, realistisch zu bleiben«, versicherte Roxie ihr.

»Ich glaube, ich lebe lieber in einer Fantasiewelt. Ich möchte meine eigene Geschichte schreiben.«

»Das tun wir ja auch: unsere Geschichten schreiben«, sagte Roxie mit einem immer breiter werdenden Lächeln. »Das macht uns einzigartig. Es ist nur so, dass ein paar überraschende Wendungen eingeflochten werden, damit wir keine Schreibblockade bekommen.«

Das Unheimliche an dieser Unterhaltung war, dass es Eden absolut einleuchtete. Sie verstand Roxies Standpunkt voll und ganz. Vielleicht war ihre Geschichte geschrieben worden. Vielleicht brauchte es nur einen verdammt guten Lektor, um alles zu verbessern, was falsch war.

Das machte ihre Pläne wieder zunichte, aber es gab ihr auch das Gefühl, nicht ständig alles zu vermasseln und einfach ihre Geschichte zu leben. Ein anderer hatte es in der Hand und war verantwortlich.

»Schon möglich, dass Owen nicht mehr auf meiner Liste der Verdächtigen steht, aber es gibt da etwas, was an mir nagt. Ich weiß, es ist dumm, aber wenn wir darüber reden, kann ich es vielleicht völlig aus meinem Kopf verbannen«, sagte Eden, als sie endlich den Mut dazu aufbrachte.

Roxie lächelte, als mache sie sich nicht die geringsten Sorgen. »Erzähl mir jetzt nicht, du glaubst, es sei Kian«, stöhnte sie. »Ich werde diese Kinder nicht allein großziehen. So leicht kommt er mir nicht davon.«

Eden seufzte. »Ich weiß, es ist albern. Wirklich. Aber was ist mit Declan?«

Roxie riss erschrocken die Augen auf.

»Wie um alles in der Welt kommst du auf Declan?«, fragte sie fassungslos.

»Kennen wir ihn denn wirklich?«, wollte Eden wissen.

»Ja«, antwortete Roxie bestimmt. »Er ist ehrenhaft. Nie würde er jemandem ohne verdammt guten Grund das Leben nehmen, und ganz sicher würde er nicht das Leben eines seiner Geschwister riskieren.«

»Ich weiß ...« Eden hob frustriert die Hände. Sie brauchte einen Bösewicht, und Declan war Furcht einflößend. Aber es war so albern, dass es eigentlich nicht der Rede wert war. Plötzlich wusste sie gar nicht mehr, warum sie das Thema überhaupt aufgebracht hatte.

»Es gibt kein Aber bei dieser Sache«, meinte Roxie. »Ich weiß, dass du unbedingt einen Schuldigen brauchst, aber ich schwöre dir bei meinem Leben, Eden, es ist nicht Declan. Du verschwendest deine Zeit, wenn du gegen ihn ermittelst. Irgendwo da draußen ist der richtige Schurke, und je früher er geschnappt wird, desto schneller können wir nachts wieder ruhig schlafen.«

»Ich habe das doch die ganze Zeit gewusst, aber ich muss diesen Fall lösen, und Declan ist so verdammt einschüchternd. Das musst du immerhin zugeben.«

»Du hast vollkommen recht.« Roxie lachte und griff nach Edens Hand. »Und du tust sicher nur, was du tun musst, aber glaub mir, am Ende wirst du feststellen, dass Declan immer der Held ist und nie der Schurke.«

Als Eden ging, wusste sie bereits, dass sie Roxie glaubte. Sie hatte einfach ihre Gedanken aussprechen müssen, um die Meinung ihrer Freundin zu hören. Jetzt war sie frustrierter als je zuvor.

Allerdings fragte sie sich, ob es vielleicht an der Zeit war, wieder an das Schicksal zu glauben, denn das schien ziemlich oft mit ihr zu spielen.

Kapitel 29

Einen großen Tusch gab es nicht, als Owen ins Büro des Feuerwehrhauptmanns gerufen wurde und man ihm das Schriftstück vorlegte, das ihn wieder in den Dienst stellte. Er war offiziell von der Liste der Verdächtigen gestrichen und sollte sich eigentlich darüber freuen. Das tat er auch, … aber …

Eden war jetzt allein da draußen, und jemand war hinter ihr her. Owen wollte nur eins: sie beschützen. Er wusste nicht, wer ihre Verfolger waren, aber es brachte ihn um, dass er sich auf der Feuerwache mit seinen Kollegen – die er sehr mochte und respektierte, keine Frage – für den Einsatz umzog, anstatt für Edens Sicherheit zu sorgen.

Er musste sich erst ins Gedächtnis rufen, dass es eine Menge Leute gab, die ein Auge auf sie hatten, aber nicht annähernd genug Feuerwehrleute, um diesen verdammten Brand unter Kontrolle zu bringen. Wenn sie das Feuer nicht stoppten, würde es sie alle verschlingen. Owen schützte Eden, indem er seinen Job tat. Es war nur so merkwürdig, dass er sich das erste Mal in seinem Leben vor einem Feuer drücken wollte. Und das hatte nichts mit Angst zu tun, sondern nur mit dem Bedürfnis, sich um Eden zu kümmern.

Im Laufe seiner Karriere war es noch kein einziges Mal vorgekommen, dass eine Person vor seinem Job kam. Nicht einmal sein bester Freund, wegen dem er die Stadt verlassen hatte. Ja, er war mit ihm fortgeblieben, um ihm zu helfen, aber seit er als Feuerwehrmann arbeitete, hatte er sich ganz auf seinen Beruf konzentriert. Nur Eden war in der Lage, ihn derart einzunehmen – sie war so viel heißer als die Flammen, gegen die er kämpfte.

Wenn ihr etwas zustieß …

Owen schüttelte den Kopf. Doch es würde ihr auch nicht helfen, wenn er in den Flammen umkam. Und wenn er nicht bei der Sache war, würde genau das passieren. Ein unberechenbarer Brand dieser Größenordnung forderte maximale Konzentration. Alles andere war Selbstmord.

Zu viele Leute waren bereits verletzt worden, und er wollte die Last, die sein Chef zu tragen hatte, nicht noch vergrößern. Owen konnte Prioritäten setzen, und im Moment musste er hier bei seiner Mannschaft sein und das Team unterstützen.

Doch sosehr er auch versuchte, mit den Gedanken im Hier und Jetzt zu bleiben, sie schienen sich nicht von der Vergangenheit lösen zu können. Er hatte Eden zurückgelassen, als er nach New York gegangen war. Und obwohl sie getrennt gewesen waren, war sie auch in der fremden Stadt die ganze Zeit bei ihm gewesen.

Als er zum ersten Mal die Feuerwache in New York betreten hatte, war er neunzehn Jahre alt und noch grün hinter den Ohren gewesen. Der Hauptmann hatte ihn von Kopf bis Fuß gemustert und gegrinst. Owen hatte ihm direkt in die Augen geschaut und gesagt, er werde der beste verdammte Feuerwehrmann werden, den man je gesehen habe.

Für den Hauptmann war das eine Herausforderung gewesen.

Noch nie in seinem Leben hatte Owen so hart gearbeitet. Sie hatten ihn auf Herz und Nieren geprüft, aber er war nach seiner Ausbildung stärker gewesen als je zuvor und stolz auf seine Leistungen.

Die Zeit in New York war wie im Flug vergangen, und er hatte versucht, sich einzureden, dass er das Richtige getan hatte – das einzig Richtige. Er musste seine Familie verlassen, um einen Freund zu schützen und zum Mann zu werden.

Declan hatte nicht lange gebraucht, um ihn zu finden, und die Wut in den Augen seines Bruders hatte Owen klargemacht, weshalb sich so viele Leute vor Declan fürchteten. Owen hatte natürlich keine Angst gehabt, aber er hatte gemerkt, dass er bei seiner Mission, einem Freund zu helfen und sich selbst zu finden, seiner Familie wehgetan hatte.

Er hatte versprochen, so etwas nie wieder zu tun.

Und in seinem ersten Jahr in New York hatte er geglaubt, er werde sich Eden aus dem Kopf schlagen können. Er wusste, dass er ein Narr gewesen war, einfach abzuhauen, ohne sich zu verabschieden, aber er hatte auch gewusst, dass beim Versuch, ihr sein Vorhaben zu erklären, ein Blick von ihr gereicht hätte, um ihn aufzuhalten.

Liebe war schon komisch. Sie band einen so eng an jemanden, dass aus zwei Menschen einer wurde. Owen hatte gedacht, dass er mit der Zeit über Eden hinwegkommen werde, aber seine Gefühle für sie hatten nie nachgelassen.

Es hatte Zeiten gegeben, da hatte sein Herz nicht ganz so wehgetan, aber die waren selten gewesen und nur von sehr kurzer Dauer. Das Einzige, was ihn wirklich glücklich gemacht hatte, waren ein Schlauch in den Händen und ein sengendes Feuer vor der Nase. Doch kaum war der Adrenalinrausch vorbei, war er in seine kleine Wohnung zu seinem Freund zurückgekehrt, und der Schmerz hatte ihn fast aufgefressen.

Er konnte nichts tun, ohne dabei an Eden zu denken. Ging er in sein Lieblingscafé und sah ein Paar, das sich über den Tisch hinweg vertraulich unterhielt, dachte er an all die Male, als er das Gleiche mit Eden getan hatte. Ein Spaziergang im Park fühlte sich kalt und leer an. Das Lachen einer Frau ließ ihn herumwirbeln und hoffen, es sei Eden.

Ja, das Heimweh hatte mit den Jahren nachgelassen, deshalb hatte er auch so lange mit seinem ersten Besuch in Edmonds gewartet. Aber seine Gefühle waren nie verebbt. Und jetzt war er zu Hause und wollte nichts dringender als Eden in seinem Leben. Er wusste, dass er es vermasselt hatte und es wiedergutmachen musste.

Sie *würde* ihm wieder vertrauen und ihm mehr geben als nur ihren Körper. Er würde beweisen, dass er es wert war, an ihrer Seite zu sein – nicht vor ihr, nicht hinter ihr, sondern direkt neben ihr. Sie würden sich gegenseitig stützen. Es gefiel ihm zwar, der Retter zu sein, aber für sie könnte er zugeben, dass auch er manchmal gerettet werden musste.

Als Owen bewusst wurde, wie lange er schon in dieser Feuerwache gesessen und über die Vergangenheit sinniert hatte, schüttelte er mit einem reuevollen Lächeln den Kopf. Eden war immer bei ihm. Sie war seine Vergangenheit, seine Gegenwart und, wenn es nach ihm ging, auch seine Zukunft.

Sie mochte nicht mehr an das Schicksal glauben, aber er tat es mehr denn je. Sie waren füreinander bestimmt. Es war nur eine Frage der Zeit.

Owen holte tief Luft und ging hinüber zu den Männern, die erschöpft, aber immer noch entschlossen aussahen. Vor jedem einzelnen von ihnen hatte er so viel Respekt. Er lächelte, und ihn plagte ein bisschen das schlechte Gewissen, weil er ein paar Tage freigehabt hatte und seine Batterien hatte aufladen können.

»Dich in Uniform zu sehen, ist ein verdammt guter Anblick, Mann«, rief einer der Männer.

»Jemand muss ja hier die Führung übernehmen«, erwiderte Owen mit einem Lächeln.

»Ja, du hast gut reden. Hast du mit den Füßen im Swimmingpool einen Cocktail geschlürft und den kleinen Finger abgespreizt?«

»So ähnlich.« Owen grinste. »Aber ich glaube, die da oben sind jetzt endlich überzeugt, dass ich unsere Stadt nicht in Brand gesetzt habe.«

»Das war sowieso Blödsinn«, sagte ein anderer der Männer.

»Ja. Alles Bekloppte«, fügte einer hinzu.

»Sie machen nur ihren Job«, erwiderte Owen großmütig. »Wir hätten doch auch gewollt, dass sie ihren Job richtig machen, wenn es jemand aus unserer Mannschaft gewesen wäre.«

Ringsum war Murren zu hören, denn diese Männer kannten einander besser, als sie ihre eigenen Familien kannten. Der Gedanke, dass einer von ihnen für etwas derart Zerstörerisches verantwortlich sein sollte, war zu ungeheuerlich, um ihn auch nur zu denken.

»Das Feuer nähert sich dieser vornehmen neuen Siedlung. Wir wurden bereits vom Gouverneur und vom Bürgermeister angerufen«, setzte Eric die Männer ins Bild, als er kurz zu ihnen stieß. »Mal sehen, ob wir unsere Stadt retten können.«

»Und ob wir das können!«, rief Owen.

Der Hauptmann schlug ihm auf den Rücken, drehte sich um und ging wieder. Sämtliche Scherze verstummten, während die Männer einen Aktionsplan erarbeiteten. Hoffentlich bastelte jetzt niemand weitere Brandsätze, um noch mehr Männer in die Luft zu jagen.

Die nächsten zehn Stunden waren die Hölle. Das Feuer bedrängte sie, und sie drängten es zurück. Letztendlich gewannen sie den Kampf. Kein einziges Haus ging in Flammen auf, und es gelang ihnen, das Feuer in eine andere Richtung zu lenken. Es war immer noch nicht unter Kontrolle, nahm aber eine Wende durch die Berge und näherte sich nicht mehr der Stadt.

Owen war merkwürdig energiegeladen, als er mit schwarzem Gesicht und ebensolcher Uniform die Wache betrat. Er kippte Wasser in sich hinein und unterhielt sich gerade mit ein paar Kameraden, als der Hauptmann hereinkam. Sein Gesicht verriet den Anwesenden, dass er keine guten Neuigkeiten für sie hatte. Alle verstummten.

»Das Krankenhaus hat angerufen«, sagte er.

»Oh, nein«, war von einem der Männer zu hören.

»Trevors Familie wird die lebenserhaltenden Maßnahmen beenden lassen. Es ist Zeit.« Die Mitteilung war kurz und bündig. Owen fühlte sich wie betäubt. Trevor war fast noch ein Kind und sein Leben bereits vorbei, weil jemand einen persönlichen Rachefeldzug führte. Das war krank und untragbar. Wer das getan hatte, musste dafür bezahlen. Und wenn es das Letzte war, was Owen tat, er würde dafür sorgen.

Kapitel 30

Owen betrat das Krankenhaus und sah, wie Eden mit einer der Krankenschwestern sprach. Einige Feuerwehrleute kamen und gingen. Trevors Familie ließ sie Abschied nehmen, bevor sie taten, was getan werden musste.

Owen verlor nicht leicht die Fassung, aber jetzt stand er kurz davor. Ihm brannten die Augen, als er sich Eden näherte. Er hatte sie hier nicht erwartet, war aber verdammt froh, sie zu sehen.

»Ich hab's gehört«, sagte sie, und in ihren Augen spiegelten sich Angst und Traurigkeit.

»Gehst du mit mir rein?«, fragte er sie.

Sie nickte, und eine Träne lief ihr über die Wange.

Beide gingen sie zum Ende des Flurs. Owen blieb stehen und umarmte Katrina. Trevor und sie waren kaum sechs Monate verheiratet, aber sie kannten sich bereits von Kindesbeinen an. Sie verlor ihren Ehemann und besten Freund.

»Es tut mir leid, Katrina, es tut mir so leid, dass ich ihn nicht mehr rechtzeitig da rausbekommen habe«, entschuldigte sich Owen bei ihr. Er wusste, dass das auf seinen Schultern lastete. Er hätte Trevor vor der Gefahr schützen müssen.

»Er hat so große Stücke auf dich gehalten, Owen«, stieß sie hervor, dann versagte ihr die Stimme. Owen hielt sie fest, als sie zitternd in seinen Armen lag. Eden stand neben ihm, und auch ihr liefen die Tränen übers Gesicht. »Und ich weiß, dass du ihn gerngehabt hast. Bitte gib nicht dir die Schuld. Er liebte seinen Beruf, er hat genau das Leben gelebt, das er leben wollte. Er wäre für dich gestorben. Ich will ihn nicht verlieren, aber ich darf nicht mehr egoistisch sein. Wir müssen ihn gehen lassen.«

Owen spürte, wie er die Kontrolle verlor, als sich eine einzelne Träne aus seinem Augenwinkel löste, bevor er sie zurückdrängen konnte. Er hasste es, sich so schwach zu fühlen.

»Ich hätte ihn retten sollen«, sagte er wieder zu Katrina.

»Du hast ihm alles gegeben, was du hattest, und du hast ihn ausgebildet, damit er der Beste wurde. Dem Feuer ist das völlig egal, es hört nicht auf, Leben zu nehmen. Es hat kein Mitleid. Wage nicht, dir das auf die Schultern zu laden«, ermahnte ihn Katrina.

Sie wich zurück, legte ihm die Hände auf die Wangen und schaute ihn an. Owen rang verzweifelt um Fassung.

»Ich weiß, ich brauche dir das nicht zu sagen, aber wenn es je etwas geben sollte, was du brauchst, dann bin ich für dich da«, versprach er.

»Ich weiß das, und es bedeutet mir mehr, als du dir vorstellen kannst«, sagte sie, stellte sich auf die Zehenspitzen und gab ihm einen Kuss auf die Wange. Dann drehte sie sich um und sah Eden an. »Bitte kümmere dich um ihn.«

Sie ließ Owen stehen und ging zurück zu ihrer Familie. Ihr Vater zog sie fest in seine Arme und hielt ihren schluchzenden Körper. Owen ergriff Edens Hand, und gemeinsam betraten sie Trevors Zimmer.

Die Monitore piepten, sie waren das einzige Geräusch im Raum. Trevors Körper war in Gaze und Tücher gewickelt. Er lag völlig reglos da. Owen und Eden traten an sein Bett. Als Owen auf ihn hinunterschaute, wurde er von einem noch nie dagewesenen Schmerz erfasst. Dieser junge Mann war etwas Besonderes für ihn gewesen.

»Ich hätte mehr tun sollen«, flüsterte er.

Eden drückte seine Hand, sagte aber nichts. Sie wusste, dass Worte ihm gerade nicht halfen. Die einzige wirkliche Hilfe wäre gewesen, die Brandstifter zu fassen.

Als Owen schließlich zu Eden schaute, tropften ihr Tränen vom Kinn, und sie zitterte. Sie schien den Blick nicht von Trevor abwenden zu können. Owen hielt es selbst kaum aus, aber sie so gebrochen zu sehen, machte es noch schlimmer.

»Lass uns gehen«, sagte er. »Er kann uns nicht hören, aber ich glaube, er spürt unsere Gegenwart.«

»Du könntest da liegen«, flüsterte Eden, und was sie sagte, war kaum zu verstehen. »Seit ich erfahren habe, dass du Feuerwehrmann geworden bist, war das mein schlimmster Albtraum. Du könntest wirklich auch hier liegen, und das wäre für mich nicht zu verkraften, Owen. Der Schmerz wäre für mich nicht auszuhalten. Ich könnte es nicht ertragen, dich auf diese Weise zu verlieren.«

Er wusste nicht, was er sagen sollte, als er in ihr besorgtes Gesicht schaute.

»Ich liege aber nicht hier, Eden«, sagte er schließlich und versuchte, sie in seine Arme zu ziehen, doch sie wich zurück.

»Du verstehst mich nicht, Owen. Jeder verlässt mich. Einfach jeder. Ich halte das nicht mehr aus. Und wenn das hier du wärst, wenn du mich so verlassen hättest, dann wäre es für immer gewesen. Der Job, den du machst, ist notwendig. Er ist heldenhaft und großartig. Du rettest Menschenleben, und ich würde ihn dir nie nehmen«, betonte sie. Sie wich weiter vor ihm zurück. Er wollte ihr folgen, doch er wusste, dass sie damit nicht würde umgehen können.

»Ich liebe dich, Eden«, sagte er und wusste nicht, was er sonst sagen sollte.

»Ich weiß, ich liebe dich auch.« Doch in ihren Worten lag so viel Schmerz, dass er wusste, sie sagte es nicht, weil alles gut mit ihnen werden würde, sondern es klang fast wie eine Anschuldigung. »Aber ich kann nicht … Ich kann einfach nicht.«

Sie drehte sich um und verließ das Zimmer. Er schaute wieder zu seinem Freund, zu dem versehrten Körper auf dem Bett. Trevors Familie ging dieser Tage durch die Hölle. Würde Owen eines Tages all denen, die er liebte, das Gleiche antun? War sein Bedürfnis, die Welt zu retten, für die, die er liebte, eine unerträgliche Qual?

War es Zeit für ihn, Hilfe anzunehmen? War es an der Zeit, sich selbst einzugestehen, dass auch seine Kapazität nicht unbegrenzt war? Vielleicht.

»Mach's gut, mein Freund«, flüsterte er, als er Trevor ein letztes Mal anschaute. Dann drehte er sich um und verließ das Zimmer. Er musste sein Leben ändern, und er würde sofort damit beginnen.

* * *

Er holte aus und schlug zu, und ein befriedigendes Knirschen hallte durch sein Haus, als ein riesiges Loch in der Rigipswand erschien. Er zitterte vor Wut.

Drei Männer standen mit angsterfülltem Blick und ebenfalls zitternd vor ihm. Mit der Selbstsicherheit, für die er bekannt war, ging er durch sein Büro und setzte sich an den Schreibtisch, ehe er mit stählernem Blick aufschaute.

»Warum sind sie noch am Leben?«, wollte er wissen.

Einer der Männer trat vor, offensichtlich der Anführer der drei. Er versuchte, unerschrocken auszusehen, aber er war schwach wie die meisten Menschen.

»Wir haben versucht, sie umzubringen, Sir. Sie sind einfach viel gerissener als die meisten Leute«, erklärte der Lakai.

Ohne zu blinzeln, öffnete der Boss eine Schublade. Sein Blick ruhte weiterhin auf dem Mann. Dann zog er eine Waffe und zielte. Nur für einen kurzen Moment weiteten sich die Augen des Mannes.

Er feuerte die Kugel mitten in die Stirn seines Handlangers und sah, wie er zu Boden ging. Befriedigt schaute er auf den roten Fleck, der sich auf dem Holzfußboden ausbreitete. Erst dann blickte er zu den anderen beiden Männern, die sich nicht vom Fleck gerührt hatten.

Offensichtlich hatten sie große Angst, aber er musste ihnen zugutehalten, dass sie nicht versuchten, wegzurennen. Gut. Er hasste es, Kugeln zu vergeuden, indem er Menschen in den Rücken schoss. Es war viel befriedigender, wenn sie einen dabei anschauten.

»So bringt man jemanden um«, sagte er. »Habt ihr gesehen, wie einfach das war?«

Keiner der Männer sagte ein Wort, als er mit ruhiger Hand die Waffe auf sie richtete. Dann dachte er darüber nach, wie er weiter vorgehen wollte. Seine Wut war genauso schnell verraucht, wie sie über ihn gekommen war.

In Ausübung des prompten Arms des Gesetzes feuerte er zweimal und tötete die anderen beiden Männer, die nutzlos für ihn waren. Dann wandte er sich dem Mann in der Ecke des Zimmers zu. Sein Blick war kalt und unerschrocken.

»Beseitige diese Schweinerei und erledige den Job. Ich habe Ausreden satt«, sagte er.

Der Mann nickte.

Er legte seine Waffe weg, stand auf und verließ das Büro.

Sämtliche Spuren seiner Tätigkeit wurden aus dieser dämlichen Stadt getilgt. Bald würde es vorbei sein und er über alle Berge. Aber vorher musste er sich noch um ein paar lästige Personen kümmern. Sie durften ihr Leben nicht weiterleben, weil sie sich mit dem Falschen angelegt hatten.

Nein. Sie würden für den Ärger bezahlen, den sie ihm beschert hatten. Und zwar mit ihrem Leben.

KAPITEL 31

Es war schon spät, als Eden zum See hinunterfuhr. Sie konnte sehen, wie der Schein des Waldbrands den Abendhimmel erhellte, und irgendetwas zog sie in die Nähe des Feuers. Owen arbeitete wieder, und Edens Welt begann zu zerbröckeln. Sie hatte sich ihm wieder geöffnet. Sie war eine Närrin.

Sein Job war lebensgefährlich, und sie wollte nicht diejenige sein, der am anderen Ende der Leitung mitgeteilt wurde, dass er nicht mehr nach Hause kommen werde. Diejenige, die entscheiden musste, ob der Stecker gezogen wurde oder nicht.

Sie fragte sich allerdings, ob es nicht noch schlimmer war, keinen Anruf zu bekommen, nicht zu wissen, ob es ihm gut ging oder nicht. Ganz gleich, ob sie mit ihm zusammen war oder nicht, sie würde unsagbar leiden, wenn ihm etwas passierte. Der Schmerz wäre unerträglich, wenn es Owen nicht mehr gäbe. Es war alles so verdammt verwirrend, und Eden wusste nicht, wie sie damit klarkommen sollte.

Sie hielt am Ufer des Sees an und stieg aus. Die Luft war voller Asche. Sie legte sich auf Autos, Gebäude, Bäume, auf das ganze Land und nahm ihm die Farbe. Aber der Schein des Feuers, der sich auf dem See spiegelte, war von einer merkwürdigen Schönheit. Die Natur hatte ihre eigenen Wege, Feuer zu entfachen, um aufzuräumen, genauso wie sie Wellen und Windhosen schuf. Keiner konnte Naturkatastrophen erklären, doch hinterher kamen die Überlebenden zusammen, und das war das Licht am Ende des Tunnels.

Aber dieses Feuer war nicht natürlich. Es war absichtlich gelegt worden. Jemand hatte es auf sie abgesehen, auf sie und Owen und auf die ganze Stadt. Eden wusste nicht, warum, und war einer Antwort bisher auch nicht näher gekommen. Das würde sie vielleicht nie.

Sie schaute hinaus auf den See, auf den Schein des Feuers und wie es vom Wasser reflektiert wurde. Wäre es nicht so todbringend gewesen, hätte man es als ungewöhnlich friedlich bezeichnen können. Vielleicht war es das auch, oder vielleicht verlor sie einfach nur den Verstand. Sie war sich nicht sicher.

Während sie dort stand und eine merkwürdige Ruhe sie überkam, hatte Eden eine Idee. Eine, von der sie wusste, dass sie Owen nicht gefallen, dass er sie nicht billigen würde. Genauer gesagt hätte er sie eingesperrt, wenn er die Gedanken hätte lesen können, die ihr durch den Kopf gingen.

Aber irgendjemand war hinter ihr her. Das war ganz offensichtlich. Man hatte ihr Haus niedergebrannt, auf sie geschossen und Menschen getötet, die ihr etwas bedeuteten. Das war etwas Persönliches. Ihr fiel niemand ein, dem sie unrecht getan hatte, aber das musste der Grund sein. Vielleicht war das Einzige, was sie tun konnte, sich als Zielscheibe zu präsentieren. Der Täter musste aus seinem Versteck gelockt werden, und Eden konnte dabei der Köder sein.

Sie zuckte zusammen, als sie daran dachte, wie wütend Owen sein würde. Verflucht, und Roxie würde ihr das nie verzeihen. Aber Eden lächelte. Noch vor wenigen Wochen hatte sie geglaubt, auf dieser Welt allein zu sein, und war darüber völlig deprimiert gewesen. Jetzt wusste sie, dass es mindestens zwei Menschen gab, die um sie trauern würden, wenn ihr etwas passierte. Das bedeutete aber nicht, dass sie sterben wollte – ganz im Gegenteil –, sie war nur entschlossen, den Killer zu fassen.

Sie durfte nicht daran denken, was Owen oder Roxie sagen würden. Allerdings wusste sie auch noch nicht, wie sie die Falle stellen sollte. Hätte Owen mit ihr zusammengearbeitet, wäre das kein Problem gewesen, aber sie wusste mit absoluter Sicherheit, dass er dagegen wäre. Deshalb musste sie einen eigenen Plan schmieden.

Auf jeden Fall wäre er idiotensicher. Das war klar. Kam Eden erst einmal zu einer Entscheidung, würde sie nichts und niemand mehr aufhalten.

Trevor in diesem Bett zu sehen und zu wissen, dass er nie wieder aufstehen würde, hatte sie derart mitgenommen, dass sie sich auf etwas anderes konzentrieren musste. Sie konnte sich nicht mehr damit aufhalten, Spekulationen anzustellen, sie musste etwas tun, um den Tod weiterer Menschen zu verhindern. Sie musste Owen retten.

Ein weiterer Verlust in ihrem Leben wäre ihr Ende gewesen.

Sie schloss die Augen, holte tief Luft und stellte sich vor, es sei ein ganz normaler Tag ohne Asche in der Luft.

»Was soll ich tun?«, fragte sie laut. Sie brauchte die Hilfe ihres Dads.

Du lebst ein furchtloses Leben. Du besinnst dich darauf, wer du bist, dass keiner besser ist als du und du nichts Besseres bist als andere. Du lebst jeden Tag, als wäre es dein letzter, aber du lebst jeden Augenblick, als wärst du unsterblich. Lass die Angst nicht übermächtig werden. Lass nicht zu, dass das Gestern dich bestimmt und das Morgen dir Angst einjagt. Lebe deine Wahrheit und teile dein Licht mit der Welt. Und dann kannst du jede Nacht mit einem klaren Kopf und einem offenen Herzen ruhen.

Tränen liefen Eden über die Wangen, als sie sich daran erinnerte, was ihr Vater zu ihr gesagt hatte, nachdem Owen verschwunden war. Er hatte sie gehalten, als sie weinte, und ihr versichert, dass sie stärker sei, als sie dachte. Und dass alles gut werden würde. Sie spürte ihn so sehr in diesem Moment, dass es ihr den Atem nahm.

»Ich vermisse dich, Dad. Ich vermisse dich so sehr«, sagte sie.

Ich bin bei dir.

Wenn sie ihren Verstand weitestgehend ausschaltete, konnte sie seine Arme um sich spüren, konnte fast glauben, dass er wirklich bei ihr war.

Fast wäre es ihr gelungen.

Kapitel 32

Eden blieb am See, bis die Sonne hinterm Horizont verschwand. Sie hatte Owen verlassen, als er sie am meisten brauchte. Sie wusste, dass sie umkehren und zu ihm zurückkehren sollte. Aus Angst hatte sie das Krankenzimmer verlassen, aber die Liebe führte sie zurück.

Er musste wissen, dass Trevors Tod nicht in seinen Händen gelegen hatte. Nur wegen Owen und weil Owen und John ihr Leben riskiert hatten, um ihn vom Berg herunterzubringen, der versucht hatte, sie alle zu verschlingen, hatte Trevor so lange durchgehalten, um seiner Familie die Möglichkeit zu geben, von ihm Abschied zu nehmen. Owen und John waren Helden. Und Eden war aus diesem Krankenzimmer gerannt und hatte ganz anders über ihn gedacht. Doch jetzt war sie stärker.

Er brauchte sie. Und sie brauchte ihn. Sie würden aufeinander achtgeben.

Sie stieg ins Auto und raste zu seinem Haus, wusste, dass sie ihn dort finden würde. Seine Familie würde bei ihm sein und ihn in ihre Arme schließen wollen, aber er würde sich nicht von ihnen allen trösten lassen, nicht, wenn er sich für Trevors Tod verantwortlich fühlte. Eden würde nicht zulassen, dass er sich das antat, nicht nach all dem, was er in den vergangenen

Wochen für sie getan hatte. Nicht, nachdem sie ihn heute stehen gelassen hatte.

Obwohl sie schon damit gerechnet hatte, ihn zu Hause anzutreffen, war sie dennoch froh, seinen Pick-up schräg in der Einfahrt geparkt zu sehen. Er hatte es eilig gehabt. Nach dem Besuch im Krankenhaus hätte er nicht mehr fahren sollen. Trauer konnte in einem Körper verheerenderen Schaden anrichten als Alkohol.

Sie eilte zur Haustür und klopfte leise an. Keine Antwort. Sie versuchte es erneut, diesmal lauter. Doch nur das Quaken der Ochsenfrösche unter der Veranda war zu hören.

Sie ließ es darauf ankommen und drehte am Türknopf. Er musste zu Hause sein, und jetzt war nicht der Zeitpunkt, um Rücksicht auf seine Privatsphäre zu nehmen. Owen hätte auch nicht zugelassen, dass sie allein in ihrer Trauer versank.

Der Türknopf ließ sich leicht drehen, und sie stieß die Haustür auf. Dann betrat sie den dunklen Flur. Sie blieb stehen, damit sich ihre Augen an die Dunkelheit gewöhnten. Als sie weiterging, ahnte sie, dass er in seinem Arbeitszimmer war.

Und genau dort fand sie ihn auch.

Das einzige Licht im Raum kam vom Gaskamin. Owen saß auf der Couch und hielt etwas in der Hand, was nach einem Glas Scotch aussah. Er schaute auf, und sein Ausdruck wäre für die meisten Leute sicher schwer zu deuten gewesen.

Für Eden war es ein Kinderspiel.

Sie sah den Schmerz in seinen Augen, die strengen Linien um seinen Mund, die Falte in seiner Stirn. Er hatte sich kaum noch im Griff. Eine Mischung aus Wut und Traurigkeit hatte von ihm Besitz ergriffen, und sie wusste nicht, ob sie ihm wirklich helfen konnte. Sie wusste nur, dass sie ihn nicht wieder im Stich lassen wollte. Nicht in diesem Moment.

»Ich kann dir nicht versprechen, dass mir nie etwas passieren wird«, sagte er, bevor er einen weiteren Schluck nahm. Seine

Worte klangen gequält, als wüsste er, dass sie nicht gekommen war, um das zu hören, als rechnete er damit, dass sie vielleicht kehrtmachen und gehen würde.

In diesem Moment respektierte sie ihn noch viel mehr, denn er war ehrlich zu ihr und teilte seinen Schmerz – seine Seele – mit ihr.

»Es tut mir leid, Owen, so leid, dass du einen Freund verloren hast, dass wir den Schuldigen noch nicht gefunden haben und dass du verdächtigt worden bist. Und es tut mir leid, dass ich dich in Trevors Zimmer habe stehen lassen«, flüsterte sie. Sie ging weiter auf ihn zu, streckte aber nicht die Hand nach ihm aus, denn sie war sich nicht sicher, ob er das wollte. Im Moment ging es einzig und allein um seine Bedürfnisse, nicht um ihre.

»Es ist nicht deine Schuld. Du hast auch Angst, und es ist nicht deine Schuld, dass Trevor getötet wurde.« Er sprach leise und hatte Mühe, nicht die Fassung zu verlieren.

»Ich habe es immer gehasst, wenn die Leute das sagen«, meinte sie. Sie nutzte die Gelegenheit und setzte sich dicht neben ihn, jedoch ohne ihn zu berühren. »Wenn jemand sagt, dass es ihm leidtut, dann nimmt er nicht die Schuld auf sich. Er meint dann, dass er deinen Schmerz mitträgt. Das hat mit Empathie zu tun«, fuhr sie fort.

Eden wunderte sich über sich selbst. Eigentlich war sie gekommen, um ihn zu trösten, und jetzt belehrte sie ihn. Aber sie hatte schon gewusst, dass sie nicht die am besten geeignete Person für diese Aufgabe war. In ihrem Leben hatte es nicht viele Leute gegeben, für die sie eine Last hatte tragen müssen. Es war immer ihr Vater gewesen, der die Bürden übernommen hatte. Bei diesem Gedanken tat ihr das Herz weh. Sie war ihr ganzes Leben egoistisch gewesen, so egoistisch. Das wollte sie nicht mehr sein.

»Ich bin im Moment nur wütend«, sagte Owen nach einer kurzen Pause.

Sie streckte die Hand aus und legte sie ihm aufs Knie, denn sie wusste, dass es manchmal die ganz kleinen Gesten waren, zum Beispiel eine Berührung, die einen Menschen erdeten. Es ließ den anderen wissen, dass er in diesem riesigen Universum nicht allein war.

»Ich weiß, dass du wütend bist. Und es ist dein gutes Recht, es zu sein. Aber lade nicht die Schuld auf deine Schultern. Du hast Trevors Familie die Gelegenheit gegeben, sich von ihm zu verabschieden. Ohne dich wäre das nicht möglich gewesen. So viele Familien verlieren einen geliebten Menschen, dessen Körper nie geborgen wird. Das ist noch schlimmer als der Tod selbst, denn sie werden sich immer fragen, ob er noch irgendwo da draußen ist und sie sich zu früh von ihm verabschiedet haben. Du hast seiner Familie Momente verschafft, die wertvoller sind als jedes andere Geschenk, das du ihr hättest machen können.«

Owen schaute sie an, und sie hätte schwören können, Tränen in seinen Augen schimmern zu sehen, aber er wandte sich ab. Als er sie wieder ansah, war es ihm gelungen, die Fassung wiederzugewinnen. Sie wollte ihm sagen, dass er ihr vertrauen und loslassen konnte. Aber sie war sich nicht sicher, ob das stimmte. Ja, er konnte ihr genau in diesem Moment vertrauen, aber konnte er das morgen auch noch? Sie wusste es einfach nicht. Sie glaubte nicht, dass sie stark genug war, für lange Zeit jemandes Fels in der Brandung zu sein.

»Ich danke dir«, sagte er schließlich. Dann stellte er das Glas ab. Der Rest des Alkohols blieb unberührt. Das Leuchten in seinen Augen veränderte sich, und ein Teil von Eden wollte schnell und weit davonrennen. Es wurde bereits zu intim zwischen ihnen.

Aber als er nach ihr griff und sie auf seinen Schoß zog, da verflüchtigte sich dieser Gedanke. Heute Abend ging es um ihn. Deshalb war sie gekommen. Und wenn er sie brauchte, um zu trauern, dann war sie für ihn da – so wie er es wollte.

Seine Arme umfingen sie, als er sie an seine starke Brust zog. Und als sie die Hitze seines Körpers spürte, schmerzten ihre Brüste. So würde es immer zwischen ihnen sein. Sie konnten zwanzig Jahre lang voneinander getrennt sein, aber sobald sie sich im selben Raum befanden, würde sie merken, wie sie erwachte. Jemanden wie ihn würde es nie wieder geben.

Er umfasste ihren Nacken und zog sie zu sich. In einem wütenden Kuss eroberten seine Lippen ihre. Er versuchte, sich in ihr zu verlieren, und sie wollte ihn wissen lassen, dass es dafür einen besseren Weg gab.

Sie erwiderte seinen Kuss, und ihre Hände wanderten über seinen Nacken zu den Wangen, wo sie verweilten. Mit langsamen Bewegungen rieb sie mit den Daumen über seine Schläfen. Sein drängender Kuss wurde sanfter, seine Bewegungen weniger hektisch.

Die Hand in ihrem Nacken verringerte den Druck, und die auf ihrem Rücken fing an, sich auf und ab zu bewegen. Sie seufzte in seinen Mund. Sie liebte ihn. Verdammt, wie sehr sie ihn liebte!

Er schlief mit ihr auf der Couch, nachdem er sie beide langsam ausgezogen hatte. Seine Lippen wanderten über ihren Körper, er liebkoste sie, liebte sie und verlor sich mit ihr in einer wunderbaren Symphonie, die sie beide heilte.

Hinterher lag er mit ihrem Rücken an seiner Brust gegen die weichen Kissen der Couch geschmiegt. Eden hatte ihren Blick auf die flackernden Flammen des Kamins gerichtet. Es kam ihr immer noch seltsam vor, dass Feuer so beruhigend, so schön, so warm und tröstlich sein konnte … und gleichzeitig so tödlich.

»Hast du jemals darüber nachgedacht, dass Feuer für uns überlebenswichtig ist, aber in einem einzigen winzigen Augenblick auch unser Leben auslöschen kann?«, fragte sie ihn.

Er strich mit den Fingern über ihre Hüfte, den Bauch und die Brüste. Sie wollte keine Reaktion darauf spüren, wollte einfach nur in seinen Armen liegen und sich zufrieden fühlen. Aber natürlich reagierte sie auf jede seiner Berührungen. Sie beschloss, das Verlangen zu ignorieren, das sich sogleich einstellte, und ihn hoffentlich zum Reden bringen zu können.

»So habe ich das noch nie gesehen«, sagte er. Sie strich über den Arm, den er um sie geschlungen hatte und dessen Hand ihre Brust hielt.

»Das ist mir heute eingefallen, als ich am See war. Die Sonne ging gerade unter, und der Schein des Feuers schuf eine wunderschöne Kulisse. Jeder Maler hofft, eine solche Szene irgendwann einzufangen. Feuer ist wunderschön, aber auch gefährlich. Es gibt uns Wärme und Behaglichkeit, und es kann unser Land und unser Leben zerstören. Mir fällt nichts anderes ein, was zwei solche Extreme aufweist«, sagte sie. »Dir vielleicht?«

Er schwieg und strich ihr weiter über den Rücken, während er über ihre Frage nachdachte.

»Wasser ist wunderbar, und wir brauchen es, aber es kann auch tödlich sein«, meinte er schließlich.

Jetzt musste Eden nachdenken. »Ich glaube wirklich, dass man das von allen Naturelementen sagen kann ... Wind, Wasser, Feuer, Erde. Aber nichts ist so extrem wie Feuer.«

»Da hast du recht. Mit Feuer ist nichts zu vergleichen«, stimmte er zu.

Wieder lagen sie schweigend da. Aber es war angenehm, ungezwungen, genau wie damals, als sie so glücklich gewesen war wie nie und jeder Tag mit Freude begonnen hatte.

»Ich habe mich zu lange meinem Kummer hingegeben«, gab sie zu, bevor ihr bewusst wurde, was sie da sagte. Er erstarrte ein klein wenig, entspannte sich dann aber wieder und strich ihr weiter über den Rücken.

»Wie meinst du das?«

Sie merkte, dass er eigentlich nicht hatte fragen wollen, wahrscheinlich aus Angst. »Als du gegangen bist, da habe ich furchtbar gelitten …«, begann sie.

»Eden, es tut mir leid«, fiel er ihr ins Wort.

»Bitte lass mich ausreden«, bat sie ihn. Sie war froh, dass sie ihm den Rücken zugekehrt hatte, aber gleichzeitig auch froh, dass er sie festhielt. Das machte es irgendwie so viel leichter.

»Es hat wehgetan, aber wir waren jung. Ich verstehe, weshalb du gegangen bist, aber wie du es getan hast, war nicht richtig.«

»Ich weiß«, gab er mit schamerfüllter Stimme zu.

»Ich vergebe dir.« Sie meinte es, wie sie es sagte.

Eden spürte, wie er sich wieder hinter ihr verkrampfte, aber diesmal sagte er nichts, drückte sie nur mit dem Arm um ihre Taille fester an sich. Sie hätte ihm schon vor langer Zeit vergeben sollen.

»Dann war ich vor sechs Monaten mit dir zusammen, als ich meinen Dad verlor, und habe dafür uns beide verantwortlich gemacht. Ich dachte, wenn ich den Anruf angenommen hätte, hätte ich ihn noch retten oder zumindest ein letztes Mal mit ihm sprechen können. Es tut so weh, dass ich diese Chance verpasst habe, dass ich meinen Dad noch für ein paar Minuten hätte haben können. Ich dachte wirklich, er wäre unsterblich, er würde mich nie verlassen. Als du gegangen bist, fühlte ich mich nicht mehr sicher. Ich hatte das Gefühl, dass mich eigentlich jeder verlassen könnte. Mein Dad war ein sicherer Hafen, die einzige Person, von der ich wusste, dass sie mich nie verlassen würde. Doch als er genau das tat, fühlte es sich für mich wie Hochverrat an. Ich war mir nicht sicher, ob ich je wieder jemandem würde vertrauen können. Das bezweifle ich noch immer. Ich möchte dieses Gefühl nicht haben, aber ich habe furchtbare Angst«, gestand sie und brach ab, als ihr die Stimme versagte.

»Eden …«, begann er, und sie drückte seinen Arm.

»Es tut mir leid, Owen. Heute Abend geht es um dich und nicht um mich«, schluchzte sie, und Tränen liefen ihr über die Wangen.

Er drehte sie herum und wischte mit der Hand die Tränen fort. Dann küsste er sie zärtlich und hielt sie mit seinen starken Armen umschlungen.

»Wenn ich mit dir zusammen bin, verschwindet jeder Schmerz«, gestand er. »Ich liebe dich, Eden.« Sie öffnete den Mund, wollte ihn bitten, das nicht zu sagen, doch er legte ihr einen Finger auf die Lippen. »Ich weiß, dass du mir das im Moment nicht sagen kannst. Welche Gefühle du hast, sehe ich in deinen Augen und an der Reaktion deines Körpers. Das ist in Ordnung. Ich werde dein Vertrauen wiedergewinnen. Zusammen schaffen wir alles, zusammen sind wir stark, nur alleine nicht.«

Sie wollte ihn nicht belügen, wollte nicht bestreiten, was er gerade gesagt hatte. Aber sie konnte die Worte nicht sagen, von denen sie wusste, dass er sie gerne gehört hätte. Nicht in diesem Moment, nicht, wenn sie sich so verletzlich, so ungeschützt fühlte.

»Du bist ein guter Mensch, Owen. Es tut mir leid, dass ich das bezweifelt habe«, sagte sie stattdessen.

Er lächelte, bevor er sie wieder küsste. Und dann verstummte jedes Gespräch. Es gab einen Weg, ihm zu zeigen, dass sie ihn liebte, ohne dass Worte nötig waren. Und genau den würde sie jetzt gehen.

KAPITEL 33

Owen war mitten in der Nacht aufgewacht. Sein warmer Körper hielt Eden in einer festen Umarmung. So war es richtig. Perfekt. Genau so sollten sie jeden Tag aufwachen.

Langsam löste er sich aus ihren Armen und freute sich über das Murren, das sie ausstieß, als sie nach ihm griff. Im Schlaf war der Schutzwall, den sie um sich errichtet hatte, verschwunden. Owen war zuversichtlich, dass sie schon bald merken würde, dass die Vergangenheit begraben und er nicht mehr der Teenager war, der sie im Stich gelassen hatte. Ihr würde klar werden, dass sie ihm vertrauen konnte, dass sie tatsächlich jemanden auf diesem Erdball hatte, der ihr ihre Bürden abnahm. Und er wusste, dass auch sie seine mittragen würde. Genau das hatte sie vor ein paar Stunden bewiesen.

Er hob sie hoch, und sein Herz schlug zufrieden, als sie sich an seine Brust schmiegte. Er trug sie in sein Bett, und sobald er sich neben sie legte, kuschelte sie sich wieder eng an ihn und murrte erneut, als wollte sie sagen, dass er sie nie wieder verlassen sollte. Dann wurde es still im Zimmer.

Owen schlief ein. Als er am nächsten Morgen erwachte, sehnte sich sein Körper nach ihr. Eden lag noch immer an ihn gekuschelt, und obwohl er in den letzten Tagen so oft mit ihr geschlafen und eigentlich erwartet hatte, sein Verlangen ein klein wenig gestillt zu haben, war es, als hätte er sie seit Monaten nicht berührt. Vielleicht befürchtete er tief im Innern, dass das alles nur ein Traum war, dass er aufwachen würde und sie nicht mehr da wäre, obwohl sein einziger Wunsch doch darin bestand, sie an seiner Seite zu haben.

Er nahm sich Zeit, sie zu bewundern. Sie sah so unschuldig aus im Schlaf. Ihr Gesicht war gerötet, die Mundwinkel gehoben, die Haare zerzaust. Sie war die schönste Frau, die er je gesehen hatte, innerlich wie äußerlich. Er war wirklich ein Narr gewesen, sie damals zu verlassen, obwohl er es aus Loyalität einem Freund gegenüber getan hatte, dem er sein Leben verdankte.

Ihre Augenlider zuckten, und sein Körper regte sich, als wüsste er, dass sie aufwachte, dass er sie umdrehen und sich tief in ihrer heißen Mitte versenken konnte. Er zwang sich zur Ruhe. Seine Sehnsucht, mit ihr zu schlafen, war groß, aber es ging um so viel mehr als nur Sex, und er wollte, dass sie das wusste. Doch wie sollte er ihr das beweisen, wenn er alle fünf Minuten auf ihr lag.

Schließlich schlug sie die Augen auf und schaute ihn verschlafen und verträumt an. Sie lächelte, und wahre Freude war in ihrem Gesicht zu sehen. Dieser Moment war unbeschreiblich. Ein sorgloser Augenblick, völlig unbekümmert, in dem sie ihn liebte und er sie, und in dem es keine Schutzwälle gab, keine Bitterkeit. Er beugte sich zu ihr und strich zärtlich mit seinen Lippen über ihre, und sie drückte durch ein genüssliches »Hmm« ihre Zustimmung aus.

»Guten Morgen«, murmelte sie und kuschelte sich noch enger an ihn. Owen pulsierte vor Verlangen.

»Der ist besser als gut«, sagte er und küsste sie erneut.

Kurz sah sie verwirrt aus, doch dann kicherte sie und schob ein Bein über ihn. Offensichtlich spürte sie ein ebenso großes

Verlangen wie er, dass sich ihre Körper an möglichst vielen Stellen berührten.

»Schlaf mit mir, Owen.« Das war Musik in seinen Ohren.

Er versuchte nicht einmal, dagegen anzukämpfen, sondern drehte sie vorsichtig um und begann, ihren Körper zu verwöhnen. Nie würde er von ihr genug bekommen, und er betete, dass auch sie niemals von ihm genug bekommen würde. Als eine Einheit würden sie aus dieser Sache hervorgehen.

Sein Herz klopfte, als er sie sachte küsste und sein Mund von ihren Lippen zum Hals wanderte, an der Haut sog, und er ihr unterdrücktes Keuchen genoss. Der Geschmack ihrer Brustspitze nahm ihm den Atem, und er sog die dunkle Haut tief in den Mund.

Eden umklammerte seinen Kopf, hielt ihn fest an ihre Brust gedrückt, während er heftiger sog und seine Hüften vorschob in dem Versuch, sich etwas Erleichterung zu verschaffen.

»Du schmeckst so gut«, murmelte er gegen ihre Brust, bevor er sich küssend zur anderen bewegte. Er leckte und knapperte, bis sie um Gnade flehte. Sie zog an seinen Haaren, und er legte eine Spur von Küssen zum Hals hinauf, und schließlich fanden sich ihre Lippen erneut.

Während er ihren Mund eroberte und ihr Stöhnen auffing, wuchs sein Verlangen. Von jeder Stelle wollte er kosten. Also wanderten seine Lippen wieder ihren Körper hinunter, spürten das Beben ihres Bauches, als er mit der Zunge ihren Bauchnabel umkreiste, bevor sein Mund den Weg nach unten fortsetzte.

Weit spreizte er ihre Beine und starrte auf ihre Schönheit. Dann beugte er sich vor und kostete von ihr, ließ seine Zunge über ihre Scham gleiten, und ihr Duft versetzte seinen Körper in eine Ekstase des Verlangens.

Seine Zunge glitt tief in sie, woraufhin sie das Kreuz durchbog und stöhnte. Seine Lippen fanden ihre empfindliche Knospe und sogen daran, während er die Finger in ihre feuchte Mitte schob. Sie schrie auf, und ihr Körper erstarrte, um sogleich in ein Beben zu verfallen, als sie sich dem Höhepunkt hingab.

Owen verlangsamte das Streichen seiner Zunge über ihre Klitoris, und sie zitterte in seinen Armen. Nun war er bereit, seinen Anspruch auf sie zu erheben. Er schob sich wieder ihren Körper hinauf, aber sie lächelte ihn mit geröteten Wangen an.

Dann stieß sie ihn um. »Jetzt bin ich dran«, flüsterte sie gegen seinen Hals, bevor ihre Lippen weiter nach unten wanderten, die Zunge über seine Brust strich und über die harten Brustwarzen schnellte. Jetzt war es Owen, der das Kreuz vom Bett hochdrückte.

Sie tauchte mit der Zunge in seinen Bauchnabel ein, und gleichzeitig strichen ihre Hände leicht über seine Erektion, schoben sich darunter und kratzten mit den Fingernägeln über die Haut. Dann nahm sie seine Männlichkeit mit dem Mund auf und sog kräftig daran.

Er stand in Flammen und versuchte verzweifelt, sich zu beherrschen, während sie sich über ihm auf und ab bewegte und ihn immer tiefer in ihren Mund gleiten ließ. Ein »Hmm« war von ihr zu vernehmen, als sie das vom Speichel feuchte Glied mit der Hand umschloss und weiter rieb.

Owen spürte, wie er völlig die Kontrolle verlor.

»Du hast gewonnen!«, rief er, dann packte er sie, warf sie auf den Rücken und drückte sie mit seinem Körper in die Matratze.

»Was habe ich gewonnen?«, keuchte sie.

»Du machst mich verrückt«, stieß er hervor, bevor ihr Gespräch erstarb, weil er ihr die Zunge in den Mund schob und in ihre heiße Mitte eindrang.

Er wollte nicht langsam vorgehen, wollte sie mit so viel Leidenschaft nehmen, wie er jede Minute des Tages für sie fühlte. Er griff nach ihren Hüften und drang immer wieder in sie ein, und sie kam ihm bei jedem Stoß entgegen. Ihre Münder suchten einander, und die Hitze ihrer Körper erklomm ungeahnte Höhen.

Schweißbedeckt bewegten sie sich in völliger Harmonie. Er wich gerade rechtzeitig zurück, um zu sehen, wie sie die Augen aufriss, als sie sich ihrem Orgasmus hingab. Wie entrückt sah sie ihn an, den Mund vor Genuss halb geöffnet.

Jetzt hielt sich auch Owen nicht mehr zurück, ergoss sich in sie und schaute ihr dabei tief in die Augen. Es war der schönste Anblick, der sich ihm je geboten hatte.

»Ich werde nie genug von dir bekommen«, versprach er, als die letzte Welle seines Orgasmus verebbt war.

Er ließ sich aufs Bett fallen und hielt sie eng an sich gedrückt, während er sich bemühte, seine Atmung wieder unter Kontrolle zu bekommen.

»Ich befürchte, ich werde auch niemals genug von dir bekommen«, gab sie zu. Die Worte erfüllten ihn mit unbändiger Freude.

Als sie wieder zu Atem gekommen waren, trug er sie ins Badezimmer, wo sie gemeinsam duschten und sich danach gegenseitig beim Abtrocknen halfen. Es dauerte eine Weile, bis sie es nach unten in die Küche schafften. Edens Magen knurrte, und Owen lachte.

»Ich glaube, wir können nicht nur von Sex allein leben«, meinte er.

»Ich sterbe vor Hunger«, gestand sie. Doch dann verging ihr das Lächeln, als sie sich daran erinnerte, was ihr Vater immer gesagt hatte, wenn sie diesen Ausdruck gebraucht hatte. *Du stirbst nicht vor Hunger. Kinder in Afrika sterben vor Hunger.* Doch dieses Mal machte sie die Erinnerung nicht traurig. Sie spürte, wie sich ihre Mundwinkel hoben. »Ich meine, ich habe Hunger.«

»Alles in Ordnung?«, fragte Owen und zog sie in seine Arme.

»Manchmal vermisse ich meinen Dad so sehr, dass ich kaum atmen kann«, gestand sie. »Er hat immer mit mir geschimpft, wenn ich sagte, ich würde vor Hunger sterben. Dann meinte er, ich hätte keine Ahnung, was echter Hunger überhaupt sei. An manchen Tagen vergesse ich, dass es ihn nicht mehr gibt. Ich meine, ich weiß, dass er nicht mehr lebt, aber es gibt Momente, sogar Tage, da empfinde ich wirkliche Freude, und dann erinnert mich irgendetwas daran, dass er nicht mehr da ist. Das bringt den Schmerz zurück an die Oberfläche. Ich weiß nicht, wie man es schaffen soll, über so etwas hinwegzukommen.«

Owen strich ihr über den Rücken und dankte still dem lieben Gott, dass es seinen Eltern gut ging. Er hatte keine Ahnung, wie er damit klarkäme, wenn er seine Eltern, seine Schwester oder einen seiner Brüder ... oder gar Eden verlieren würde. Bei dem Gedanken drückte er sie noch fester an sich.

»Ich glaube, man wird damit fertig, weil man nicht alle am selben Tag verliert. Deshalb ist immer jemand da, mit dem man seine Trauer teilen, an den man sich anlehnen kann. Und dann tröstet uns sicher der Gedanke, dass wir die, die wir verloren haben, eines Tages wiedersehen werden.«

Von Eden war ein zittriger Seufzer zu hören, bevor sie sich zusammennahm. Owen sah in ihrem Gesicht, wie die Stärke zurückkehrte. »Und was ist, wenn es kein Leben nach dem Tod gibt?«

»Ich habe mich entschieden, daran zu glauben«, antwortete er. »Worin liegt sonst der Sinn des Lebens? Wenn wir auf dieser Erde nur für kurze Zeit sind, warum sollten wir dann lieben, wie wir lieben? Warum sollten wir vertrauen? Wenn es zu schmerzhaft wäre, jemanden zu verlieren, könnten wir als Spezies nicht überleben. Ich möchte viel lieber glauben, dass es nach dem irdischen Leben noch etwas gibt.«

»Ich wünschte nur, ich wüsste es sicher. Ich wünschte ...« Eden verstummte, und er hielt sie fest.

»Er wird immer bei dir sein. In deinen Erinnerungen, in deinen Gedanken, in deinen Gebeten. Und wenn du Kinder hast, vergiss nicht, dass auch ein Teil von ihm in ihnen weiterleben wird. Vielleicht haben sie seine Augen oder seine Haare oder sein Lächeln. Vielleicht lachen sie wie er. Du hast die gleiche Nase wie dein Vater, und wenn du die Augen verdrehst, dann bist du sein Ebenbild.«

Sie lachte und wich zurück. In ihren Augen glänzten noch immer Tränen, aber auch Freude war darin zu erkennen. Sie war schöner als je zuvor.

»Danke, Owen. Das war genau, was ich hören wollte, und das Beste, was man mir nach dem Tod meines Vaters je gesagt hat.« Sie beugte sich vor und gab ihm einen Kuss. »Jetzt brauche ich nur noch ein Baby.«

Sie drehte sich um und ging hinüber zum Kühlschrank. Owen spürte sein Herz so heftig schlagen, dass es ihn nicht überrascht hätte, wenn es ihm aus der Brust gesprungen wäre. Am liebsten hätte er Eden geschnappt, sie zurück ins Schlafzimmer geschleppt und ihr versichert, dass ihr Wunsch sein Befehl sei. Wenn sie ein Baby wollte, dann war er genau der Richtige, um es ihr zu schenken.

Er wusste, dass sie nur Spaß gemacht hatte, aber vielleicht auch nicht. Es war besser für ihn, diesen Gedanken nicht weiter zu spinnen, wenn er ihr nicht eine Mordsangst einjagen wollte. Angewidert drehte sich Eden vom Kühlschrank zu ihm um, und er befürchtete, sie habe seine Gedanken lesen können.

»Wie kannst du so leben?«, fragte sie.

Er war verwirrt. »Was meinst du damit?« Langsam ging er auf sie zu.

»Du hast ein paar Dosen Bier, ranzige Butter und einen verschimmelten Laib Brot.«

Er besah sich den Inhalt des Kühlschranks und zuckte mit den Schultern. »Ich koche nicht gern. Entweder wirke ich erbärmlich genug, dass mir einer meiner Brüder was zu essen gibt – oder normalerweise ihre Frauen, denn meinen Brüdern ist es egal, ob ich verhungere –, oder ich gehe in den Diner«, erklärte er, als wäre das völlig normal.

»Man muss doch die Grundnahrungsmittel zu Hause haben!«, empörte sie sich.

Er deutete auf die Tür des Kühlschranks. »Ich habe Kaffeesahne. Also bin ich kein Barbar.«

Eden lachte und nahm die Kaffeesahne heraus. Zweimal überprüfte sie das Verfallsdatum, nur um sicher zu sein, dass er sie nicht vergiften wollte. Natürlich hätte er das niemals getan – jedenfalls nicht absichtlich.

»Ich gehe mit dir frühstücken«, schlug er vor.

Sie schaute demonstrativ auf sein T-Shirt, das sie als Nachthemd trug. »Ich werde wahrscheinlich verhaftet, wenn ich so rausgehe.«

»So kannst du auf keinen Fall vor die Tür, sonst muss ich alle Männer der Stadt abwehren, die versuchen werden, dich mir wegzunehmen.«

Wieder lachte sie. »Ich werde in deinen Bücherregalen herumschnüffeln, während du zum Supermarkt fährst und Lebensmittel einkaufst. Dann können wir wie zwei ganz normale Menschen Frühstück machen«, sagte sie.

Einen Augenblick lang schaute er sie verdutzt an. »Du willst, dass ich einkaufen gehe?«

Erneut lachte sie, und diesmal klang reine Freude heraus. »Du lebst schon lange allein, und einzukaufen ist eine Notwendigkeit. Wie konntest du bisher nur überleben?«

»Das habe ich doch gerade erklärt. Ich esse bei anderen oder im Diner.«

»Und was war, als du nicht in der Nähe deiner Familie gewohnt hast?« Zum ersten Mal sagte sie das, ohne verletzt auszusehen, ohne »als du mich verlassen hast« hinzuzufügen.

»Essen zum Mitnehmen oder Lieferdienst«, sagte er, als wäre das völlig normal.

»Du bist furchtbar.« Eden lachte. »Ich esse gern zu Hause. Jetzt geh und kauf ein, oder ich werde hier nicht mehr übernachten.« Die wichtigste Botschaft, die er den letzten Sätzen entnahm, war, dass sie tatsächlich gewillt war, öfter bei ihm zu übernachten. Er würde ihr die Sterne vom Himmel holen, wenn sie dafür an seiner Seite blieb.

»Ja, Ma'am!« Er salutierte. Er würde sogar bis in die Antarktis laufen, wenn sie dafür bei ihm blieb … für immer. Ihr Gelächter folgte ihm die Treppe hinauf, als er ins Schlafzimmer ging, um sich eine Jogginghose und sein schäbiges Lieblingssweatshirt anzuziehen.

Pfeifend verließ er das Haus.

Heute würde ein großartiger Tag sein. Und jeder neue Tag würde noch besser werden. Solange er Eden hatte, die zu Hause auf ihn wartete, würde ihn nichts aus der Bahn werfen.

Owen kam am Supermarkt an, ohne zu wissen, was er kaufen sollte. Er bezirzte eine Angestellte, ihm zu helfen, was damit endete, dass er Gebäck, Brot, Eier, Würste, Aufschnitt und diverse Snacks kaufte. Er ging davon aus, dass Eden ihm bei den Einkäufen fürs Abendessen helfen würde. Dann nahm er noch ein paar Flaschen Sprühsahne mit, die eher im Schlafzimmer Verwendung finden sollten. Diesem Gedankengang musste er jedoch sofort Einhalt gebieten oder er riskierte, sich selbst und die junge Angestellte zu blamieren.

Auf der Rückfahrt grinste Owen genauso breit wie auf der Hinfahrt. Der Einkauf hatte länger gedauert als geplant, und er war sich sicher, dass Eden mittlerweile schon vor Hunger gestorben … ähm … dass sie jedenfalls *sehr* hungrig war, aber sie hatte einen Anfänger losgeschickt. Vielleicht hatte sie ein paar Cracker gefunden oder etwas, was ihr über den ersten Hunger hinweghalf, bis er zurück war. Er hatte keine Ahnung, ob er etwas Essbares in der Speisekammer hatte, aber er war sich sicher, dass zumindest ein paar Erdnüsse oder Salzbrezeln da sein mussten, irgendetwas, was zu Bier passte.

Als Owen von der Hauptstraße in Richtung seines Hauses abbog, fuhr es ihm in den Magen. Er wusste, dass etwas nicht stimmte – überhaupt nicht stimmte. Mit durchgedrücktem Gaspedal preschte er die Straße entlang. Plötzlich hatte er den Drang, schnell zu Eden zu kommen. Wie hatte er auch nur für ein paar Minuten vergessen können, dass jemand hinter ihr her war?

Als er die letzte Kurve nahm, blieb ihm fast das Herz stehen. Er bremste scharf, sprang aus dem Pick-up und umkreiste das Haus, suchte nach einem Zugang.

Seine ganze Rundum-Veranda brannte. Die Flammen leckten an den Wänden. Der verheerende geschlossene Flammenkreis ließ keinen Zweifel daran, dass es ein gelegter Brand war.

»Eden!«, schrie er aus vollem Hals und betete, sie möge bereits das Haus verlassen haben. Er drehte eine Runde um das gesamte Gebäude und suchte in allen Winkeln. Während er im Kreis lief, meldete er den Brand der Feuerwehr. Nachdem er aufgelegt hatte, rief er immer wieder ihren Namen. Als er ihre Stimme hörte, stand er kurz davor, sich in die Flammen zu stürzen.

Er schaute sich um und merkte dann, dass die Stimme von ganz oben kam. Verängstigt, aber auch wütend, saß sie auf dem Hausdach.

»Jemand hat dein Haus in Brand gesetzt!«, schrie sie. »Es tut mir leid.«

Er schaute ungläubig zu ihr empor, und sein Herzschlag setzte aus, weil ihm vor Angst die Luft wegblieb. Die Flammen griffen nach ihr, und er konnte nicht einmal eine Leiter ans Haus stellen. Hätte er ein Feuerwehrfahrzeug gehabt, hätte er sie retten können, aber er befürchtete, dass seine Kollegen nicht rechtzeitig eintreffen würden. Nicht einmal eine verdammte Löschdecke hatte er, um durch die Flammen zu ihr zu gelangen.

Er würde es trotzdem tun und bereitete sich gedanklich darauf vor. Damit er nicht in Flammen aufging, was Eden überhaupt nicht geholfen hätte, musste er die beste Stelle finden.

»Vergiss mein verdammtes Haus!«, schrie er. »Ich komme jetzt zu dir!« Seine Stimme klang panisch, nicht beruhigend. Normalerweise war er gut in seinem Job, aber das hier war kein Job. Das hier war die Frau, die er liebte, und sie befand sich in Lebensgefahr.

»Ich werde in deinen Pool springen«, rief sie von oben. »Bis ich gemerkt habe, dass dein Haus in Flammen stand, hatte mich das Feuer bereits umzingelt. Wegen des Waldbrands liegt sowieso immer Rauchgeruch in der Luft, deshalb habe ich es nicht gemerkt. Erst durch die Hitze wurde ich darauf aufmerksam. Ich habe gelesen.«

Owen fiel es schwer, ihr zu folgen. Wie konnte sie eine vernünftige Unterhaltung mit ihm führen, wenn sie dafür von seinem verdammten Dach schreien musste? Am liebsten hätte er sie gleichzeitig geküsst und erwürgt.

Er blickte hinüber zum Pool, der an der tiefsten Stelle nur zweieinhalb Meter tief war. Dann schaute er, aus welcher Höhe sie springen würde. Bei seinen hohen Decken befand sie sich etwa im dritten Stock. Es war machbar, aber ein Risiko. Sie musste einfach richtig abspringen. Das war vielleicht ihre einzige Chance.

»Du kostest mich gerade Jahre meines Lebens, Baby. Spring von der richtigen Stelle ab und ziele mit deinem Körper auf die Mitte des Pools.« Er versuchte, ermutigend zu klingen, aber die Angst schnürte ihm die Kehle zu.

»Ich war in der Schwimmmannschaft. Ich weiß, wie man ins Wasser springt«, rief sie. Aber immerhin hörte er eine Spur von Angst in ihrer Stimme. Sie versuchte verzweifelt, sie um seinetwillen zu verbergen. Die Angst machte ihm Mut. Sie wusste, dass sie vorsichtig sein musste, dass das hier kein Spaziergang im Park war.

Ein lautes Krachen war zu hören, und mit Schrecken sah Owen, wie seine vordere Veranda zusammenbrach. Das Feuer war nun im Haus. Sie musste es jetzt tun, bevor es zu spät war.

»Du musst springen, Eden. Ich bin hier!«, rief er und stellte sich neben den Pool. Er konnte sich nicht daran erinnern, jemals so viel Angst gehabt und sich so hilflos gefühlt zu haben. Nicht einmal, wenn die Flammen auf dem Berg an seinen Füßen züngelten und ihn von allen Seiten einkreisten. Das da draußen war sein Leben. Dieses hier war ihres.

»Ich mache das jetzt!«, rief sie, und ihre Stimme schwankte leicht. Sie trat zurück und verschwand für einen Augenblick aus Owens Sichtfeld. Dann sah er, wie sie sich vom Dach stürzte. Er hielt die Luft an, während Eden mit den Füßen voran auf den Pool zuflog. Einen Augenblick lang sah es so aus, als würde sie es nicht schaffen, als liefe sie Gefahr, auf dem Pflaster aufzukommen. Mit ausgebreiteten Armen rannte er los, tat sein Bestes, um sie aufzufangen. Er würde den Aufprall hinnehmen, um sie zu retten.

Doch sie schaffte es, flog in einem perfekten Bogen über ihn hinweg in den Pool. Erneut ertönte ein lautes Krachen, als das Dach zusammenbrach. Aber das war ihm egal. Er machte einen Kopfsprung in den Pool und schwamm zu ihr, zog sie in seine Arme, als sie hustend aus dem Wasser auftauchte.

»Bist du okay? Hast du dir wehgetan?«, fragte er und tastete ihren ganzen Körper ab, während er sie ans flache Ende des Pools zog. Zum Glück trennte eine zementierte Fläche das Haus vom Pool, sonst wären sie auch hier vom Feuer umzingelt worden.

»Mir ist kalt, aber ansonsten geht's mir gut«, sagte sie mit klappernden Zähnen.

An der Treppe hob er sie hoch und trug sie aus dem Pool hinüber zu seinem Pick-up. Er setzte sie hinein und untersuchte sie noch einmal.

»Mir geht's wirklich gut, Owen. Ehrlich.« Sie drehte sich um und blickte zum Haus. »Aber dein Haus …« Tränen liefen ihr übers Gesicht.

»Das Haus ist egal. Das ist nur Holz und Putz. Wir werden zusammen ein neues bauen.« Dann sprang er zu ihr ins Führerhaus und zog sie an sich, als sie die Martinshörner in der Ferne hörten.

Wer auch immer nahe daran gewesen war, ihr Leben auszulöschen, hatte es diesmal ordentlich vermasselt. Schon zu oft hatten sie ihr nach dem Leben getrachtet. Owen würde keine Ruhe geben, bis die Verantwortlichen hinter Schloss und Riegel saßen.

KAPITEL 34

Die nächsten Stunden nahm Eden wie durch eine Nebelwand wahr. Die Feuerwehr traf ein, und Eden lehnte sich zurück und sah zu, wie Owen seiner Mannschaft half, das Feuer zu löschen. Zum Schluss blieb von seinem Haus fast genauso wenig übrig wie von ihrem. Es brach einem das Herz.

Ja, sie hatte furchtbare Angst gehabt, als sie aufs Dach geklettert war in dem Wissen, dass es ihre einzige Chance war. Doch sie war auch dankbar gewesen, dass Owen nicht mit ihr in den Flammen eingeschlossen war. Ihn sterben zu sehen, wäre für sie unerträglich gewesen.

Aber ihr ging es gut und ihm auch. Sie versuchte, sich zu sagen, dass es nur ein Haus war. Allerdings hatten sie beide innerhalb einer Woche alles verloren. Wer konnte so grausam sein? Wer trachtete ihnen nach dem Leben? Würde man das je herausfinden?

Als alles vorbei war, wollte Eden nur noch allein sein und in Ruhe nachdenken, obwohl sie nicht wusste, ob es dadurch besser werden würde.

Owen kam, um nach ihr zu schauen, und die Sorge in seinen Augen half Eden wenig. Sie zitterte vor Angst, und er zog sie in seine Arme.

»Es tut mir leid«, entschuldigte er sich zum hundertsten Mal.

»Es ist doch nicht deine Schuld. Hör auf, dich zu entschuldigen, und mach dir um mich keine Sorgen«, sagte sie. Um ihren Worten Nachdruck zu verleihen, küsste sie ihn. Doch Owen schien nicht beruhigt zu sein. »Ich fahre in die Stadt. Ich will mich umziehen und die Akten durchsehen«, fügte sie hinzu.

»Ich begleite dich«, bot er sofort an.

Sie lächelte und legte ihm die Hand auf die Wange. »Nein, du bleibst hier. Wir treffen uns in ein paar Stunden.« Er sah aus, als wollte er eine Diskussion mit ihr anfangen. »Bitte, ich brauche das.«

Bei diesen Worten gab sich Owen schließlich geschlagen. »Nur ein paar Stunden?«

»Nur ein paar Stunden«, versprach sie.

Er brachte sie zu ihrem Auto, und sie bewahrte Haltung, als sie den Motor anließ und davonfuhr. Im Rückspiegel sah sie, wie er, einem verlorenen Hündchen gleich, dastand und ihr nachblickte. Erst als sie um die Ecke gebogen war, erlaubte sie sich wieder zu zittern.

Sie fuhr rechts ran und holte ein paarmal tief Luft. Eden war eine starke Frau, aber im Moment war sie sich nicht sicher, wie viel sie noch würde aushalten können. Doch dann schüttelte sie entschlossen den Kopf und schob den Gedanken beiseite. Sie würde alles daransetzen, dass es dieser Person nicht gelang, ihr das Beste zu nehmen.

Es zog sie zum Flugplatz, wo sie vor einer scheinbaren Ewigkeit Sherman getroffen hatte. Sie versuchte, sich daran zu erinnern, wann er sie auf den Rundflug mitgenommen hatte, aber sie wusste es nicht mehr genau. Vielleicht vor einer Woche. Verdammt, vielleicht erst gestern! Sie war so fertig, dass es ihr nicht mehr einfiel. Auf jeden Fall war es ein toller Tag gewesen.

Sie mochte die Abgeschiedenheit des Flugplatzes, und vielleicht würde Sherman dort sein. Mit ihm konnte man sich ungezwungen unterhalten. Eigentlich wollte sie zwar für sich sein, aber seine Gesellschaft war ebenso gut.

Als sie am Flughafen ankam, parkten dort keine Autos. Sie war erleichtert. Eigentlich hätte sie zu Roxie fahren sollen, aber sie wollte nicht mehr die Fassung bewahren. Sie wollte sich ausweinen, ohne eine Erklärung abgeben zu müssen.

Sie ging zur Rückseite des Hangars und betrachtete die Berge. Das Feuer näherte sich dem Flugplatz. Eden hoffte, es möge weder den Hangar, diesen Zufluchtsort, noch die Stadt zerstören.

Sie hörte das Knirschen von Stiefeln, und ihr Herz nahm Fahrt auf, bevor sie sich zur Ruhe zwingen konnte. Das hier war ein privater Hangar, eine private Start- und Landebahn. Hierher kam nur, wer sein Flugzeug hier stehen hatte. Höchstwahrscheinlich war es Sherman, der ihr Auto gesehen hatte und nun nach ihr suchte.

Sie drehte sich um und zwang sich zu einem Lächeln, das sie nicht fühlte. Doch derjenige, der dort um die Ecke bog, war nicht Sherman. Eden hoffte, dass er ihr die Enttäuschung nicht ansah, während er näher kam.

»Hallo, Chaz«, sagte sie.

»Hallo, Eden. Was machst du denn hier?« Er musterte sie auf eine Weise, die ihr ein kleines bisschen unangenehm war. »Und warum bist du von Kopf bis Fuß nass?«

Sie hatte völlig vergessen, dass ihre Kleidung immer noch nass war. Nicht tropfnass, denn sie hatte einige Stunden in Owens warmem Pick-up gesessen, aber ihre Klamotten hatten definitiv bessere Tage gesehen, und sie würde sie wohl wegwerfen, sobald sie die Gelegenheit hatte, sich umzuziehen. Sie war nur froh, dass sie sich vor dem Ausbruch des Feuers umgezogen hatte, sonst hätte sie vor der gesamten Feuerwehrmannschaft von Edmonds – und vor Chaz – einen Wet-T-Shirt-Wettbewerb bestreiten können.

»Das ist eine lange Geschichte.« Eden winkte ab. »Ich komme hierher, um dem Lärm der Stadt zu entfliehen.«

Chaz lächelte, aber das Lächeln erreichte nicht seine Augen. Und in diesem Augenblick schoben sich alle Puzzleteile an die richtigen Stellen. Eden fuhr es in den Magen, als sie den Mann anschaute, dem das Entsetzen, das sich vermutlich in ihrem Gesicht abzeichnete, zu gefallen schien.

»Stimmt irgendwas nicht?«, fragte er und kam ein wenig näher.

»Nein, alles gut«, sagte sie und wich automatisch vor ihm zurück. »Owen wird nur gleich hier sein, deshalb sollte ich bei meinem Auto warten.« Sie hoffte inständig, dass ihr Bluff funktionierte.

»Das glaube ich nicht, Eden. Im Moment bekämpft er ein Feuer«, entgegnete Chaz. Er versuchte nicht einmal mehr, ihr etwas vorzuspielen.

Eden steckte in Schwierigkeiten, in großen Schwierigkeiten, und sie wusste es. Chaz' Lächeln wurde breiter.

KAPITEL 35

Eden wusste, dass sie nur zwei Möglichkeiten hatte. Sie konnte schreiend davonrennen – und würde nicht sehr weit kommen. Oder sie konnte sich dumm stellen und hoffen, dass Chaz nicht merkte, dass sie jetzt zumindest einen Akteur in diesem tödlichen Spiel kannte.

Allerdings verstand sie nicht, wie das alles zusammenhing. Mit Chaz verband sie relativ wenig, daher ergab es überhaupt keinen Sinn, dass er sie töten wollte. Sie erinnerte sich vage daran, dass er einmal mit ihr hatte ausgehen wollen, sie aber kein Interesse an einem Date gehabt hatte. Warum hätte sie auch, wo doch bereits Owen in ihrem Leben ein und aus gegangen war.

Aber sie hatte Chaz' Freundschaft akzeptiert, sich ein paarmal mit ihm zum Mittagessen getroffen, war sogar in den Arbeitspausen mit ihm spazieren gegangen. Das hier ergab überhaupt keinen Sinn. Er war erfolgreich, charmant und reich. Weshalb sollte er das alles aufs Spiel setzen?

»Ich bin froh, dass du da bist, Chaz«, sagte sie mit einem Lächeln, das hoffentlich als freundlich durchging. »Es ist ein bisschen unheimlich, hier draußen ganz allein zu sein.«

Sie sah, dass ihre Worte ihn verwirrten, dass er zu entscheiden versuchte, wie er weiter vorgehen sollte. Das verschaffte ihr einen Vorteil. Sie steckte die Hand in die Tasche und suchte nach etwas, mit dem sie sich verteidigen konnte. Doch da war nichts.

»Ja, hier ist es schön abgeschieden. Ich mag das«, sagte er und machte wieder einen Schritt auf sie zu. Am liebsten wäre sie weiter zurückgewichen.

»Hast du Sherman gesehen? Vor ein paar Tagen hat er mich auf einen Flug mitgenommen. Das hat mehr Spaß gemacht, als ich mir je hätte vorstellen können. Jetzt verstehe ich, weshalb du Pilot geworden bist«, sagte sie und hoffte, dass das Streicheln seines Egos ihr ein wenig Erbarmen einbrachte. Sie hätte nicht herkommen sollen. Schließlich hatte sie gewusst, dass es jemand auf sie abgesehen hatte.

»Sherman ist nicht oft hier draußen. Hier ist eigentlich fast nie jemand.« Sein Lächeln wurde noch breiter, und er machte einen weiteren Schritt auf sie zu. Eden drehte sich um und schaute auf den Berg, wich langsam zurück, als faszinierte sie der Anblick. Tatsächlich suchte sie nur nach etwas, was sie als Waffe benutzen konnte. Kieselsteine waren allerdings ungeeignet.

»Das ist aber schade. Wenn man in Rente ist, sollte man doch tun können, wonach einem der Sinn steht.« Dieser Small Talk brachte sie um.

»Wie läuft es denn so mit Owen?«, wollte er wissen, und sein Lächeln erstarb.

»Wie immer«, antwortete sie. Auf keinen Fall würde sie sich mit diesem Mann auf eine Diskussion über sie und Owen einlassen.

»Ja, ihr beide seid verdammt viel zusammen. Ist echt schwierig, dich mal allein zu erwischen.« Chaz versuchte nicht, seine Freude darüber zu verbergen, sie hier so hilflos anzutreffen. Er kam näher, und Eden stand kurz davor, in Panik auszubrechen.

263

»Er zählt schon lange zu meinem Freundeskreis, und im Moment ist jede Menge los.« Sie wusste, dass ihr die Zeit davonlief.

»Ich war mal in dich verschossen, weißt du?«, gestand Chaz mit einem humorvollen Funkeln in den Augen.

»Das wusste ich nicht«, entgegnete sie und lachte gekünstelt.

»Mir steht allerdings bei Beziehungen immer der Job im Weg.«

»Ja, du bist wegen deiner Immobiliengeschäfte sicher oft unterwegs«, erwiderte sie. Es gab keine Fluchtmöglichkeit.

»Das ist nur eine Nebenbeschäftigung. Damit verdiene ich nicht hauptsächlich mein Geld«, erzählte er.

»Oh, wie nett.« Sie würde ihn nicht nach Details fragen. Vielleicht würde er sie gehen lassen, wenn er herausfand, dass sie nichts wusste, sie also keine Gefahr darstellte. Allerdings ahnte sie auch, dass es dafür schon viel zu spät war.

»Willst du nicht wissen, was ich noch mache?«, fragte er und schlich sich weiter an sie heran. Wieder wich sie zurück, um zu verhindern, dass er nach ihr greifen konnte. Sie würde sich nicht gegen ihn wehren können. Ihre einzige Chance bestand darin, dass noch jemand auf dem Flugplatz auftauchte, doch im Moment sah es nicht danach aus.

»Was du sonst noch so machst, geht mich nichts an«, entgegnete sie.

Er lächelte. »Da täuschst du dich aber, Eden. Es geht dich sehr wohl etwas an, denn du und deine Freunde habt euch eingemischt und mich viel zu viel Geld gekostet.«

Es folgte absolute Stille. Eden starrte ihn an und wusste nicht, was sie darauf sagen sollte.

»Bitte tu das nicht, Chaz«, bat sie. Sie konnte nicht weiter so tun, als würde sie nichts von seiner Feindseligkeit bemerken, wenn er solche Dinge zu ihr sagte, sie derart in die Enge trieb.

»Was soll ich nicht tun, Eden? Was glaubst du, passiert hier?«, fragte er.

»Ich weiß es nicht.«

Er kam noch näher, und Eden versuchte, ihr Handy aus der Tasche zu ziehen, aber sein Blick fiel sofort darauf. Er griff danach, bevor sie etwas tun konnte, und warf es gegen die Hangarwand, an der das Display zerschellte. Sie steckte in schlimmeren Schwierigkeiten, als sie geahnt hatte.

»Dich zu töten, war nicht Teil des Plans, aber dann fingst du an, in diesem Fall zu ermitteln, und mein Boss toleriert niemanden, der sich mit uns anlegt.«

»Chaz, das willst du doch nicht. Es wird dein Leben ruinieren«, warnte sie ihn.

Er lachte ziemlich lange, aber es war ein humorloses Lachen. »Mein Leben ist bereits ruiniert. Deine Freunde und du, ihr habt dafür gesorgt. Unser ganzes Geschäft ist zunichte gemacht. Wir mussten alles niederbrennen – die Produktionsstätte, die Gebäude, alles. Ist doch ein schönes Feuer geworden, oder?« Er schaute auf die verrauchte Landschaft.

»Warum?«, wollte Eden wissen. Sie würde sterben. Er hatte gerade zugegeben, dass er Anteil an dieser Katastrophe hatte, und würde sie nicht als Zeugin zurücklassen.

»Wir haben jahrelang im großen Stil Geld gemacht, und niemand hat etwas gemerkt. Dann wurde dieser Idiot von einem stellvertretenden Schulleiter mit einem Haufen Ware geschnappt, und die verdammte Familie Forbes mischte sich ein. Declan ist uns seither auf den Fersen. Fast hätten sie unsere Produktionsstätte entdeckt, deshalb musste sie verschwinden. Wir zündeten sie an und haben fast alle Spuren verwischt. Aber du bist uns zu nah gekommen. Deshalb musst du auch weg.« Ihm entfuhr ein Lachen. »Owen mochte ich noch nie, deshalb wollte ich ihn einfach aus Spaß beseitigen. Er sollte da oben auf dem Hügel eigentlich sterben, aber er opferte seinen Kumpel dafür.«

Eden starrte ihn an.

»Er hat versucht, ihn zu retten«, korrigierte sie ihn.

Chaz verging das Lächeln, und er starrte sie jetzt ebenfalls an. »Du wirst ihn bis zum bitteren Ende verteidigen, oder? Ekelhaft, wenn man bedenkt, dass er dich verlassen hat, als hättest du ihm nicht mehr bedeutet als eine Fliege an der Wand.«

»Du weißt gar nichts«, hielt sie dagegen und verwünschte sich dafür, wie verängstigt sie war, für die Tränen, die sie kaum noch zurückhalten konnte.

»Ich weiß genug, um dich umzubringen«, sagte er.

Er kam ihr immer näher, und seine Absicht war klar.

Eden würde nicht einfach so dastehen. Sie drehte sich um und rannte mit wild klopfendem Herzen los. Doch schon nach ein paar Schritten spürte sie seine Hand, die sie brutal an den Haaren zurückkriss und zu Boden warf. Die Luft entwich ihrer Lunge, und sie schürfte sich Rücken und Ellbogen auf. Schwindel überkam sie, als er sich über sie beugte.

Chaz zog einen Revolver hervor und zielte damit auf sie. Edens Herz raste. Sie war nicht bereit, zu sterben, ihr Leben loszulassen.

»Bitte tu's nicht, Chaz. Es tut mir leid. Ich werde es niemandem erzählen«, presste sie hervor und ärgerte sich über die Träne, die ihr über die Wange lief. Sie wollte nicht so schwach sein und um ihr Leben betteln.

Hinter ihr ertönte ein Dröhnen. Eden drehte den Kopf. Irgendetwas im Wald war explodiert. Sie schaute wieder zu Chaz, der fasziniert in dieselbe Richtung starrte. Eden wusste, dass das ihre letzte Chance war.

Sie sprang auf die Füße und rannte, als hinge ihr Leben davon ab. Und das tat es tatsächlich. Es war töricht, auf das Feuer zuzulaufen, aber vielleicht konnte sie sich zwischen den

Bäumen verstecken oder Chaz im Rauch abhängen. Sie war erstaunt, dass sie das dicht bewachsene Wäldchen tatsächlich erreichte. Ihr brannte die Kehle, und im Mund sammelte sich der heiße Geschmack von Asche.

Fast lächelte sie, als sie sich umdrehte, durchs Buschwerk rannte und nach einem Platz suchte, an dem sie sich verstecken konnte. Vielleicht hatte sie es geschafft. Vielleicht war er von den Auswirkungen seiner Taten so fasziniert, dass er von ihrer Flucht gar nichts mitbekommen hatte. Eden verspürte Hoffnung. Doch genau in dem Augenblick wurde ihr praktisch der Arm ausgekugelt und sie wieder zu Boden gerissen. Ihr Kopf prallte auf einen Stein, und ihr verschwamm die Sicht.

Dann verlor sie das Bewusstsein.

Kapitel 36

Owen trat zurück, als der Rest seines Hauses in sich zusammenfiel. Eigentlich sollte er mehr Wut spüren, zumindest etwas anderes als Erleichterung. Natürlich war er nicht erleichtert darüber, dass sein Haus und alles, was sich darin befunden hatte, den Flammen zum Opfer gefallen war, aber er war erleichtert, dass die Frau, die er liebte, in Sicherheit war.

Doch bei diesem Gedanken lief es ihm kalt über den Rücken. Er wusste nicht, was es war, aber plötzlich fühlte er sich unwohl, als stimmte etwas nicht. Er zog sich zurück, um dem Lärm zu entfliehen, den seine Kameraden machten, während sie die Gegend großflächig nach weiteren Feuerherden absuchten. Das Letzte, was sie brauchten, war ein weiteres Feuer, das die Ausbreitung des Waldbrands vorantrieb.

Owen zog sein Handy aus der Tasche und wählte Edens Nummer. Der Anruf ging direkt auf die Mailbox. Ein erneuter Versuch brachte dasselbe Ergebnis. Er versuchte, die Panik zu unterdrücken, die ihn jetzt überkam. Irgendetwas stimmte nicht. Er spürte es und rief Kian an. Roxie nahm das Gespräch nach dem zweiten Klingeln entgegen.

»Ist Eden schon zurück?«, fragte er ohne Begrüßung.

»Ich habe sie nicht gesehen«, erwiderte Roxie und war sofort besorgt, als sie die Nervosität in seiner Stimme bemerkte. »Ist alles in Ordnung?«

»Ich weiß nicht. Ich habe so ein komisches Gefühl«, antwortete er unruhig. Er musste sie finden. »Irgend so ein Mistkerl hat mein Haus niedergebrannt, und sie meinte, sie brauche Zeit für sich.« *Weshalb hatte er sie nur gehen lassen?*

»Lass mich ein paar Telefonate führen«, schlug Roxie vor, die jetzt genauso angespannt klang wie er.

Sie legten auf, und Owen tätigte ebenfalls ein paar Anrufe, die ihn aber nicht weiterbrachten. Keiner hatte Eden gesehen. Dann klingelte sein Handy. Es war Roxie.

»Owen, jemand hat sie auf der Straße überholt, die zum Privatflugplatz führt. Du weißt schon, wo Sherman sein Flugzeug stehen hat. Gibt es einen Grund, weshalb sie dorthin gefahren sein könnte?«

»Sie wollte allein sein.« Owen versuchte, sich zu beruhigen. Immerhin wusste er jetzt, wo sie war. Allerdings vertrieb dieses Wissen nicht das Gefühl, dass etwas nicht stimmte.

»Ich werde hinfahren«, schlug Roxie vor.

»Nicht allein. Nimm Kian mit und ruf Declan und Arden an. Ich mache mich sofort auf den Weg«, sagte er.

»Beeil dich«, riet sie ihm. Sie vertraute ihm. Wenn er das Gefühl hatte, dass etwas nicht stimmte, dann war es auch so. Sie legten auf, und Owen lief zu seinem Pick-up.

Er verließ den Brandort ohne ein Wort, die verblüfften Gesichter seiner Kollegen, die ihm nachstarrten, als er aus der Einfahrt fuhr, bemerkte er gar nicht. Sein Grundstück war in guten Händen, jetzt ging es darum, Eden zu finden. Irgendetwas war faul, und er hatte Angst, zu spät zu kommen.

Er bog auf die Hauptstraße ab und gab Gas. Wenn ihn die Polizei erwischte, umso besser. Die konnte ihn gleich zum

Flughafen begleiten. Owen befürchtete, dass er Unterstützung gut gebrauchen konnte.

Er war ein Trottel. Hätte er nicht dermaßen unter Schock gestanden, hätte er sie nicht allein wegfahren lassen. Das hatte nichts mit Kontrolle zu tun, sondern mit dem Wissen, dass der Feind noch eine Schippe drauflegen würde.

Owen trat noch etwas mehr aufs Gas. Die Zeit lief ihm davon. Woher er das wusste, war ihm nicht klar. Es war einfach so.

KAPITEL 37

Eden erwachte mit rasenden Kopfschmerzen. Sie versuchte, eine Hand zu heben, um den Schaden abzuschätzen, der ihrem Kopf zugefügt worden war, als sie bemerkte, dass ihre Hände gefesselt waren. Panik überkam sie.

Als sie die Augen öffnete, dauerte es einen Moment, bis sie etwas sehen konnte. Der Rauch schien dichter zu sein, und sie fragte sich, wie nahe die Flammen bereits waren. Vielleicht hatte Chaz sie festgebunden, damit sie eines langsamen, qualvollen Todes starb. Dann konnte sie nur hoffen, dass der Rauch sie umbrachte, bevor es die Flammen taten. Tränen liefen ihr über die Wangen.

»Hast ja lange genug gebraucht, um aufzuwachen. Ich hatte schon Angst, du hättest dich selbst umgebracht«, bemerkte Chaz im Plauderton.

Eden drehte den Kopf und sah ihn ganz in ihrer Nähe sitzen. Er hielt ein Messer in den Händen und fuhr mit den Fingern über die glänzende Stahlklinge, die er wie hypnotisiert anstarrte. Ihr lief ein Schauer über den Rücken.

»Und was jetzt?«, fragte sie. Sie wollte es lieber wissen. Diese ständige Angst war mehr, als sie ertragen konnte.

»Ich werde dich töten«, sagte er einfach. »Du weißt zu viel und musst beseitigt werden.« Er machte eine Pause und ließ seinen schrecklichen Blick über ihren Körper wandern, was sie mit Abscheu erfüllte. »Aber ich finde, wir haben noch ein bisschen Zeit. Ich könnte genauso gut erst eine Kostprobe von dir nehmen. Lass es uns Bezahlung für den Ärger nennen, den du uns gemacht hast.«

»Wage es nicht, mich anzufassen, du widerliches Schwein!«, rief sie. Lieber würde sie sterben, als die Hände dieses Mannes auf sich zu spüren und ihre letzten Augenblicke von ihm beschmutzen zu lassen.

Seine Augen verengten sich, aber er bewegte sich nicht. Sie musste eine Entscheidung treffen. Sie wusste, dass sie das hier nicht überleben würde. Schließlich hatte sie bereits versucht, zu fliehen, und war gescheitert. Sie konnte nur hoffen, dass ihre Leiche gefunden wurde, damit Owen und Roxie damit abschließen konnten.

»Owen ist übrigens der nächste. Ich will, dass das dein letzter Gedanke ist und du weißt, dass auch er nicht mehr lange zu leben hat. Noch habe ich ihn nicht erwischt, aber auch er wird sterben.« Dass er auf eine unheimliche Art so ruhig sprach, war fast schlimmer, als wenn er sie angeschrien hätte. Zumindest hätte sie ihn dann gegen sich aufbringen können, was ihren Tod beschleunigt und nicht in die Länge gezogen hätte. Allerdings war sie sich nicht sicher, ob diesen Zombie von einem Mann irgendetwas erschüttern konnte.

»Ich bin nicht überrascht, dass du alles verloren hast, Chaz. Du bist ekelhaft und dumm und hast überhaupt keinen Verstand im Kopf. Du wirst weiterhin alles in deinem Leben verlieren, einschließlich deiner sogenannten Freunde. Und der Boss, von dem du redest, wird dich auch aus dem Weg räumen, weil du für ihn eine ebenso undichte Stelle bist wie ich für dich.«

Seine Augen verengten sich wieder, aber er schüttelte den Kopf und verzog den Mund zu einem bösartigen Lächeln. Dann stand er auf und kam langsam und bedächtig mit vorgestrecktem Messer auf sie zu. Das Allerschlimmste war jedoch, dass er ihr mit der anderen Hand vorn über die Jeans strich und sie voller Entsetzen die Wölbung in seiner Hose sah. Es drehte ihr den Magen um.

»Ich weiß, dass du mich wütend machen willst. Damit hast du vielleicht bei einem anderen Erfolg, aber nicht bei mir. Ich habe dich endlich genau da, wo ich dich haben wollte, und ich werde jeden Augenblick genießen. Keiner kommt dich retten. Ich kann stundenlang mit dir spielen, wenn ich will«, drohte er.

Er ragte drohend über ihr auf, als er in der einen Hand das Messer hielt und mit der anderen den obersten Knopf seiner Jeans öffnete. Eden wand sich und zog an den Fesseln, die ihre Hände auf dem Rücken zusammenhielten.

Chaz kniete sich vor sie hin, griff ihr in die Haare und zog sie auf die Knie, ohne ihre Schmerzenslaute zu beachten. Sie verdrehte den Kopf und versuchte, ihn anzuspucken, doch ihr Mund war zu trocken. Chaz lachte, als er sich vorbeugte und ihr über die Lippen leckte.

Sie versuchte, ihr Schluchzen zurückzuhalten, aber es entfuhr ihr und brachte Chaz zum Lachen. Noch immer hatte er das Messer in der Hand, hob es jetzt an und drückte ihr die Spitze an den Hals, während er mit der Zunge über ihren Kiefer leckte. Sie zitterte.

Das Messer ritzte ihre Haut, und Eden betete, er möge es vermasseln und sie erstechen, bevor es zu einer Vergewaltigung kam. Der Tod wäre so viel besser als das, was er mit ihr vorhatte. Sterben würde sie sowieso. Es wäre ihr nur recht, wenn es geschah, bevor der Widerling sie schändete.

»Du bist eine sehr schöne Frau. Eigentlich zu schade, um dich umzubringen«, murmelte er mit rauer Stimme, was ihr erneut den Magen umdrehte. Sie wünschte, sie könnte sich auf ihn übergeben. Vielleicht fände er das so widerlich, dass er nicht weitermachen würde. Aber ihr Magen war leer.

»Ich hasse dich«, schleuderte sie ihm mit einer Stimme voller Abscheu entgegen.

»In Ordnung. Das ist mir egal. Wehr dich. Dann macht es auch viel mehr Spaß.« Er legte das Messer ab, und zu ihrem Entsetzen griff er nach ihrem Kopf, bog ihn nach hinten und leckte das Blut von ihrem Hals. Wieder stand sie kurz davor, sich zu übergeben, aber nichts geschah.

»Du wirst mir einen blasen, und wenn ich deine Zähne spüre, werde ich sie dir herausreißen, und dann machen wir es noch einmal«, erklärte er voller Entzücken. Er ließ sie los und ging ein paar Schritte zurück, um seine Hose aufzuknöpfen.

»Wenn du mir irgendetwas in den Mund steckst, wird davon nicht mehr viel übrig bleiben«, warnte sie ihn. Ihr war kalt. Sie würde ihn nicht aufhalten können.

Chaz schaute sie an und lächelte wieder. Zu diesem Zeitpunkt wusste sie, dass er völlig den Verstand verloren hatte. Er ließ von seiner Hose ab, und plötzlich sah sie nur noch aufblitzende Lichter, als seine Faust auf ihrem Kiefer landete. Ein fürchterlicher Schmerz schoss ihr durch den Kopf. Eden fragte sich, ob er ihr, wie angedroht, die Zähne ausgeschlagen hatte. Aber auch das war ihr inzwischen egal.

»Sei ein braves Mädchen«, forderte er.

Eden öffnete den Mund und stieß einen Schrei aus. Der Laut verursachte ein Echo, und Chaz lachte noch lauter, als er wieder nach den Knöpfen seines Hosenschlitzes griff.

»Hier kannst du so viel schreien, wie du willst«, rief er. »Es wird dich keiner hören.«

Er war gerade dabei, sich die Hose herunterzuziehen, als er hinter sich ein Geräusch hörte. Chaz drehte sich um, aber nicht schnell genug. Owen kam aus dem Nichts mit wutverzerrtem

Gesicht auf ihn zugestürmt und stürzte sich auf Chaz. Die beiden landeten auf dem Boden. Chaz' Kopf schlug so heftig auf, dass der Mann eigentlich hätte bewusstlos sein müssen, aber Owen griff noch einmal nach seinem Kopf und ließ ihn auf den Boden krachen.

»Du Hurensohn!«, brüllte Owen. Eden hatte ihn so noch nie erlebt, und ihr lief ein kalter Schauer über den Rücken. Er war fuchsteufelswild, und Chaz hatte keine Zeit, zu reagieren.

»Ihr werdet beide sterben«, röchelte Chaz mit schwacher Stimme. Owens Hände schlossen sich um Chaz' Hals, und Eden befürchtete, er könnte ihn umbringen. Nein, sie hatte kein Mitleid mit Chaz, denn er war kurz davor gewesen, sie zu vergewaltigen, und er hätte sie ohne Reue umgebracht. Doch Eden wollte nicht, dass Owen damit leben musste, jemandem das Leben genommen zu haben. Er war ein viel zu guter Mensch und würde nie darüber hinwegkommen.

»Ich bringe dich um, weil du sie angefasst hast«, zischte Owen. Seine Finger waren weiß, weil er sie immer kräftiger in Chaz' Kehle drückte.

Eden hatte Mühe, ihre Stimme wiederzufinden, um ihn von seinem Vorhaben abzuhalten. Sie fing an zu husten, und der Druck von Owens Fingern ließ ein kleines bisschen nach, sodass ein wenig Sauerstoff in Chaz' geschundene Lunge gelangte.

»Owen, hör auf! Überlass ihn den Richtern. Gib den Familien der Opfer die Genugtuung, ihn vor Gericht zu sehen.« Edens Stimme war schwach. Der Rauch wurde immer dichter und behinderte die Atmung.

»Was?«, rief Owen und sah benommen aus. »Ich kann ihn nicht gehen lassen.«

»Das brauchst du auch nicht. Fessele ihn. Und dann bringen wir ihn hier weg.« Sie begann wieder zu husten und bekam schlecht Luft. »Owen, bitte«, flehte sie, und Tränen sammelten sich in ihren Augen.

»Hat er dir wehgetan?«, fragte Owen. Seine Hände umklammerten noch immer Chaz' Hals, drückten aber nicht mehr so fest zu.

»Nein«, log sie. »Du hast mich rechtzeitig gefunden.« Sie lächelte ihn so gut es ging an, versuchte ihm zu versichern, dass es ihr gut ging. Aber seine Augen verengten sich, als er auf ihren Kiefer schaute. Sie war sich sicher, dass sich dort ein riesiger Bluterguss bildete.

Ein Funken flog durch die Luft, und Eden sah, wie zu ihrer Linken ein Busch Feuer fing. Panisch wandte sie sich wieder an Owen.

»Bitte binde mich los. Wir müssen gehen«, drängte sie. Der Busch knisterte, und es war nur eine Frage der Zeit, bis sie vom todbringenden Feuer umzingelt sein würden.

Das wurde jetzt auch Owen klar. Er ließ Chaz los, der nicht aussah, als würde er sich aus dem Staub machen. Dann lief er zu Eden und band ihre Hände los. Sie zitterte vor Angst und Erleichterung, als sich die Knoten lösten.

Owen riss sie in seine Arme, und sie weinte. Eigentlich hatten sie dafür keine Zeit, aber mehr als alles andere brauchte sie seine tröstenden Arme um sich. Beide hatten sie Chaz vorübergehend vergessen.

Ein weiterer Funke landete circa einen Meter neben ihnen, und ein Feuer entzündete sich. Owen löste sich von Eden, und sie schauten zu Chaz, doch der war nicht mehr da. Sie sahen ihn den Berg hinauflaufen.

»Wir können ihn nicht entkommen lassen!«, rief Eden panisch.

»Er läuft doch direkt ins Feuer. Der kommt nicht weit«, bemerkte Owen erleichtert.

»Aber was ist, wenn er es doch schafft und noch mehr Schaden anrichtet?«

»In der Richtung wird ihm das nicht gelingen, Eden. Wir müssen jetzt auch los.« In seiner Stimme lag Dringlichkeit, und der Rauch wurde immer dichter. Sie nickte, und beide rannten sie los. Sie mussten sich verdammt beeilen, wenn sie nicht den Flammen zum Opfer fallen wollten.

Sie blickten nicht zurück, als sie den Berg hinunterliefen. Eden fiel auf, dass Chaz sie von der Stelle, an der sie gefallen war, weiter den Berg hinaufgetragen haben musste, denn sie brauchten länger als erwartet für ihre Flucht vor dem Feuer. Sie war froh, dass Owen bei ihr war, denn allein hätte sie nicht zurückgefunden.

Schon bald merkte sie, dass die Luft klarer wurde und ihre Lunge nicht mehr so schlimm brannte. Ihre Kehle fühlte sich an, als wäre sie versengt worden, aber sie lebte, und Owen war bei ihr.

»Wie hast du mich gefunden?«, fragte sie ihn, während sie ihren Weg fortsetzten.

»Jemand hat dich hierherfahren sehen«, sagte er. »Ich habe dein Auto entdeckt und bin auf die Rückseite des Hangars gegangen, da fiel mir das Blut am Boden auf. Das war der schlimmste Moment in meinem Leben.« Er schauderte. »Ich bin der Blutspur gefolgt und habe deine Schreie gehört. Da hat mich die blinde Wut gepackt.«

Sosehr ihr auch der Kopf schmerzte, sie war froh um die Verletzung. Ohne sie hätte Owen sie nicht gefunden. Die Verletzung hatte ihr letztlich das Leben gerettet.

Erst als sie die Bäume hinter sich gelassen hatten, blieb Owen stehen, zog Eden in seine Arme und ließ seine Hände über ihren Rücken, die Arme, den Oberkörper und die Beine gleiten.

»Wo bist du verletzt?«, fragte er aufs Äußerste besorgt.

»Ich weiß nicht. Ich habe mir den Kopf angestoßen, aber ich hatte Glück, Owen. Du kamst gerade noch rechtzeitig. So konnte er mir nicht wehtun.«

»Ich hätte den Mistkerl umbringen sollen«, knurrte Owen. Er lehnte sich zurück und schaute sie mit so viel Kummer in den Augen an, dass es ihr das Herz brach.

»Nein, das hättest du nicht. Du bist kein Mörder, und es hätte dich dein ganzes Leben lang verfolgt. Du bist ein guter Mensch, Owen. Er wird sowieso gefasst werden oder er stirbt im Feuer und wird für das bezahlen, was er getan hat«, sagte sie.

Sirenen ertönten, und sie drehten sich beide um. Auf der Straße näherte sich eine ganze Flotte von Rettungsfahrzeugen. Eden sah Owen überrascht an.

»Hast du die Nationalgarde gerufen?«, fragte sie und war selbst überrascht, dass sie in dieser Situation noch Humor aufbringen konnte.

»Als ich das Blut sah …« Er hielt inne und räusperte sich. »Ich wusste nicht, was ich davon halten sollte. Ich rief Declan an und sagte ihm, er solle die verdammte Marineinfanterie schicken«, gestand er.

»Sieht ganz so aus, als hätte er das getan.« Einige Fahrzeuge rasten um die Rückseite des Gebäudes, als sie die beiden entdeckten. Ein Krankenwagen kam als Nächstes.

Owen drückte sie und gab ihr einen schnellen Kuss, bevor sie auseinandergerissen und mit Fragen bombardiert wurden. Eden fand sich auf einer Krankentrage wieder. Sie versuchte, jedem zu erzählen, dass es ihr gut ginge, aber keiner schien ihr zuzuhören. Sie starrte einfach weiter Owen an, der ihre Hand hielt, als er die Männer über Chaz und seinen letzten bekannten Aufenthaltsort informierte.

»Wenn er nicht bereits tot ist, wird er dafür bezahlen«, versprach einer der Männer.

Sie hatten den Brandstifter gefunden, und damit war zumindest etwas Gutes bei der ganzen Sache herausgekommen. Eden schloss die Augen, als ihr eine Sauerstoffmaske über den Mund gestülpt wurde. Vielleicht brauchte sie ein kleines Nickerchen.

Sie war froh, als sich erneut Finsternis über sie senkte.

Kapitel 38

Als Eden wieder zu sich kam, hörte sie leises Stimmengewirr. Sie hielt die Augen weiterhin geschlossen und war noch nicht ganz bereit, aufzuwachen. Stattdessen spitzte sie die Ohren und versuchte herauszufinden, wo sie war und wen sie reden hörte. Lange brauchte sie nicht, bis sie Owens und Roxies Stimme erkannte.

Eden konnte sich das Lächeln nicht verkneifen. Noch vor wenigen Wochen hatte sie den Himmel und das ganze Universum verflucht, so wütend war sie auf alles gewesen. Und jetzt spürte sie mehr Liebe, als sie nach dem Tod ihres Vaters je wieder zu fühlen gehofft hatte.

Sie schlug die Augen auf.

Es waren nicht nur Owen und Roxie im Zimmer, sondern offensichtlich Owens gesamte Familie. Und der Raum war größer als manche der Hotelsuiten, die sie einst geputzt hatte, um Geld zu verdienen. In einer Ecke gab es einen Sitzbereich, wo Owen mit seiner Familie sprach.

Als hätte er gespürt, dass sie ihn ansah, drehte er sich um und begegnete ihrem Blick mit einem Lächeln. Eden liebte ihn so sehr, doch auch mit diesem Wissen war sie sich nicht sicher, was das bedeutete. War Liebe genug? Ihre Liebe hatte sie doch beide immer wieder fast zerstört. In einigen Fällen war sie wunderbar gewesen, in anderen herzzerreißend.

War Liebe genug?

»Ich habe mir Sorgen gemacht«, sagte Owen. Er hatte das Gespräch mitten im Satz unterbrochen und stand jetzt neben ihr. Roxie trat von der anderen Seite ans Bett heran. Eden schaute von ihr zu Owen und wieder zurück.

»Wie lange war ich bewusstlos?«, wollte sie wissen. Der Klang ihrer Stimme überraschte sie. Sie hörte sich so fremd an. Eden räusperte sich und stellte fest, dass sie eine äußerst schmerzhafte Halsentzündung hatte. Halsschmerzen fand sie persönlich immer besonders schlimm. Eine Magenverstimmung war innerhalb von vierundzwanzig Stunden ausgestanden und eine Erkältung zwar unangenehm, aber ein paar Tabletten machten sie normalerweise erträglich. Aber mit Halsschmerzen war es unmöglich, zu essen, und das bloße Schlucken des eigenen Speichels verursachte einen Schmerz, der pfeilartig bis in den Magen schoss.

»Zwei Stunden und fünfzehn Minuten«, antwortete Owen mit einem Blick auf die Uhr.

»Er hat die Krankenschwestern alle fünf Minuten mit der Frage genervt, warum du nicht aufwachst«, berichtete Roxie. »Um ehrlich zu sein, hätte ich ihm wahrscheinlich mehr als einmal gehörig den Marsch geblasen«, fügte sie schmunzelnd hinzu.

»Mir geht's gut«, sagte Eden, obwohl sie sich fühlte, als wäre sie von einem Laster überfahren und dann noch über eine Klippe geworfen worden.

»Dir geht's noch nicht wieder gut, aber bald«, entgegnete Owen. Er setzte sich neben sie, um ihr näher zu sein. »Es tut mir so leid, dass ich so lange gebraucht habe, dich zu finden, und dass dieser Mann dich angefasst hat.«

»Ich bin einfach nur froh, dass du noch rechtzeitig gekommen bist. Mein Starrsinn und meine Weigerung, einfach nicht sehen zu wollen, dass ich bedroht wurde, hat euch alle in Gefahr gebracht. Das war ein großer Fehler. Ich muss mehr darauf achten, was um mich herum passiert. Dass Chaz Teil des Drogenrings war, wusste ich nicht. Auch nicht, dass das Feuer auf das Konto dieses Rings geht. Eigentlich hatte ich gedacht, dass das Schlimmste überstanden sei, als Ethan erwischt wurde. Hätte ich besser ermittelt, würden unsere Häuser vielleicht noch stehen.«

»Unsere Häuser sind egal«, sagte Owen. »Wichtig ist, dass du wieder gesund wirst. Und du hast allein schon dadurch gute Arbeit geleistet, dass du den Tätern offenbar einen gehörigen Schrecken eingejagt hast. Andernfalls hätten sie es nicht so auf dich abgesehen gehabt«, betonte er.

»Wurde Chaz geschnappt?«, fragte sie.

Owen schüttelte den Kopf. »Noch nicht, aber es läuft eine Großfahndung, die den Texas Rangers Ehre machen würde. Wir werden ihn fassen … und zum Reden bringen.«

»Gut. Ich werde mich auch erst wieder entspannen können, wenn der Kerl gefasst ist«, gestand sie.

»Aber du bist nicht allein. Und deshalb keiner Gefahr mehr ausgesetzt«, tröstete er sie mit Nachdruck.

»Ich sollte das melden. Sie werden mich sowieso von dem Fall abziehen, und ich glaube, ich kann mich ein kleines bisschen damit brüsten, ihn gelöst zu haben«, sagte sie und brachte damit Roxie zum Lachen. »Auch wenn ich eher hineingestolpert und nur knapp dem Tod entronnen bin.« Roxie verstummte.

»Die Ermittler wurden bereits benachrichtigt«, informierte Owen sie. »Darum brauchst du dich nicht mehr zu kümmern.« Sie wollte etwas sagen, doch er fuhr fort. »Und es ist anerkannt worden, dass du das Rätsel um die Brandstiftung gelöst hast.«

»Ich brauche keine Anerkennung. Sie sollten nur wissen, dass ich nicht so voreingenommen war, wie sie dachten. Ich nehme an, ich wollte dich als Schuldigen überführen, weil das vielleicht dabei geholfen hätte, dich nicht mehr zu lieben. Allerdings wusste ich die ganze Zeit, dass du zu so etwas niemals fähig wärst. Und wenn die Brandermittler ihre Arbeit richtig gemacht hätten, dann hätten sie das auch gewusst.«

Owen schwieg kurz und schaute Eden an. Aus seinem Gesichtsausdruck wurde sie nicht klug, was sie überraschte. Normalerweise war er für sie ein offenes Buch.

»Wir haben in kurzer Zeit eine Menge durchgemacht«, sagte er.

»Wir machen schon unser ganzes Leben lang eine Menge durch«, verbesserte sie ihn und kicherte ein wenig, was ihr einen Schmerz durch die Kehle jagte. Gern nahm sie einen Schluck vom Eiswasser, das Roxie ihr reichte.

»Ich habe es so viele Male vermasselt, aber ich liebe dich wirklich, Eden. Ich will für den Rest meines Lebens für dich da sein«, gestand er ihr. Eden sah und hörte nur ihn, als wären sie ganz allein im Zimmer. Sie sagte nichts, während Owen auf eine Reaktion von ihr wartete.

»Wir *haben* eine Menge durchgemacht und stehen im Moment noch unter Adrenalineinfluss. Ich glaube, wir sollten später darüber reden.«

Sie war überrascht, Hoffnung in seinem Blick zu sehen. »Das bekomme ich hin«, versprach er und verzog den Mund zu einem breiten Lächeln. »Denn ich habe keinen Zweifel an meinen Gefühlen für dich, und ich weiß, dass du mich auch liebst.«

Er beugte sich zu ihr hinunter und küsste sie zärtlich. Von der anderen Seite des Zimmers ertönten leise Pfiffe, und Eden merkte, wie sie rot anlief, als sie zu Owens breit grinsenden Brüdern hinüberschaute.

»Ich verspreche dir nichts«, sagte sie und hätte dabei lieber kein Publikum gehabt.

»Das ist in Ordnung, denn ich verspreche dir alles.«

Eden ignorierte seine Familie einfach, sie konnte den Blick ohnehin nicht von Owen abwenden. Sie war völlig durcheinander, und dieser Zustand hielt jetzt schon eine Weile an. Sie wandte sich an Roxie, der es sichtlich peinlich war, Zeugin dieses intimen Augenblicks zu sein.

»Erzähl mir, was die Polizei über Chaz weiß«, sagte sie beinahe flehend, um das Thema zu wechseln. Roxie war mehr als begierig, ihr Wissen zu teilen.

»Man hat sein Haus durchsucht und einen Haufen Informationen gefunden«, berichtete Roxie. »Wahrscheinlich sind sie noch mit der Durchsicht beschäftigt.«

»Was zum Beispiel?«, fragte Eden.

»Man hat eine Unmenge von Drogen sichergestellt sowie zahlreiche Adressen. Ich glaube wirklich, er war so großspurig, dass er sich nicht vorstellen konnte, jemals verdächtigt zu werden. An einer Wand klebten alle möglichen Zeitungsartikel über die Schäden, die das Feuer angerichtet hatte, die Tätigkeit der Feuerwehr und sämtliche Männer der Familie Forbes. Die Ermittlung ist in vollem Gange.«

»Was ist mit dem Anführer?«, fragte Eden hoffnungsvoll.

Declan trat vor. »Bisher haben wir noch nichts, aber der müsste sich inzwischen in die Ecke gedrängt fühlen. Wir haben sein Geschäft ruiniert, und die Schlinge um seinen Hals zieht sich immer weiter zu. Er gehört mir.« Declan sah so grimmig aus, dass Eden ein Schauer über den Rücken lief. Sie wollte nicht dieser Mann sein, wenn Declan ihn zu fassen bekam.

»Und was, wenn Chaz entwischt ist? Wenn er zurückkommt, um zu beenden, was er begonnen hat?«, überlegte sie mit einem fragenden Blick auf Owen laut.

Er drückte ihre Hand, und ihr wurde bewusst, wie sehr sie ihm vertraute. Es war merkwürdig, wie einfach es war, in das alte Muster zu verfallen und diesem Mann wieder ihr Vertrauen zu schenken. Dennoch, sie wollte nicht von ihm abhängig sein, aber jetzt war nicht der Zeitpunkt, darüber nachzudenken.

»Wir werden ihn zu fassen bekommen, tot oder lebendig«, versicherte Owen ihr.

»Überlass das den Behörden. Ich möchte dich nicht in der Nähe dieses Mannes sehen«, bat sie ihn. Er wich ihrem Blick aus, als wollte er sie nicht enttäuschen, weil er auf jeden Fall nach dem Mann suchen würde, der ihr Böses wollte. »Versprich mir auf der Stelle, Owen, dass du die Fahndung der Polizei überlässt.«

Owen schaute sie wieder an. »Eden«, sagte er, und seine Stimme glich fast einem Wimmern. Darüber musste sie lächeln.

»Du bist nicht fünf Jahre alt und wirst vom Platz geschickt, Owen. Ich möchte deine Seele retten«, erklärte sie. Sie ließ nicht zu, dass er wegschaute. Schließlich nickte er.

»Für dich tue ich alles«, versprach er. »Obwohl es mir nicht gefällt«, knurrte er leise in der Annahme, dass sie ihn nicht hörte. Eden lächelte nur und wandte sich wieder an Roxie.

»Danke, dass du hier bist und mich ins Bild gesetzt hast.« Wieder trank sie einen Schluck Wasser. Ihr ganzer Körper tat weh, aber nichts war eingegipst, und sie war sicher, dass alle möglichen Tests durchgeführt worden waren. Sie schaute hinüber zum großen Forbes-Clan und entdeckte Kian in seinem Arztkittel.

»Wann darf ich gehen?«, fragte sie.

Kian trat mit einem Lächeln an ihr Bett. »Ich möchte, dass du mindestens vierundzwanzig Stunden, eventuell achtundvierzig, hierbleibst. Mal sehen, wie du dich morgen fühlst. Du hast dir heftig den Kopf angeschlagen und eine leichte

Gehirnerschütterung«, sagte er. »Und du hast Glück, dass dein Kiefer nicht gebrochen ist.«

»Habe ich Zähne verloren? Bitte sag es mir einfach«, bat sie ihn und zuckte zusammen. Ihr Kiefer tat höllisch weh. Wahrscheinlich noch mehr als ihr Kopf.

Kian lächelte. »Kein einziger Zahn wackelt«, versicherte er ihr und drückte ihr die Hand.

Sie stieß einen Seufzer der Erleichterung aus. »So schlecht fühle ich mich gar nicht, und ich hasse Krankenhäuser. Die sind so steril.« Dann sah sie sich im Zimmer um. »Aber das hier ist mehr eine Hotelsuite als ein Krankenzimmer. Wenn diese verdammten piependen Monitore nicht wären, würde ich denken, ihr hättet mich reingelegt.«

Kian lachte und hielt ihre Hand fest. »Das hier ist das VIP-Zimmer.« Er zwinkerte ihr zu.

»Ich nehme an, du hast mir ein Upgrade gegeben, weil ich weiß, dass du in der siebten Klasse dem Mittelstufenpublikum in einer Pause dein nacktes Hinterteil gezeigt hast und ich dich erpressen könnte«, neckte Eden ihn.

Roxie stimmte in das allgemeine Gelächter ein. »Ich kann nicht glauben, dass ich das vergessen hatte.«

Kian lächelte breit. »Ich war nicht der Einzige, der das gemacht hat«, gab er zu bedenken. »Und es ist gut, dass meine Eltern jetzt nicht hier sind. Meine arme Mutter hätte wahrscheinlich einen Herzinfarkt erlitten, wenn sie herausgefunden hätte, dass zwei ihrer vier Söhne in diesen Vorfall verwickelt waren.«

»Dein Geheimnis ist bei mir sicher«, versprach Eden ihm.

»Aber bei mir nicht. So habe ich immer ein Druckmittel, um meinen Willen durchzusetzen«, freute sich Roxie.

»Das tust du doch sowieso immer«, sagte Kian, und sein Blick war voller Liebe. Sie küssten sich, und Eden fiel auf, dass sie sie gerade vollkommen vergessen hatten.

»Ich bleibe hier bei dir«, verkündete Owen.

Eden lächelte. »Nein, das wirst du nicht. Du gehst da raus und gibst dein Bestes, um dieses Feuer zu löschen, damit ich mir nach der Entlassung aus dem Krankenhaus ein neues Haus suchen kann. Das Feuer hat schon genug Schaden angerichtet. Sorg bitte dafür, dass die Stadt, die ich liebe, vom Feuer verschont wird«, forderte sie.

Owen sah aus, als wollte er widersprechen, aber schließlich ließ er die Schultern hängen. »Wenn du das wirklich willst.« Offensichtlich hatte er die Hoffnung noch nicht aufgegeben, dass sie ihre Meinung änderte.

»So will ich das«, sagte sie. Sie brauchte Ruhe, um nachzudenken.

Jeder trat an ihr Bett und wünschte ihr gute Besserung, und dann war Eden endlich allein. Wie es weitergehen würde, wusste sie nicht. Erst einmal wollte sie ihrem Körper Zeit geben, wieder gesund zu werden, damit auch ihr Verstand und ihr Herz wieder klarer sehen konnten.

Vielleicht würde sie dann auch Antworten auf die Frage bekommen, wie es mit ihrem Leben weitergehen würde.

KAPITEL 39

Chaz war rußgeschwärzt, mit Verbrennungen und ohne Haare den Berg heruntergekommen und von einem Suchtrupp in Empfang genommen worden. Als man ihn stellte, hatte er die Waffe erhoben und der Polizei praktisch keine andere Wahl gelassen, als ihn zu erschießen. Nie wieder würde er für jemanden eine Gefahr darstellen. Allerdings konnte er ihnen auch nicht mehr verraten, wer sein Auftraggeber war.

Viele Leute wunderten sich, wie jemand, der so erfolgreich war und sein Leben perfekt im Griff zu haben schien, zu solch einer ungeheuerlichen Tat fähig gewesen war. Niemals würden sie darauf eine Antwort bekommen.

Owen nahm an, dass die ganze Sache auf Drogen zurückzuführen war. Man wurde in diese Kreise hineingezogen und kam nicht mehr heraus. Es war tragisch.

Er wischte sich den Schweiß von der Stirn. Dort draußen lauerte immer noch die Gefahr, aber sie wurde geringer. Sie waren auf der Siegerseite und würden ihre Stadt bald wieder vollständig zurückhaben.

Seit jenem Tag im Krankenhaus waren zwei Wochen vergangen, zwei unerträglich lange Wochen. Eden war entlassen worden und hatte ihm erzählt, sie müsse sich um einige Dinge kümmern. Dann hatte sie die Stadt verlassen. Nur ein paar Textnachrichten hatte sie seither an ihn geschickt. Doch Roxie versicherte ihm, er müsse ihr Raum geben, damit sie sich über einige Dinge klar werden könne. Er hatte zehn Jahre gebraucht, um sein Leben auf die Reihe zu bekommen. Eden ein paar Wochen Zeit zu geben, war das Mindeste, was er tun konnte.

Obwohl sein Liebesleben zurzeit eine Katastrophe war, ging es bei der Arbeit deutlich besser. Der Wind hatte sich gelegt, es hatte ein paar heftige Regenschauer gegeben, und jetzt war das Feuer zu achtundneunzig Prozent gelöscht. Sie hatten es endlich unter Kontrolle, und obwohl die Gegend um Edmonds herum völlig anders aussah, war die Stadt sicher, und die Luft wurde immer klarer.

Die Natur fand immer einen Weg, sich selbst zu reinigen. Owen bezweifelte nicht, dass der Phönix aus der Asche der Kaskadenkette neu erstehen würde. In einem Jahr würden neue Bäume auf den Hügeln wachsen und Gras die Besucher mit einem weichen Teppich empfangen. Das war der Grund, weshalb er die Bekämpfung von Bränden liebte. Feuerwehrleute retteten das Land und das Eigentum der Menschen. Es war harte Arbeit, aber vor dem, was am Ende dabei entstand, hatte er große Ehrfurcht.

Owen musste sich zwingen, seine Gedanken wieder auf das Hier und Jetzt zu lenken. Obwohl das Feuer eingedämmt war, gab es noch eine Menge zu tun, und alle waren erschöpft. Außerdem beunruhigten Owen noch andere Dinge, die in der Stadt vor sich gingen.

Chaz war ein Irrer gewesen, ein Mann, der auf Rache aus gewesen war, aber die Beweise, die sie in seinem Haus sichergestellt hatten, zeigten das Ausmaß des Drogenrings, dem er angehört hatte. Das Drogenkartell hatte gute Menschen das Leben gekostet, fast auch das seiner Schwägerin Keera und das der Frau, die er liebte. Außerdem hatte es die Landschaft zerstört, in der er aufgewachsen war. Sein Bruder Declan war noch angespannter als gewöhnlich, denn es galt nach wie vor, den Anführer des Rings zu schnappen und dem ganzen Übel ein für alle Mal ein Ende zu setzen.

Sie würden diesen Mistkerl kriegen. Es war nur eine Frage der Zeit, aber im Moment konnte Owen sich nicht darauf konzentrieren. Am Ende seiner Schichten schaffte er es mit Müh und Not zurück zur Feuerwache, wo er nur noch auf eine der Pritschen fiel.

Er musste sich überlegen, ob er ein neues Haus baute oder eines kaufte. Er liebte sein Grundstück und würde höchstwahrscheinlich eines bauen. Allerdings wusste er nicht, wo er in der Zwischenzeit wohnen sollte. Die Entscheidung hing im Wesentlichen von Eden ab. Ihm war es egal, wo er wohnte, solange sie bei ihm war.

An diesem Abend beschloss er, Declan zu besuchen. Sein Bruder war in seinem Arbeitszimmer, als Owen eintraf. Die beiden saßen eine Weile schweigend da, tranken ein kaltes Bier und beobachteten das Flackern der Flammen im Kamin.

Es war merkwürdig. Eigentlich hätte er von Feuer die Nase voll haben müssen, aber ein kontrolliertes in einem Kamin hatte auf ihn eine beruhigende Wirkung.

»Wann wirst du ihr einen Antrag machen?«, fragte Declan schließlich.

»Das würde ich sofort tun, wenn sie nach Hause kommen würde«, antwortete Owen.

Declan stieß einen Laut aus, den viele für ein Stöhnen gehalten hätten, aber Owen wusste, dass es ein leises Lachen war. Es hörte sich fast unheimlich an, aber Owen und der Rest der Familie hatten sich daran gewöhnt.

»Wirf sie über die Schulter und akzeptiere kein Nein als Antwort«, riet Declan ihm.

Diesmal lachte Owen. »Bist du nicht beim FBI?«

»Ja, und?«

»Nennt man das nicht Entführung?«

Declan winkte ab. »Nur, wenn die Frau nicht entführt werden will«, versicherte er ihm.

»Ich bin mir ziemlich sicher, dass sie das will«, meinte Owen.

»Ihr beide seid doch ineinander verliebt, seit ich denken kann. Scheint so, als würdet ihr Kerle euch alle verlieben und ich als einziger Junggeselle übrig bleiben.« Owen war überrascht über den bitteren Unterton in der Stimme seines Bruders.

»Das musst du doch nicht«, konterte Owen. »Ich bin mir ziemlich sicher, dass ich es zwischen dir und Angela knistern gehört habe.«

Declan starrte ihn an. »Sie ist Mutter. Sie kann jemanden wie mich nicht gebrauchen.«

»Was soll das denn bedeuten?«, fragte Owen leicht genervt. »Ich glaube, du bist viel zu hart zu dir selbst. Sie wäre sicher glücklich, dich zu haben.« Owen gefiel es nicht, wenn Mitglieder seiner Familie schlechtgemacht wurden, auch wenn es sein Bruder war, der schlecht über sich selbst redete.

»Ich habe zu viele Leichen im Keller«, behauptete Declan. Seinen Bruder schien plötzlich eine Traurigkeit zu überkommen, die Owen noch nie an ihm bemerkt hatte.

»Ich hoffe, eines Tages wirst du uns davon erzählen. Das würde dir sicher helfen«, sagte Owen.

»Das werde ich«, versprach Declan. Owen überraschte das nicht. Declan würde reden, wenn es an der Zeit war.

Sie plauderten noch eine Weile miteinander, dann stand Declan auf. »Du kannst gern in meinem Gästehaus wohnen, bis dein neues Haus fertig ist.«

»Das klingt nahezu perfekt.« Owen war erleichtert. Daran hatte er gar nicht gedacht, aber es war eine gute Idee. Auch Eden würde sich dort wohlfühlen.

Declan warf ihm einen Schlüssel zu und verließ das Zimmer. Jetzt musste Owen nur noch warten, und er hoffte, dass es nicht allzu lange dauern würde.

* * *

Sie glauben, sie haben gewonnen.

Immer wieder überkam den Mann eine unbändige Wut, die so intensiv war, dass sein Herz wild pochte und seine Venen brannten. Sie hatten ihm alles genommen, und er wusste nicht, wie er es ihnen heimzahlen sollte. Alles, was er bisher versucht hatte, war fehlgeschlagen.

Als er durch sein Hochleistungsobjektiv schaute, sah er, wie Declan auf die Haushälterin zuging, die bei Arden Forbes arbeitete. Sie hatte ein Kind bei sich und stand vor dem Café, in dem sie als Teilzeitkraft arbeitete. Declan stand dicht bei ihr – beschützend dicht. Jemand ging an den dreien vorbei und rempelte fast das Kind an. Schnell nahm Declan den Jungen hoch und hielt ihn fest an die Brust gedrückt.

Die Haushälterin sah zu Declan auf wie zu einem Helden.

Der Mann auf dem Hügel über der Stadt lächelte. Seine Wut verrauchte, und in seinem Kopf entstand ein Plan.

Declan hatte einen schwachen Punkt.

Und der Mann hatte einen Vorteil. Sie dachten alle, er sei längst tot. Aber so leicht war er nicht auszurotten. Er war es gewohnt, sich im Halbdunkel zu verstecken. Und es gab da eine Verbindung zwischen ihm und Declans Angebeteter … zwischen ihr und ihrem Jungen. Eine engere, als sie alle sich vermutlich vorstellen konnten. Alles würde sich schon bald zu einem wunderschönen Kreis schließen.

Der finstere Blick des Mannes wich einem Lächeln. Er wusste, wie er seine Rache bekam und wo genau er zuschlagen musste, damit die ganze Familie Forbes blutete.

»Ich bin Mario Vasquez, und ich nehme keine Gefangenen«, sagte er laut. Es wurde Zeit, dass er beendete, was er begonnen hatte.

Kapitel 40

Eden ertappte sich dabei, dass sie lächelte, als sie zurück in die Stadt kam. Sie wusste nicht, weshalb sie drei Wochen gebraucht hatte, sich darüber klar zu werden, dass das Herz wusste, was es wollte. Die Vergangenheit zählte nicht mehr. Jetzt ging es um die Zukunft. Und ihre Zukunft wäre nicht vollständig, wenn Owen Forbes darin fehlte.

Sie schickte ihm eine kurze Nachricht, in der sie ihm mitteilte, er solle sie am Steg treffen. Sie bezweifelte nicht, dass er da sein würde. Eigentlich hätte sie ihn anrufen und ihm mehr erzählen sollen, zumal sie ihn eine Ewigkeit hatte warten lassen. Doch diese Zeit war nötig gewesen. Sie hatte nicht den Eindruck erwecken wollen, sie bleibe nur bei ihm, weil sie sich zusammen in einer gefährlichen Situation befunden hatten.

Viele Beziehungen, die in einer sehr intensiven Situation begonnen hatten, verliefen im Sand, wenn das Adrenalin nachließ und die Leute merkten, dass es nichts gab, was die Verbindung aufrechterhielt. Aber Eden war nicht bewusst gewesen, dass sie und Owen etwas gemeinsam hatten, das viel tiefer ging. Es war nicht ein Moment, der sie verband, es waren Jahre. Nicht alle waren gut gewesen, aber trotzdem hatte sie ihn geliebt, und sie wusste, dass auch er sie immer geliebt hatte. Das reichte. Die Liebe würde sie garantiert durch ein ganzes Leben tragen.

Ihr Mitfahrer jaulte vor Aufregung, und Eden drehte sich um, lächelte und kraulte den verwahrlosten Kopf eines vierjährigen schwarz-weißen Boxers. Sie hatte kein Zuhause, wusste nicht, was der morgige Tag bringen würde, aber auf ihrer Reise zu sich selbst hatte sie ein Tierheim besucht. Und als sie Scooter in die Augen geschaut hatte, da wusste sie, dass sie zusammengehörten.

»Wir sind gleich zu Hause, Scooter«, sagte Eden.

Die Zunge rutschte ihm aus dem Maul, und er schaute sie voller grenzenloser Liebe an. Sie hatten sich gefunden, und Eden bereute es nicht.

Sie kam zu ihrem Grundstück und war froh, die Erste zu sein. Scooter brauchte keine Leine, denn er entfernte sich nie weit von ihr. Sie ließ ihn aus dem Auto, und beide gingen sie hinunter zum Steg, um den friedlichen Anblick des Wassers zu genießen. Der Rauch hatte sich verzogen, und der Wind die letzten vereinzelten Schleier verweht. Der Geruch verbrannter Bäume hing noch immer in der Luft, aber auch der war schwächer geworden. Schon bald würde keiner mehr sehen, dass ein todbringendes Feuer die Stadt bedroht hatte.

Das Leben würde zur Normalität zurückkehren.

Eden krempelte ihre Hosenbeine hoch und zog die Schuhe aus. Dann setzte sie sich auf den Steg und genoss das friedliche Gefühl, das sie sofort überkam, als sie die Füße ins erfrischende Wasser hängen ließ. Sobald Scooter sicher war, dass sie dort sitzen bleiben würde, erkundete er das Ufer und markierte so viele Stellen wie möglich. Sie waren beide froh, nicht mehr im Auto zu sein.

Eden war auf das Geräusch von Owens Eintreffen eingestellt und wusste, wann er seinen Pick-up geparkt hatte. Ihr Herz nahm Fahrt auf. Sie hatte keinen Zweifel, dass er nehmen würde, was sie ihm bot, aber dennoch war sie nervös. Das war dumm und unvernünftig, aber das war vieles im Leben.

Sie spürte ihn, bevor sie ihn erblickte. Als sie sich vom wunderschönen Bild der am Horizont untergehenden Sonne losriss, sah sie ihn den Weg zum Steg herunterkommen. Beim Anblick einer neuen Person eilte Scooter an ihre Seite, setzte sich und versuchte zu entscheiden, ob dieser Mann Freund oder Feind war.

Kurz setzte ihr Herzschlag aus, um dann wieder wie ein Vorschlaghammer einzusetzen. Sie hatte ihn so sehr vermisst und würde nicht mehr lange von ihm getrennt sein können, denn sie wusste, dass auch er sie wollte. Die anderen Tage lagen hinter ihnen. Es war an der Zeit, erwachsen zu werden und aufzuhören, Spielchen zu spielen, von denen keiner wusste, dass sie sie spielten, und stattdessen ihre Herzen zu öffnen. Sie konnte das genauso wie er. Das wusste sie.

Sie liebte ihn. So einfach war das.

Liebe. Welch ein kleines Wort für ein so großes Gefühl mit vielen Facetten. Kein Forscher der Welt hatte bisher herausgefunden, warum oder wie Liebe passierte. Letztendlich musste man ihr blind vertrauen, und Eden nahm an, dass sie wieder an das Schicksal glaubte.

Owen kam näher, und mit jedem Schritt, den er tat, fühlte sie sich ein kleines bisschen vollständiger. Er war wirklich ihre andere Hälfte, und ohne ihn fühlte sie sich nie richtig gut, nie komplett.

»Sieht so aus, als hättest du einen Freund gefunden«, sagte Owen mit Blick auf Scooter, der aussah, als hätte er in Bezug auf Owen noch keine Entscheidung getroffen.

»Das ist Scooter. Den habe ich adoptiert«, erklärte sie und legte beschützend eine Hand auf den Hund.

»Er gefällt mir.« Owen lächelte, und sie stieß einen erleichterten Seufzer aus. Auch Scooter schien sich zu entspannen.

Eden hatte keine Gelegenheit, noch etwas zu sagen, denn Owen redete sofort weiter. »Ich habe dich vermisst.« Worte, die zwar leise gesprochen, aber gleichzeitig so intensiv waren.

Da hielt es Eden nicht mehr aus, ihn nicht zu berühren. Sie stand auf und eilte zu ihm, warf ihm die Arme um den Hals und hätte sie beide fast umgeworfen. Es war gut, dass Owen so stark war, sonst wären sie wahrscheinlich in den See gefallen. Scooter rannte ihr nach und winselte zu ihren Füßen, wusste nicht, was er von der neuen Situation halten sollte.

Owen zögerte nicht, als seine Lippen auf ihre trafen und der Kuss so heiß war, dass er sie beide fast verbrannte. Erst nach geraumer Zeit war Eden in der Lage, sich von ihm zu lösen. Ihre Haut kribbelte, und in seinen Augen strahlte ein Licht, das Worte überflüssig machte.

Sie hob die Hand und strich ihm über die Wange, genoss das Gefühl seines Dreitagebarts, seinen kräftigen Kiefer, aber vor allem das Leuchten in seinen Augen. Wie hatte sie je an ihren Gefühlen für diesen Mann zweifeln können? Sie war eine Närrin gewesen.

»Ich habe dich auch vermisst«, sagte sie und kicherte dann. »Offensichtlich.«

»Bist du gekommen, um zu bleiben?«, wollte er wissen. Es gefiel ihr, dass er sich zurückhielt und ihr den Raum gab, um den sie gebeten hatte. Dafür liebte sie ihn noch viel mehr.

»Ich gehe nirgendwo mehr hin«, versprach sie und sah die Erleichterung in seinen Augen.

»Ich liebe dich, Eden.« Fast trotzig sprach er die Worte aus, als befürchtete er, sie könnte ihm verbieten, sie zu sagen. Doch das würde sie nie wieder tun.

»Ich liebe dich auch, Owen«, sagte sie mit Leichtigkeit.

Er verstärkte den Druck seiner Arme um sie, und seine Lippen landeten auf ihren, während seine Hände auf ihrem Rücken lagen. Es dauerte sehr lange, bis er den Kuss unterbrach.

Sie waren außer Atem und kurz davor, wegen anstößigen Verhaltens Ärger zu bekommen. Eden wich zurück und strich ihm mit dem Daumen über die Unterlippe, die von ihrem Biss geschwollen und rot war.

»Ich habe zu lange die Vergangenheit als Schutzschild mit mir herumgetragen. Damals waren wir fast noch Kinder. Jetzt sind wir erwachsen, und ich liebe dich und vertraue dir«, sagte sie.

Er schaute sie mit so viel Liebe an, dass sie wusste, die richtige Entscheidung getroffen zu haben. Nichts konnte sie mehr trennen, und das machte sie so glücklich wie nie zuvor.

»Wenn ich dir nicht wehgetan hätte, hättest du nichts zu befürchten gehabt. Ich werde es nicht mehr erwähnen, möchte mich aber noch ein letztes Mal dafür entschuldigen. Du bist der wichtigste Mensch in meinem Leben. Der bist du immer gewesen. Ich möchte dir die Welt zu Füßen legen, dir die Babys machen, die du haben willst, und an deiner Seite sein, wenn wir alt und grau sind«, sagte er.

Sie seufzte, stellte sich auf die Zehenspitzen und küsste ihn auf die Wange. Plötzlich hob er sie hoch, und sie kicherte und vergaß ihre Schuhe, als er sie den Pfad hinauftrug. Scooter rannte im Kreis um Owens Beine herum, und der sprach leise mit dem Hund, versicherte ihm, dass alles in Ordnung sei. Scooter schien ihn zu verstehen und beruhigte sich, blieb ihm aber dicht auf den Fersen. Eden war verwirrt, als sie Owens Pick-up erreichten und ein Stuhl danebenstand.

Er setzte sie darauf, fiel auf die Knie und griff in seine Tasche. Sofort schossen Eden Tränen in die Augen. Scooter schaute von einem zum anderen.

»Die trage ich seit Jahren mit mir herum«, gestand er, und sie glaubte ihm, da die Hälfte des Samtes auf der Schachtel abgeschabt war. Doch dadurch wurde sie nur noch schöner für Eden. Als er den Deckel öffnete, verschlug es ihr die Sprache.

Die Schachtel mochte beschädigt aussehen, aber der Diamant darin funkelte, als die untergehende Sonne darauf fiel.

»Ich werde dich für den Rest meines Lebens ehren und lieben und dir ein gleichwertiger Partner sein. Ich kann dir nicht versprechen, dass wir uns nie streiten werden, aber ich kann dir versichern, dass du immer gewinnen wirst. Es gibt nichts, was ich nicht für dich tun würde, und ich weiß, dass es dir genauso geht. Lass uns hier und jetzt von neuem beginnen. Und lass uns zusammen in den Sonnenuntergang reiten. Heirate mich«, bat er sie.

Durch ihre Tränen konnte Eden kaum etwas sehen. Außerdem konnte sie fast nicht sprechen, als sie ihn vor sich zittern sah. Aber sie wusste, dass das hier der vollkommenste Moment ihres Lebens war, und es fühlte sich richtig an.

»Oh, Owen, es wird mir eine Ehre sein, dich zu heiraten, deinen Namen zu tragen, deine Frau und die Mutter deiner Kinder zu sein«, sagte sie und war erstaunt, dass sie die Worte herausbrachte.

Die Sonne verschwand am Horizont, als er den Ring an ihren Finger steckte. Dann warf sie sich in seine Arme, und beide fielen sie um. Scooter stürzte sich auf sie, und Eden stellte fest, dass ihr Leben unbeschreiblich war. Nach einer Weile mussten sie Scooter in den Pick-up sperren, damit er nicht mehr störte. Gleich dort, im Schatten des Autos, schliefen sie miteinander, und die Sterne funkelten auf sie herab.

Danach schaute Eden hinauf in den Himmel und wünschte sich etwas, was zweifellos wahr werden würde. Das Schicksal schlug bisweilen merkwürdige Wege ein, aber es setzte tatsächlich immer seinen Kopf durch.

Kapitel 41

Im Bundesstaat Washington gab es keine bessere Zeit als das Ende des Sommers. Ein leichter Wind kühlte die Luft gerade genug, dass sich die heißen Sonnenstrahlen auf der Haut gut anfühlten, und das Wasser war endlich angenehm warm. Das würde nicht lange so bleiben, reichte jedoch aus, um alles Übel verblassen zu lassen.

Eden versuchte herauszufinden, welchen Schritt sie im Leben als Nächstes tun würde. Auf keinen Fall würde sie an fünf Tagen die Woche in das stickige Büro zurückgehen. Nicht, nachdem sie Zeit mit der Brandermittlung verbracht und das Gefühl von Freiheit und Verantwortung kennengelernt hatte.

Eine Zeit lang hatte sie ihren Job geliebt, aber jetzt wusste sie, dass die Zeit für ein neues Abenteuer gekommen war. Doch sie wusste noch nicht, wie das aussehen sollte. Obwohl sie sich verändern wollte, war es schwer, sich von Sal, ihrem Chef, zu verabschieden. Ein paar Tränen flossen, und dabei handelte es sich nicht nur um ihre eigenen.

Eden trat mit umgehängter Schultertasche aus dem Gebäude, und als sie aufschaute, blieb sie abrupt stehen. Sie blinzelte ein paarmal, doch dann breitete sich ein Grinsen auf ihrem Gesicht aus. Owen lehnte in ausgeblichenen Jeans, schwarzem T-Shirt und einer Baseballkappe an einem glänzenden schwarzen Lamborghini Reventón, und Scooter saß fröhlich zu seinen Füßen.

Eden näherte sich langsam, hatte Angst, das 1,4 Millionen Dollar teure Auto überhaupt zu berühren. Offensichtlich hatte Owen dieses Problem nicht. Seine ziemlich zerlumpte Jeans hätte leicht den Lack beschädigen können.

»Was in aller Welt machst du hier?«, fragte sie und konnte den Blick nicht von dem schönen Auto abwenden.

»Meine Verlobte abholen«, antwortete er und bewegte sich keinen Millimeter.

»In einem sauteuren Auto?« Am liebsten hätte sie es angefasst.

»Hattest du dich nicht mal über mich lustig gemacht, weil ich mich nicht wie ein Milliardär benehmen würde?« Owen lachte.

»Ja, schon. Aber das ist etwas, was ich an dir liebe«, gestand sie. »Verdammt, dieses Auto ist wirklich schön«, fügte sie mit einem Seufzer hinzu. »Jetzt bring es zurück, damit es nicht beschädigt wird.«

»Tut mir leid, das kann ich nicht. Es ist ein Verlobungsgeschenk«, behauptete er.

Ihr Blick schnellte zu ihm. Entsetzen sprach aus ihrem Gesicht.

»Du hast es doch nicht etwa gekauft, oder?«, fragte sie mit gedämpfter Stimme. Sie schaute sich um und rechnete mit versteckten Kameras.

»Natürlich habe ich das.« Er stieß sich schließlich vom Auto ab und zog die Fahrertür auf. Dann hielt er ihr die Hand hin. »Gnädige Frau«, sagte er.

Eden bewegte sich keinen Millimeter, als sie in das Innere des Autos starrte. Es war makellos und unglaublich. Sie würde sich nicht trauen, einzusteigen. Aber … oh … sie war so versucht.

»Es gehört dir.« Sein Lächeln verblasste. »Und du kannst damit tun, was du willst.«

Er streckte den Arm aus, zog sie zu sich und gab ihr einen kleinen Schubs, bis sie auf dem Fahrersitz landete. Dann schloss er die Tür und ging mit Scooter auf die Beifahrerseite. Eden saß in ehrfurchtsvoller Stille da, und ihre Finger strichen über das Lenkrad.

»Lass uns einfach losfahren«, schlug er vor. Eden konnte sich ein Lächeln nicht verkneifen, als sie diesen perfekten Mann anschaute, der völlig ungezwungen mit Scooter auf dem Schoß neben ihr saß. Beide schienen zu sagen: *Mach schon!*

»Vielleicht nur eine kleine Spritztour«, sagte sie.

Und dann ging es los. Der Motor erwachte summend zum Leben, und sobald sie den Fuß aufs Gaspedal setzte, hatte das Auto von ihr Besitz ergriffen. Zu dritt sausten sie über die Nebenstraße, bis sie auf einem freien Stück Autobahn aufdrehten. Eden lachte vor Freude, als sie die Gänge wechselte und staunte, wie gut sich das Auto handhaben ließ.

Owen sagte kein einziges Wort, lehnte sich einfach zurück und tat so, als wäre er völlig sorglos. Als Eden schließlich nach Edmonds zurückfuhr, bat er sie, am Hafen anzuhalten.

»Wir können dieses Auto nicht behalten, Owen. Es ist unsinnig, so viel für ein Auto auszugeben«, sagte sie, und ihr graute bereits davor, es zurückzugeben.

»Du kannst ein Geschenk nicht zurückgeben. Das schickt sich nicht«, gab Owen zu bedenken.

»Du trägst schäbige Klamotten, und ich bin im Moment arbeitslos. So ein Auto ist völlig überzogen«, meinte sie, war aber schon dabei, nachzugeben.

»Wie du bereits betont hast, bin ich Milliardär.« Owen lachte. Doch dann wurde er ernst. »Aber ich lasse das nicht raushängen. Ich habe einen Job, den ich niemals tauschen würde, denn ich kann Menschen helfen, und ich würde für die, die ich liebe, sterben. Ich habe keine Gewissensbisse, dass ich meiner zukünftigen Braut etwas schenke.«

Die Tränen lösten sich erst, als sie den Wagen am Hafen geparkt hatte. Owen stieg aus, kam ums Auto herum und half ihr beim Aussteigen. Sie zog ihn an sich und schlang die Arme um ihn. Scooter war mittlerweile daran gewöhnt, stand geduldig daneben und wartete darauf, dass diese Gefühlsduselei aufhörte.

»Ich möchte es«, sagte sie. Dann küsste sie ihn leidenschaftlich. »Aber ich glaube, ich brauche es nicht«, fügte sie hinzu.

»Ich wollte es dir schenken, weil du dich auch über einen Bilderrahmen für zehn Dollar gefreut hättest.«

»Ich liebe alles, was du mir schenkst«, sagte sie.

»Na ja, dann wird dir das, was ich dir gleich zeige, sehr gefallen.« Er grinste.

Er griff nach ihrer Hand, und sie gingen hinunter zum Hafen, wie schon vor so vielen Jahren. Ein paarmal schaute sie sich nach dem wunderschönen Auto um in der Angst, jemand könnte es beschädigen. Scooter schaute zu ihr auf und schien zu grinsen. Sie war sich sicher, dass der Hund ihre Gedanken lesen konnte.

»Der Parkplatz ist sicher. Deinem Auto wird nichts passieren«, versicherte Owen ihr mit einem Lachen. Also drehte sich Eden wieder um.

»Wir haben hier den ganzen Abend auf euch gewartet. Ich habe dir doch gesagt, du sollst ihr das Auto nicht vor morgen geben.«

Eden entdeckte Dakota und Ace, Kian und Roxie, Arden und Keera sowie Declan auf einer riesigen Jacht.

»Machen wir einen Ausflug?«, fragte sie begeistert.

»Auf jeden Fall«, antwortete Owen. Dann deutete er auf den hinteren Teil des Schiffes, und wieder schnappte Eden nach Luft.

Dort stand in dicken schwarzen Buchstaben:

LEBE, LACHE, TANZE, TRÄUME. UNSER SCHICKSAL STEHT IN DEN STERNEN GESCHRIEBEN. EDEN & OWEN.

»Gehört die Jacht dir?«, fragte sie.

»Sie gehört uns. Und heute Abend machen wir mit den Menschen, die wir lieben, die Jungfernfahrt.«

Eden schwieg eine Weile, und dann küsste sie ihn wieder stürmisch, bis sie beide atemlos waren und seine Brüder von oben pfiffen. Schließlich wich sie von ihm zurück.

»Ich glaube, wir sind genau wieder dort, wo wir angefangen haben«, meinte sie.

»Wir haben eine Weile gebraucht, bis wir zu diesem Punkt gelangt sind, aber ich möchte jedes Versprechen halten, das ich dir gegeben habe, und sicherstellen, dass jeder Traum, den du je gehabt hast, wahr wird«, sagte er.

»Das hast du schon«, versicherte sie ihm.

Er streckte die Hand aus, und zusammen gingen sie an Bord. Scooter folgte ihnen fröhlich. Declan und Kian machten die Leinen los, und Arden steuerte die Jacht aus dem Hafen.

Eden lachte entzückt, als sie sah, wie Scooter auf Max, den großen Deutschen Schäferhund, zulief und ihn umkreiste. So machten sie es immer. Max schaute den kleinen Hund nachsichtig an, legte sich hin und ließ Scooter herumstolzieren. Sie waren schnell beste Freunde geworden, und Max hatte kein Problem damit, Scooter in dem Glauben zu lassen, er sei der größte Hund der Stadt.

Eden setzte sich zu ihren zukünftigen Schwägerinnen, und ihr wurde klar, dass sie sich wahrscheinlich niemals glücklicher fühlen würde als in diesem besonderen Moment. Sie sah, wie Owen und Declan zusammenstanden, ein Bier tranken und sich intensiv unterhielten.

»Aufgepasst!«, rief Kian. Ein Ball kam durch die Luft geflogen, und Owen sprang zurück, damit er ihn nicht an der Schläfe traf. Er stolperte, und Eden spürte, wie ihr das Herz stehen blieb, als er taumelte und über die Reling fiel. Sie sprang auf, aber es war zu spät.

Declan streckte bereits die Hand aus und ergriff die seines Bruders, bevor er ins Wasser fallen konnte. Als Eden hörte, was Declan sagte, wusste sie, dass alles gut werden würde.

»Ich hab dich, kleiner Bruder.«

»Kein Problem. Ich kann allein wieder an Bord klettern«, meckerte Owen und versuchte, ihm die Hand zu entziehen.

Declan verstärkte den Griff und lächelte auf Owen hinab. »Es ist in Ordnung, sich ab und zu von anderen helfen zu lassen. Du musst nicht immer der Held sein. Vertrau mir.«

Owen grinste seinen Bruder an, als er nach Declans anderer Hand griff und die Hilfe in Anspruch nahm, die ihm angeboten wurde. Er legte sein Schicksal in die Hände seines Bruders. Als er wieder sicher an Bord war, umarmte er Declan.

»Ich glaube, mir wird jetzt erst richtig klar, Dec, dass es nichts gibt, was wir nicht zusammen erreichen können.«

Und er hatte recht. Sie waren eine Familie, und Eden wusste ohne jeden Zweifel, dass sie ein Teil davon war. Das war sie immer gewesen. Es hatte nur sehr lange gedauert, bis ihr das klar geworden war. Sie war zu Hause und genau dort, wo sie hingehörte.

Epilog

Obwohl Owen am liebsten mit Eden zum nächsten Friedensrichter gestürzt wäre, um ihre Verbindung zu legalisieren, weigerte sie sich. Genauso wie seine Schwägerinnen, und somit war er überstimmt.

Als Eden vor dem großen Spiegel stand, war sie froh, sich behauptet zu haben. Zwar war sie traurig, dass ihr Vater am Tag ihrer Hochzeit nicht dabei sein konnte, aber sie wusste, dass er im Geiste bei ihr war.

Sie durfte nicht daran denken, sonst wäre sie schon vor der Trauung völlig aufgelöst. Also holte sie ein paarmal tief Luft und genoss es, nach dem ganzen Chaos der Vorbereitungen am Vor- und Nachmittag jetzt ein bisschen für sich zu sein.

Nun wurde es Zeit, und als es an der Tür klopfte, drehte sie sich um und lächelte Roxie zu, die hereinkam. Sie strahlte, als sie Eden sah.

»Bist du bereit?«, fragte Roxie.

»Das bin ich schon, seit ich ein errötender Teenager war«, gestand Eden.

»Dann lass uns zum Altar schreiten.«

Eden hatte eine einfache Feier gewollt. Als sie mit Roxie am Anfang des Gangs ankam, freute sie sich. Zarte Blumen schmückten die kleine Kirche, in der ungefähr hundert Gäste saßen. Es war genau so, wie sie sich ihre Hochzeit vor so vielen Jahren vorgestellt hatte, als sie sich sicher gewesen war, dass Owen und sie einmal heiraten würden.

Roxie hakte Eden unter, und zusammen schritten sie zum Altar. Eden hatte sich keine andere als Roxie vorstellen können, die an ihrem magischen Tag die Stelle ihres Vaters einnehmen sollte. Deshalb hatte sie ihre beste Freundin gebeten, neben ihr und nicht vor ihr als Brautjungfer zu schreiten. Roxie hatte mit Tränen in den Augen eingewilligt.

Die Zeremonie war wunderschön, und Eden konnte die Tränen nicht zurückhalten, als Owen ihr versprach, für alle Ewigkeit ihr zu gehören. Als sie am Ende zu Mann und Frau erklärt wurden, fühlte sich das geradezu mystisch an.

Die Hochzeitsfeier war ebenfalls ganz intim, obwohl noch mehr Leute daran teilnahmen. Sie aßen, es wurden Ansprachen gehalten, die Hochzeitstorte wurde angeschnitten und Eden warf den Brautstrauß. Dann begann die Musik zu spielen, und Owen zog sie in seine Arme, den sichersten Ort der Welt.

»Danke«, flüsterte sie. »Danke für diese perfekte Hochzeit.«

Er beugte sich zu ihr und küsste sie zärtlich. »Es gibt nichts, was ich nicht für dich tun würde. Ich hoffe, du weißt das.«

»Das weiß ich. Mir geht es doch genauso.«

»Und jetzt kommen wir zum Vater-Tochter-Tanz«, verkündete der DJ.

Eden verging das Lächeln, und sofort sammelten sich Tränen in ihren Augen. Mitten auf der Tanzfläche erstarrte sie und hatte das Gefühl, gleich in Ohnmacht zu fallen.

»Ich dachte, ich hätte ihm gesagt, dass der ausfällt«, sagte sie mit einer Stimme, die kaum mehr war als ein Flüstern.

»Ich habe das hier für dich vorbereitet.« Owen drehte sie um, und riesige Bildschirme waren auf der Tanzfläche aufgestellt worden, während Declan und Kian einen Tisch heranrollten. Auf dem Tisch saß ein Teddybär, der das Lieblingshemd und die Lieblingshose ihres Vaters trug, etwas abgeändert, sodass sie dem Bären passten. Sein Spazierstock, seine Lieblingsbücher und seine Brille lagen ebenfalls auf dem Tisch. Ebenso ein Teller mit Reis und Bohnen und daneben eine Tasse Kaffee.

Die Bildschirme leuchteten auf, als »Dance With My Father« von Luther Vandross erklang. Eden war fasziniert, als Bilder von ihr und ihrem Vater erschienen. Es begann mit der Zeit, als sie ein Baby gewesen war, und endete mit einigen Aufnahmen von wenige Wochen vor seinem Tod. Das letzte Bild zeigte sie mit ihrem Vater Arm in Arm. Beide lächelten, und die Liebe zwischen ihnen war für alle deutlich zu sehen.

»Du warst diejenige, die er am meisten auf der Welt geliebt hat, und ich weiß, dass er hier bei dir ist. Ich wollte dir diese Zeit mit ihm geben«, sagte Owen. »Es tut mir so leid, dass er dich nicht in den Armen halten kann, aber du sollst wissen, dass meine Arme stark genug sind, um auch deine Bürden zu tragen. Obwohl ich deinen Vater nicht ersetzen möchte, werde ich dich so lieben, wie er dich geliebt hat, und werde die Erinnerung an ihn für dich wachhalten.«

Eden drehte sich um und schlang ihm weinend die Arme um den Hals, während die Musik weiterspielte. Ihr Herz war gebrochen und gleichzeitig heilte es.

Sie brauchte eine Weile, bis sie wieder sprechen konnte. Sie schaute in Owens schönes Gesicht und umfasste seine Wangen.

»Danke. Das war das beste Geschenk, das du mir machen konntest«, sagte sie.

Er beugte sich vor und küsste sie. Dann zog er sie wieder in seine Arme und hielt sie fest, während Eden dem Schicksal dafür dankte, dass es sie nicht aufgegeben hatte. Als sie einen Hauch von Lippen auf ihrer Wange spürte, war sie sich sicher, dass es ihr Dad war, der sie wissen ließ, dass sie dort war, wo sie hingehörte, und dass sie stark genug war, um glücklich zu sein, und deshalb keine Schuldgefühle zu haben brauchte.

Sie hatte das Glück für immer gefunden, und das war erst der Anfang ...

DANKSAGUNG

Egal, wie viele Bücher ich schreibe, ich werde niemals vergessen, dass ich dabei nicht allein bin. Als Autoren leben wir manchmal ein sehr einsames Leben. Am liebsten schreibe ich auf der hinteren Veranda meines Hauses, wo ich einen Blick über die Felder und Berge meiner kleinen Stadt habe. Vor Kurzem bin ich ungefähr eine Meile von meinem alten Haus entfernt in ein neues gezogen und habe jetzt einen noch friedlicheren und schöneren Ausblick. Obwohl ich alle Geschichten selber schreibe, bin ich es nicht allein, die sie erfindet und ausfeilt. Ohne ein Team von Leuten, die mich unterstützen, wäre ich auf meinem Weg als Autorin nie so weit gekommen.

Zuallererst möchte ich meinen Fans danken. Ohne euch wäre meine Arbeit nicht möglich. Ihr geht mit mir durch dick und dünn. Ihr haltet zu mir, wenn ich neue Genres ausprobiere oder eine fixe Idee umsetzen will. Ich liebe und schätze euch so sehr dafür! Danke, dass ihr es mir ermöglicht, in diesem Job tätig zu sein. Ihr seid der Grund dafür, dass ich meine Träume leben darf. Das werde ich euch nie vergessen! Ihr erzählt mir eure schmerzhaften und triumphalen Geschichten, und ich bin so dankbar dafür. Ohne Leser gibt es keine Autoren, ohne euch keine Inspiration. Dafür kann ich mich gar nicht genug bedanken.

Ein Dankeschön geht auch an meine beste Freundin Stephanie. Ich war bei ihr, als sie einen Pflegekurs besuchte, und sie ist viele Problemstellen in diesem Buch mit mir durchgegangen. Ihre Arbeit als Krankenschwester ist die coolste, die ich kenne. Sie ist total klasse.

Sie hilft mir bei allen Szenen rund um die Medizin in jedem Buch, das ich schreibe. Außerdem war sie die Erste, die vor meiner Tür stand, als mein Vater starb, und sie war da, um mit mir schmerzliche Szenen in diesem Buch durchzuarbeiten. Ganz viele Ideen zu meinen Büchern ziehe ich aus unseren Gesprächen.

Bedanken möchte ich mich auch bei Lauren, meiner Lektorin bei Montlake. Wir arbeiten seit Anfang an zusammen und harmonieren verdammt gut miteinander. Ich schätze ihren Rat, ihre Meinung und ihren Input. Sie hat mich gezwungen, eine bessere Schriftstellerin zu werden, mich selbst herauszufordern und mich nicht mit Mittelmaß zufriedenzugeben, sondern nach Höherem zu streben. Ich weiß, dass die erste Version eines Buches immer Mist ist. Doch ich mache mir keine Sorgen, denn ich weiß, dass wir, falls nötig, zwei Stunden dasitzen und alles klären werden. Außerdem mag ich sie einfach. Ich gehöre zu den Menschen, die nicht mit Leuten arbeiten können, die sie nicht mögen. Geschäftliches und Persönliches kann ich unmöglich voneinander trennen. Meine Arbeit ist persönlich, und eine Trennung habe ich nie hinbekommen. Deshalb habe ich beschlossen, dass es mir egal ist. Meine Geschichten zeigen, wer ich bin, und ich möchte das nicht ändern. Meine Ehrlichkeit möchte ich nicht im Namen der Arbeit aufs Spiel setzen.

Bei Montlake kam eine neue Lektorin in mein Team. Zuerst war ich ein wenig besorgt, weil es mir gefallen hatte, so viel mit Lauren allein zu arbeiten. Doch dann kamen die

Überarbeitungen zurück, und ich habe mich sofort verliebt. Lindsey ist fantastisch! Sie hat ein Auge fürs Detail, nichts dagegen, immer wieder Problemstellen durchzugehen, und konfrontiert mich mit neuen Herausforderungen. Wenn ich Autoren sagen höre, dass sie keine Hilfe brauchen, weil sie gut sind, wie sie sind, dann schaudere ich. Wir sind nie gut, so wie wir sind, und kommen nicht voran, wenn wir nicht um Hilfe bitten. Wir brauchen neue Stimmen. Ich bin so dankbar für Lindsey und ihre neue Stimme und Perspektive. Bei diesem Buch hat sie mir so viel geholfen.

Ich weiß, dass die Danksagung lang geworden ist, aber dieses Buch ist eine Reise für mich gewesen. Jedes Buch, das ich schreibe, ist ein Abenteuer, aber dieses war es mehr als jedes andere. Wie üblich ist nicht genügend Platz, um allen zu danken, die mir helfen. Aber ich bin dankbar für jeden von euch. Gern bringe ich meine Bücher bei Montlake heraus, und liebe alle Leute, die dort so verdammt hart arbeiten, ohne viel Lob zu bekommen. Sie kämpfen für mich und meine Bücher und sorgen dafür, dass ich weiter schreibe. Mit Montlake und mir passt es einfach, und ich weiß, dass ich da bin, wo ich sein sollte. Vielen Dank an euch alle!

FSC
www.fsc.org

MIX

Papier | Fördert
gute Waldnutzung

FSC® C083411

Zeitfracht Medien GmbH
Ferdinand-Jühlke-Straße 7
99095 Erfurt, Deutschland
produktsicherheit@kolibri360.de

Druck:
CPI Druckdienstleistungen GmbH
im Auftrag der
Zeitfracht Medien GmbH
Ein Unternehmen der Zeitfracht - Gruppe
Ferdinand-Jühlke-Str. 7
99095 Erfurt